小
初恋
-01-

大鱼
有爱的青春陪伴者

同学

你好甜

同学你好甜

XING
QI
ZHU
星柒 著

贵州出版集团
贵州人民出版社

图书在版编目（CIP）数据

同学，你好甜 / 星柒著. -- 贵阳 : 贵州人民出版社, 2018.6（2021.4重印）

ISBN 978-7-221-13864-4

Ⅰ.①同… Ⅱ.①星… Ⅲ.①长篇小说－中国－当代 Ⅳ.①I247.5

中国版本图书馆CIP数据核字(2018)第104891号

同学，你好甜

星柒 著

出 版 人：苏　桦
出版统筹：陈继光
选题策划：大鱼文化
责任编辑：潘　媛
特约编辑：廖晓霞
装帧设计：刘　艳
内页设计：蔡　璨
封面绘制：高梦雪
出版发行：贵州人民出版社（贵阳市观山湖区会展东路SOHO办公区A座　邮编：550081）
印　　刷：北京时尚印佳彩色印刷有限公司
开　　本：880×1230毫米 1/32
字　　数：216千字
印　　张：8.5
版　　次：2018年6月第1版
印　　次：2018年6月第1次印刷
　　　　　2021年4月第2次印刷
书　　号：ISBN 978-7-221-13864-4
定　　价：46.80元

目录

目录

第一章
宋弋阳

[1] 初见宋弋阳

A 市一栋大楼里，一个穿着制服的快递员在电梯前按了半天按键，电梯一点反应都没有。

安保人员走了过来，拍了拍快递员的肩膀，说："不好意思，电梯现在正在检修，你走楼梯吧。"

快递员哀号道："电梯检修？我要送到二十八楼，没电梯怎么上去啊？"

就在这时，一个头戴棒球帽、搬着大纸箱的女生走到了电梯前。

穿着制服的快递员侧过脸，叹了一口气说："电梯检修，看来只能爬楼梯了！"

安保人员指着楼梯入口，说道："别等了，电梯还得两个小时才能修好，走楼梯吧，那边就是楼梯入口。"

女生一边往楼梯入口走一边说道："哥们，一起爬楼吧。"

快递员见女生都爬楼，只能抱着箱子跟了上去。

纸箱看似很重，可女生爬得很快，快递员刚推开楼梯间的门，却见那女生已经爬到了二楼，他这个男生可不能输给女生，急忙赶了上去。

女生回头看了眼，发现快递员在追赶自己，爬楼的速度开始加快。快递员见状，赶紧随后跟上。两人爬到十六楼的时候，快递员已经气喘吁吁跟不上了，女生停下来歇了一口气，便接着向上爬。

快递员爬到二十楼的时候，女生已经到了二十五楼，快递员终于到达二十八楼时，却见到女生已经送完东西一身轻松地准备下楼。

快递员气喘吁吁地拱手说：“哥们，你哪个公司的？尊姓大名？”

女生抬起棒球帽的帽檐，露出稍显青涩的年轻脸庞，微微一笑，说道：“我叫方糖，大一，送东西的活是在网上接的。”

快递员朝着方糖竖起大拇指。

方糖拿出手机，翻看了下手机上的地址，朝着快递员挥了挥手：“再见，哥们，我还有下一单。”

商场一家手工烘焙店里，一位栗色波浪卷发、穿着白色裙装的女生指着提拉米苏对售货员说：“帮我包起来。”

售货员微笑着鞠躬：“好的。”

白色裙装女生从粉色皮包里拿出一张卡，扬起头理了理长发：“刷这张卡，没密码。”

一位售货员恭敬地接过女生手里的卡，一位售货员麻利地取出女生看中的提拉米苏开始打包。

就在这时女生的手机响起，她拿出手机按下通话键：“蜜语手工烘焙店。”

说完这几个字，女生便挂了电话，从粉色皮包里取出提前准备好的卡片，将其放入了售货员递过来的蛋糕包装袋里。

售货员刷完了卡，将卡恭恭敬敬地双手奉上：“尊敬的顾客，请拿好您的卡。”

女生原本已经转身欲走，却又突然回头说道：“给我纸和笔。”

售货员不敢得罪顾客，急忙递上纸和笔。女生在纸上写下了电话号码、人名和地址，将纸、笔和装蛋糕的袋子一起递给售货员：“一会儿有个人来取蛋糕，你们核对下她的电话号码和我写的这个是不是一致，把袋子的口封好给她，告诉她把蛋糕送到纸上的地址和人手里。”

售货员微笑着接过纸、笔和装蛋糕的袋子：“好的，顾客。”

女生理了理头发，离开了手工烘焙店，上了电梯，去了二楼女装区。

方糖一路问路才找到了蜜语手工烘焙店，她站在柜台边张望了半天，见没人来找自己，正准备打电话询问委托人，却见委托人发来了短信。

短信内容是：到地方后，问售货员。

方糖还是头一次碰见这种委托人，委托送东西自己不出面，竟然直接放在了柜台让她自己取。

“你好，我来取裴小姐放在这里的东西。”

方糖的话刚落音，售货员便极快反应过来，要求核实她的手机号。售货员核对无误后才把东西交给她，将裴雯留下来的字条也交给了她，叮嘱她送至纸上的地址和人手上。

方糖仔细看了下字条，上面写着：常营绿茶餐厅，宋弋阳。

常营绿茶餐厅？这个地方她知道，还有，宋弋阳这个名字真的是耳熟，好像在哪里听过。

方糖拨通了舍友苏青的电话：“苏青，你认识宋弋阳吗？这名字我听着好耳熟。”

苏青先是尖叫一声，半晌情绪才稳定下来：“我不认识，但我知道他呀。宋弋阳是国际关系学院的学霸，比我们高一届，历年都是奖学金获得者，怎么，你接到了他委托的单子？”

方糖一边朝售货员致谢，一边往外走：“不是，是给他送蛋糕。”

苏青的声音一刹那间降低了八度：“啊？估计又是女生向他表白吧，你的委托人是谁？”

方糖笑着说：“小青，我不能透露委托人的信息，这是规矩。”

苏青叹了口气，说道：“算了，你不说也没关系，反正听说他至今为止没接受过任何女生的告白，这女生应该也没戏。”

方糖看了眼手中字条上宋弋阳的名字，笑道：“我倒是挺好奇这宋弋阳长什么样，能把女生迷成这样。行了，先这样，回去聊。”

裴雯正在女装店里挑衣服，短信提示音响了起来。她点开短信，看到对方发过来的“已到绿茶”，嘴角忍不住上扬，直接将桌号“C7”发给了方糖。

发完短信，裴雯指着方才看过的几件衣服，说：“这几件，M号，包起来。”

常营绿茶餐厅，宋弋阳和舍友们已经点完了菜，正在等待上菜。

杨宁帮大家开了啤酒，举起啤酒开始活跃气氛：“祝贺弋阳的论文在《TIME》发表，也祝我终于过了英语六级。今天说好了啊，每个人五瓶啤酒不带耍赖偷奸耍滑的！”

苏哲举起啤酒，笑着揶揄：“瞧你说的，弋阳这是为国争光好不好，五瓶怎么能够，少说每个人也得十瓶！至于你这英语六级过不过倒真没什么，和弋阳相比实在是无关紧要的小事。”

郁东接茬儿调戏杨宁：“你问问弋阳英语六级是什么时候过的，你还好意思说出来庆祝，我真是替你害臊！”

杨宁用求救的眼神看着宋弋阳，说道：“弋阳，咱俩可是发小，这你得替我说两句，从小到大你可从来都是父母嘴里说的别人家的孩子，什么时候给我们这些凡人留过活路？你今天必须得告诉他们，你这学霸身份是与生俱来的。”

宋弋阳喝了口啤酒，闲适地开口："二十瓶。"

苏哲转身叫来服务员："你好，这里来四十瓶啤酒。"

杨宁趴在桌子上一阵哀号。

郁东正准备要打趣杨宁，却见一个头戴棒球帽的女生走到了餐桌前。

四人一愣，却见女生率先开口问道："你好，请问这桌是 C7 吗？"

这女生的到来为杨宁解了围，他无限感激地凑上前："是 C7，请问你是谁？找谁？"

女生扫了一眼四个男生："请问哪位是宋弋阳？"

三个男生一起看着宋弋阳。宋弋阳将啤酒杯放在餐桌上，挑了挑眉，泰然自若地说："我是。"

女生一边将手中的蛋糕盒放在了餐桌上，一边说道："你好，这是裴小姐托我送过来的。"

离蛋糕最近的苏哲打开纸盒，瞧见纸盒里的提拉米苏，兴奋地对宋弋阳说："弋阳，这是谁送的，怎么知道你喜欢吃提拉米苏？实在是太贴心了！"

郁东点头表示赞同："何止是贴心，简直是心有灵犀。"

苏哲准备把纸盒扔掉，却瞧见纸盒的边上粘着一张卡片，他强压下好奇心将卡片递给宋弋阳："弋阳，快看看，这蛋糕是谁送的？"

宋弋阳接过卡片将其打开，瞄了一眼上面写的字，面不改色地将其丢在了一旁。

"我去趟洗手间。"宋弋阳说完便起身离开。

苏哲低声询问送礼物来的女生："你刚才说送礼物的人姓裴？"

方糖点了点头："是姓裴，叫什么我就不知道了，相信卡片上应该写清楚了吧。"

苏哲和郁东面面相觑，各自心中已有了答案。

杨宁趁两人不注意将卡片揣进口袋。

方糖看到了杨宁的小动作，只是笑了笑，并未戳破：“我需要拍张照证明礼物送到了。”

杨宁做了个请的手势：“宋弋阳去洗手间了，你拍我们也行，她肯定知道我们是宋弋阳的舍友。”

方糖想了想，觉得这样也可以，拿出手机拍了照便转身告辞。

苏哲和郁东对方糖摆了摆手，两人异口同声地说：“慢走。”

杨宁擦了擦手，起身说：“我去趟洗手间。”

方糖走出常营绿茶餐厅，给委托人发了证明礼物送到的照片，便在网上寻找离常营绿茶餐厅最近的单子。

杨宁打开卡片，看到上面写的约会邀请，快步赶上前，对方糖说道：“美女，麻烦你回复对方，就说宋弋阳答应了邀请。”

方糖蹙眉表示不解，这好像和她看到的不一样吧，方才看到宋弋阳是把卡片扔到一旁的，好像并没有说什么。

杨宁摸了摸鼻子，略显尴尬地说：“刚才宋弋阳给我发了短信，说让你回复对方，他答应了邀请。”

原来如此，方糖点了点头：“行，我知道了，放心吧，我会告诉裴小姐的。”

杨宁心满意足地返回了餐厅。

方糖想起了苏青说过宋弋阳不接受女生礼物，便在宿舍的微信群里发了条语音：“苏青，我刚才见到宋弋阳了。”

苏青很快发来了语音信息：“方糖，快给我们还原下现场。”

[2] 我的代言费不便宜

封思彤倒很快发来了语音消息：“宋弋阳的声音是不是特别好听？好多

学姐都说他的声音超级酥，光是听了他的声音都一晚上睡不着，你是不是和他说话了？快说说，是不是真的特别酥？”

方糖叹了口气，发语音消息说：“酥酥酥，比百里屠苏还要酥，可惜他马上就要变成别人的男朋友了，你们谁要是迷上他了，赶快收收心吧。”

苏青发来一段哀号的语音消息，隔了半晌才缓过劲来，发来了第二条语音消息：“完了，完了，我心痛得不能呼吸了。方糖，你今天必须陪我吃水煮鱼压压惊。”

方糖忍不住笑了笑，宿舍里就苏青和她关系最好，最主要是她们都是标准的吃货，三观特别契合。

方糖发了个点头的表情，开始在网上搜一些学校里的单子。很快，她便接到了一些帮忙买东西的单子。

A 大有个不成文的规定，男生不能进女生宿舍，可女生进男生宿舍却没有人拦着。

方糖压低帽檐，两手各拎着一个大塑料袋，里面又放着好几个小塑料袋，把每个人要的东西都分了类。

“306 郭靖、308 欧阳锋，你们要的东西也来了！”

方糖懒得一个一个去敲门，干脆把东西放在地上，站在楼道中央大声喊了起来。

男生宿舍突然传来女生的声音，许多宿舍同时开了门，男生们都好奇地凑了上来。

“美女你叫什么？”

“你来男生宿舍做什么？刚才听你喊什么郭靖、欧阳锋？”

男生七嘴八舌地追着方糖问。

方糖双手一挥，开始给自己招揽生意：“各位同学，鄙人成立了本校第一个跑腿工作室，专门承接各种跑腿小事，什么帮忙买东西、图书馆占座、打饭之类的，价格公道，各位同学有什么事需要帮忙尽管开口啊，师妹我绝对靠谱。”

宋弋阳刚走到楼梯口就听见楼道里乱糟糟的，走上前才发现竟是在餐厅里帮别人送礼物给他的女生。他瞄了方糖一眼，瞧见她的样子像是在男生宿舍里做生意，心中虽有疑虑，可他却一字未说，只是静静地从方糖身边走过。

“各位学长想一想，你在网上订东西最快的快递也是半天才送来吧，要是从师妹我这儿订，一个小时内包送到宿舍门口！”

方糖边说着边给师兄们发着自己率先印好的传单，正好看到了路过的宋弋阳，灵机一动，指着他高声说道：“各位学长，你们都认识宋弋阳吧，他就是我的常客，已经在我这里下过单了。”

宋弋阳停下脚步，转身看着方糖，好奇她到底要玩什么花样。

方糖见宋弋阳没说话，以为自己用他的名头推荐工作室他不反对，便朝着他抱拳以致谢意。

众人转身看了眼宋弋阳，这才开始疯抢方糖手中的传单。方糖乐得合不拢嘴，而宋弋阳却双手插袋，安静地站在一旁，静静地看着这一切发生。

传单很快发完了，方糖愉快地用微信收钱交货，身边的人也渐渐散去，这时，宋弋阳才缓缓走上前。

“我的代言费不便宜。”

简单的一句话，察觉不出喜怒，可到了方糖耳朵里却完全变了味道，她快速护住了腰间的包，瞬间连表情都变得悲壮：“你想怎么样？”这厮不是要代言费吧？

宋弋阳又往前走了两步，离方糖越来越近。方糖眼见势头不对，飞一般地逃窜出了男生宿舍。

其实，宋弋阳算是她的客户吧，她也没说错，怕什么，就这样逃走实在是太没面子了。

不过，没面子的这桩事不过两分钟便被方糖抛之脑后，这是因为她在网上接了个送玫瑰花去电影院的单子，酬劳还不菲。

花店离学校有些远，方糖是坐公交车去的，在见到要送的花之后，她真的羡慕得不要不要的。

那可是五百二十朵玫瑰花啊，超大一束，估计她这辈子是没希望收到这样的礼物了，在梦里还有那么一丝希望。

从小到大，她只收到过父亲和朋友送的生日礼物，男生都把她当哥们看，他们一起勾肩搭背去踢球的时候反倒比较多。她也习惯了，从来没敢想象自己被男生宠着，更别提有男生向她表白、送礼物了。

俯身使劲嗅着玫瑰花的香气，方糖忍不住感叹："真是羡慕那个收到花的女生啊！"

电影院里，穿着黑色连衣裙的裴雯手里拿着电影票正在焦急地等待着，说心里话，当她知道宋弋阳答应邀请的时候真的很开心，不过，这也是在她意料之中。

毕竟，她可是公认的校花，从来都是被男生追的她，如今这头一遭拉下脸来追男生，哪会有不成功的道理。

想到这里，裴雯忍不住嘴角上扬，看了眼手机上的时间，离约定的时间仅剩五分钟。

"裴雯？"

身后传来男生的呼唤，裴雯忍不住抿嘴浅笑，可当她转过身后，笑容却僵住了。

杨宁摆了摆手，笑着说：“好巧啊，你也来看电影？”

裴雯左右看了看，并未发现宋弋阳的身影，心中极为不悦：“宋弋阳呢？”

杨宁转头看了眼电影院里的影片介绍，说道：“他有事不能来，我陪你看吧。”

裴雯顿时明白了是怎么一回事，冷笑着说：“杨宁，你可以呀，找我要电话说帮我，就是这样帮的吗？”

杨宁见事情败露，慌乱间抓住裴雯的胳膊，想要挽留住她：“裴雯，你别生气啊，宋弋阳临时有事来不了，这也不是我的错，你怎么着也怪不到我头上呀。”

裴雯一阵头痛，表情极为严肃地呵斥：“松开，离我远点，你真当我是三岁小孩吗？”

杨宁还是不死心，鼓起勇气表明心迹：“裴雯，我喜欢你，从我见你第一眼起就喜欢你。”

杨宁还未等到裴雯回应他的告白，手机却不合时宜地响了起来，他拿出手机正准备接，电话却挂断了。

一旁挂断电话的方糖，确定了委托人的身份，看出了两人之间的微妙气氛，赶忙把手中的玫瑰花递给了杨宁。

杨宁顺势单膝跪地将花举起，高声向裴雯深情表白：“裴雯，我喜欢你！”

电影院里的人都被杨宁的举动吸引了过去，方糖也是一样，她认出了杨宁，也在一旁兴致盎然地观望事态发展。

“在一起，在一起！”

不知是谁起了个头，电影院里的人全都跟着高声喊着在一起，方糖也乐见其成，随着人群喊着在一起。

裴雯看了看四周看热闹的人群，俯下身子接过玫瑰花。

周围的人见裴雯接了玫瑰花，顿时欢呼声一浪高过一浪，这欢呼声也给了杨宁莫大的自信，他的眼角终于浮起一丝笑意。

裴雯抱着玫瑰花，高傲地扬起头："杨宁，我收了玫瑰花只是给你面子，算是接受了你的道歉，至于你，希望我们以后不要再见面。"

这突如其来的拒绝让周围看热闹的人好生尴尬，也没了继续看热闹的心思，很快便四散而去。

方糖也替杨宁感到惋惜，心中忍不住替他默哀几秒："挺住，兄弟！"

手机短信的声音响起，方糖看了下短信，是学校里有人下单让她帮忙去图书馆占座。

方糖也没心思继续看热闹，转身往电梯的方向走去。

裴雯不待杨宁多说，便拿着玫瑰花往电梯的方向走去。杨宁哪里甘心，急忙跟了上去。

电梯来了，方糖上了电梯，裴雯也上了电梯，杨宁自然也是紧随其后。

生平头一次撞见表白现场，方糖略囧。

"裴雯，你能不能给我个机会？"杨宁还是不死心。

裴雯不理会，将头撇向一边。

方糖看了看杨宁，又看了看裴雯，更囧，只好紧盯着电梯运行的数字，大气都不敢出，假装自己是个透明人。

一楼到了，方糖急忙往外奔，想要离两人远一些。

出了门便是数十级台阶，就在方糖准备下台阶时，裴雯抱着玫瑰花行动不便，没踩好台阶，脚下一滑，眼看就要从台阶上摔下去。

方糖下意识一把扶住裴雯，用尽力气将她往杨宁的方向推，自己却没能抑制住后仰的身体，从台阶上滚落了下去。

只听见一声清脆的“咔嚓”，方糖的右胳膊一阵剧痛。

完了！八成是胳膊骨折了，她强忍着痛从地上坐起，心里再三告诉自己不痛不痛，可还是痛得龇牙咧嘴。

杨宁也顾不上裴雯，急忙下去查看方糖的伤势。裴雯将花扔在一边，也急忙去看方糖的伤势。

方糖用左手撑着地，艰难地站了起来。杨宁见方糖能站起来，便去路边拦出租车。

裴雯见方糖脸色煞白，右胳膊不能动弹，想扶方糖却又不敢上前，原本想要表示感谢的话到了嘴边，却成了：“你没事吧？胳膊怎么了？”

方糖用左手忍痛扶住右胳膊，头有些发晕，半晌才缓缓说道：“好像胳膊骨折了。”

[3] 受伤了

三人去了离电影院最近的医院，医生给方糖的胳膊打了石膏，再三叮嘱她好好休养，一百天之内右胳膊不能使劲。

裴雯见方糖没事，便离开了医院，倒是杨宁心里过意不去，想要送方糖回学校，在得知方糖和自己一个学校之后，心里越发愧疚。

其实，最让方糖觉得心疼的并不是右胳膊的伤，而是养伤的这段时间很多工作都没办法接，一想到这里，便立刻觉得悲从中来。

杨宁不能进女生宿舍，只能将方糖送到楼下。方糖刚进宿舍楼便遇到了准备出门的苏青。

苏青见方糖右胳膊打着石膏，一边小心翼翼地扶着她，一边红着眼睛佯装生气地教训："方糖，你怎么搞的？一点都不知道好好照顾自己，怎么好好的就受伤了呢？平时劝你不要那么累，少做些兼职，你就是不听。"

方糖将身体往苏青肩膀上靠了靠，鼻头一酸，眼泪竟止不住地涌了上来。她伸手擦了擦挂在眼角的泪珠，心中一阵暖意。

回到宿舍，封思彤和计珊见方糖的右胳膊打着石膏，赶忙将她扶到床上躺着，又是倒水又是拿零食。

封思彤坐在方糖床边，一边抹眼泪一边说："方糖，你能不能少做点兼职？非得每天把自己弄得那么累，如果你对自己好一些，又怎么会像现在这样受伤？"

计珊哽咽着说："我真没见过有哪个女生比你更拼命，不管你是因为什么原因，从今天起，除了上课其他地方你都不能去。"

方糖笑着帮三人擦着眼泪，故作轻松地说："你们太小题大做了，医生都说没什么的，我真的没什么大事，养一养就好了。"

苏青擦了擦眼泪，从床上拿起外套，说："我去买点骨头汤，据说吃什么补什么。"

封思彤也急忙拿起自己的外套，自告奋勇地走到苏青身旁："我和你一起去。"

计珊点了点头，说："你们赶快去买，我在宿舍照顾方糖。"

方糖没有阻止封思彤和苏青，反倒打趣道："学校附近那家咱们常去的餐厅熬的骨头汤不错，我可只吃他们家的哦。"

四人相视一笑。

方糖看着因为她的伤异常紧张的舍友们，顿时觉得非常温暖，开学时间也不短了，她头一次觉得宿舍像家的感觉，舍友们都像她的家人一般。

杨宁刚回到宿舍，苏哲和郁东便围了上来，两人把他抵在墙上，一人抓住一只胳膊，对他逼供。

“杨少侠，老实交代，你在电影院和裴雯做了什么？”

“是不是脱单了？有没有拿下校花？”

宋弋阳正坐在床边书桌看书，见杨宁回来，微笑看着嬉戏打闹的三人。

杨宁长叹了口气，摇了摇头：“革命尚未成功，同志仍需努力。”

苏哲闻言，松开了杨宁，忍不住哀号：“弋阳，你猜对了，又欠你一顿饭。”

郁东忍不住轻捶了杨宁一拳，痛心疾首地道：“弋阳，这个月我和苏哲加起来都欠你十顿饭了，眼看就月底了，你吃得过来吗？不如这次就算了吧。”

宋弋阳合上书，轻描淡写地说了两个字：“十二。”

苏哲和郁东一起哀号。心情极度阴霾的杨宁猜到了缘由，垂头丧气地说：“你们是不是又打赌？不对，你们是怎么知道我向裴雯表白这事的？”

苏哲指了指电脑：“兄弟，你是知道的，本校的校内网是很不可思议的存在，它无所不知，无所不晓。”

郁东一脸悲戚地接着补充：“我和苏哲觉得你能成功拿下校花，可弋阳说你这次够呛。原本以为这次能让弋阳输上一次，让他请客吃饭，唉，没想到又把自己给赔了进去。”

苏哲一把揽住杨宁的肩膀，心中燃起了熊熊的八卦之火：“杨少侠，给我们讲下事情经过呗。”

杨宁拿起桌上的水杯，一饮而尽，之后才说道：“没有什么好说的，事情和你们想象中的一样，我被残忍地拒绝。对了，期间还发生了一个意外，你们还记得前几天在常营绿茶给弋阳送蛋糕的那个女生吗？”

苏哲和郁东面面相觑，苏哲不解：“方糖？她不是在学校里开跑腿工作室吗？这里头有她什么事？”

“我买的玫瑰花是方糖送过来的。裴雯拿着玫瑰花下台阶的时候险些摔倒，是方糖救了她。”顿了顿，杨宁才接着说，“裴雯没事，可方糖的胳膊却摔断了。”

郁东一声惊呼：“啊？胳膊摔断了？”

宋弋阳眉头紧蹙，脑中浮现出那个在男生宿舍楼里发传单的单薄身影，他犹豫了片刻，问道：“杨宁，你是不是拿走了裴雯写的卡片？”

杨宁沉默了片刻，点了点头，说：“是我拿走了卡片。”

宋弋阳默不作声，起身拿起外套便往外走。

苏哲一把抓住宋弋阳的胳膊，问道：“弋阳，你去哪儿？”

宋弋阳回过头看着苏哲，极为认真地说：“原本是件小事，可如今有人受伤便不是小事，追根究底，这件事与我有关，我不能袖手旁观。”

杨宁见状，急忙说道：“我已经送方糖去过医院了，医生说没什么大事，我已经把送她回宿舍了。”

苏哲看了杨宁一眼，转头对宋弋阳说：“我和你一起去看看方糖。”

宋弋阳将苏哲的手拿开，淡淡地说：“不必，我自己去。”

方糖想起自己还有一单去餐厅排队等位的工作没有完成，原本是想和计珊说一声，可想了又想还是决定瞒着她。

就在计珊去洗手间的时候，方糖偷偷溜了出去。计珊从洗手间出来，没有看到方糖，焦急地给方糖打电话。

方糖哪里敢接啊，挂了电话，给计珊发了信息，告诉计珊自己有事情要处理，一会儿回来。

可以预想，她回来后一定是一场狂风骤雨，但是，她有自己的原则，不管发生什么事，一定要先把答应别人的事情做完。

刚出校门，方糖的手机便收到了一条银行发来的入账信息，一千元，每月月底都会收到，这钱是父亲打来的。

她看到这条银行的入账信息，再也控制不住眼泪，忍不住蹲在地上哭了起来。

这是她上大学之后第一次崩溃大哭，莫名地，她突然非常想家，想父亲，想念他做的牛肉面，想念他包得奇丑无比，却超乎寻常好吃的包子。

方糖家在三线城市，父亲在做快递员的工作，每天早出晚归一个月也才赚一千多块，可每月月底都会雷打不动地给她汇一千块。

她拼了命地想要赚钱，为了赚钱她几乎利用了所有的课余时间，为的就是能够减轻家里的负担。

方糖擦了擦眼泪，打开手机里的APP，将父亲汇过来的钱又转了回去。

整理了一会儿情绪，她拨通了父亲的电话。

电话很快接通了，似乎是一直在等待一样。

方糖的声音有些哽咽："喂，爸，我把钱给你转回去了。"

"糖糖，你上学挺累的，得多吃点好的补一补，千万不要因为打工累坏了身体耽误了学业。"

父亲简单的关怀，让方糖的眼泪又止不住地流了下来，半晌，她擦了擦眼泪，说："爸，这边挺多工作机会的，我每天只需要在课余时间兼职两三个小时就能赚够生活费了。你真的不用再给我打钱，我寒假才能回去，你平时多给自己买点有营养的，别为了省钱总是吃馒头咸菜。"

电话另一端传来父亲低沉略显沙哑的声音："好，我会好好照顾自己的，你放心。糖糖，你一定要好好学习，只有在学校里多学知识，毕了业才能找份好工作，到时候爸就去你那儿照顾你。"

方糖强忍着泪水微笑着说："爸，你放心，我一定会好好学习的，一定会拿到学校的年度奖学金，只要我拿了年度奖学金，学费就不用发愁了。"

父亲似乎也不知道该说些什么好，只是不停地说着："好，好，好。"

方糖看着自己右胳膊上的石膏，再三斟酌，还是决定不要告诉父亲自己受伤的事情。她沉默了几秒，说：“爸，我还有点事，先挂了，你在家照顾好自己。”

父亲答应着便挂了电话。

方糖不敢再和父亲继续说下去，怕自己再继续说下去会想要买票回家。

方糖还未从想家的悲伤中抽离，手机却突然响了起来，是个陌生号码。

大约是来下订单的吧，方糖没多想便接了电话。

电话另一端传来低沉又富有磁性的男声：“我是宋弋阳，你现在在哪儿？”

宋弋阳？方糖心肝一颤：“你的代言费我可付不起，再说了，你本来就是我的客户啊，我也不算撒谎。”

宋弋阳似乎并不想在代言费这个问题上纠结，反而锲而不舍地追问：“告诉我你现在的位置。”

方糖觉得自己绝对不能暴露，于是便飞快地回复：“我在宿舍。”

宋弋阳仍旧坚持着一开始的问题：“告诉我你现在的位置。”

方糖面不改色地继续撒谎：“我真的在宿舍。”

宋弋阳沉默了几秒，淡淡地说：“我给你们宿舍打过电话。”

[4] 他好奇怪

呃……方糖尴尬了，想了又想，便把正准备去的餐厅地址说了出来：“常营西贝。”

“等我。”

宋弋阳只说了这两个字便挂断了电话，方糖原本还想问他为什么要找自己，可谁料这厮电话挂得如此之快，无奈，她只得前往常营西贝餐厅，一边排位一边等他了。

常营西贝餐厅生意非常火爆，排位的人非常多。方糖的委托人把点菜单发给了她，她点好了菜，等来了委托人，委托人见她打着石膏，酬劳多给了一些。

方糖是个有原则的人，她只收自己应得的，将多出来的钱退给了委托人。委托人再三拒绝，可仍旧还是拗不过方糖。

出了餐厅，方糖才看到坐在等候椅上的宋弋阳。

他穿着简单的白衬衫、简单的黑色休闲裤、简单的休闲鞋，可就是这样简单的搭配穿到他身上竟然显得极为出众。

第一次见宋弋阳只是匆匆一瞥，第二次见宋弋阳又是仓皇而逃，这次才算是认真地看到他的样子。

方糖仔细想了想，好像刚入学的时候听说过的，国际关系学院有三景——“院中湖，湖中莲，宋弋阳”。

宋弋阳都被算作国际关系学院的风景，由此可见此人在女生们心中的地位。

可就是这样一个平时被人捧在云端的人，竟然在餐厅门口等着自己，怎么略微觉得不现实呢。

想到这里，方糖尴尬地挠了挠头：“你，什么时候来的？”

宋弋阳站起身，视线落在方糖打着石膏的右手上，并未回答方糖，反倒用不容置疑的口吻询问：“伤得重吗？为什么不在宿舍休息？”

方糖略囧，她好像和宋弋阳不熟吧，他这说话的口气似乎一点也不把自己当外人。

好尴尬，她一时间竟不知道该如何作答。

宋弋阳似乎对方糖的默不作声有些不满，缓缓地前行，和方糖越靠越近。

方糖忍不住后退，却没注意身后的椅子，踉跄地摔坐在椅子上。

宋弋阳缓步行至方糖身前，挡住她的去路，声音略显清冷：“回答我的问题，胳膊伤得重吗？为什么不在宿舍休息？”

方糖有些拿捏不准宋弋阳的意图，被他的强硬态度惊得心跳加速，就连说话也变得结巴了起来：“没事……医生说没事……那个，我要是不做兼职，下周可就没饭吃了。”

“家里给的生活费呢？”

宋弋阳的声音徐徐在方糖耳边响起。

方糖低着头，咬着下唇，叹了口气，说道：“我没要。”

宋弋阳俯身牵住方糖的手，拉着她往附近一家人少的餐厅里走去。

方糖的心跳骤然加快，对宋弋阳的举动十分不理解，她试着挣扎了下，可谁知对方的手却攥得更紧。

两人在餐厅里落座，宋弋阳也未征求方糖的意见，直接叫来服务员，没一会儿便点好了菜。

方糖这才明白，宋弋阳是要请她吃饭。

“无功不受禄，咱俩不熟吧，为什么要请我吃饭？”忍了半天，方糖还是把心里的疑问问了出来。

宋弋阳拿起热水壶帮方糖倒了杯水放到她手边，缓缓说道：“怕你饿死。”

方糖忍不住翻了翻白眼：“哥们，我饿不饿死和你没关系吧。”

宋弋阳没有反驳，只是目不转睛地看着方糖。

方糖被看得有些不好意思，可面子上又过不去，本来想摆个有震慑力的姿势，可右胳膊受伤了，也摆不出什么有震慑力的姿势，只能使劲瞪大双眼，试图在气势上压过宋弋阳一头。

点的菜上来了，宋弋阳用勺子敲了敲水杯，用泰然自若的口吻说：“吃饭，别那么多话。”

方糖轻哼一声，别过脑袋：“不吃。”

已经拿起筷子的宋弋阳愣了愣神，竟将筷子放下，起身往外走。

方糖急了：“宋弋阳，你去哪儿？”

“我买单，你吃。”宋弋阳留下简单的一句话，便去买单。

方糖有些摸不着头脑，说不准这宋弋阳是真的想要请她吃饭呢。她低头看了看菜，又看了看宋弋阳，却瞧见他真的是去服务台结账，结完账竟然连招呼也不打转头就走了。

“喂，喂，宋弋阳！”

方糖急忙站起身喊宋弋阳的名字，想挽留他，可谁料他却只是摆了摆手，就真的转身离开了餐厅。

和宋弋阳的第一次正式会面就这样尴尬落幕，直到最后方糖也没有搞明白宋弋阳为什么突然要请自己吃饭。她也很想找机会问个明白，可一连给宋弋阳发了好几条信息问他为什么要请客他都没有回复。

实在是太莫名其妙了，不回短信，也太看不起人了吧。看来这宋弋阳的脾气还真如苏青和封思彤所说，从大一到大二，一如既往地臭。

过了几天，宋弋阳还是没有回复消息，借着对宋弋阳的怨念，虽然右胳膊受伤了左胳膊吃饭不方便，可方糖中午还是多吃了一碗饭，其实不管是发生什么事都不会影响她的食欲，天大地大，什么都没有吃饭事大。

就在方糖纠结要不要再吃一碗饭的时候，苏青背着包冲进了学校餐厅。

苏青二话不说先喝了半瓶水，这才气喘吁吁地说：“你知道我刚才看到什么了吗？”

方糖吃了一半的米饭噎住了，呛得不停咳嗽，半天才缓过劲：“什么事这么大惊小怪？”

苏青拍了拍方糖的背，在一旁坐下：“刚才看到信息管理系的裴雯在餐厅外堵宋弋阳，八成是在表白吧。”

方糖喝了口水缓了缓，想了想，还是不太赞同：“在餐厅这个地方表白不太合适吧。”

“你傻呀，只要能有机会还哪有时间挑地方，哪里能见到男神哪里就是战场。”

苏青看了看餐厅门口，正巧宋弋阳和舍友们走了进来。苏青拽着方糖的手情绪超激动。

“宋弋阳来了，宋弋阳来了。”

方糖恋恋不舍地放下勺子，朝着餐厅门口望去。

宋弋阳穿着简单的白T恤、牛仔裤和板鞋，和三个舍友正从餐厅门口走进来。

有些人不用刻意打扮，他只需穿着再简单不过的衣服往人群中一站，就成了人群中最耀眼的风景，宋弋阳就是这样的人。

“发短信不回，还挺能嘚瑟。”

方糖拿起餐盘便准备离开，不想和这样高傲的人在一个空间里待着，憋得慌。

方糖拿着餐盘慢悠悠地去了回收处，边走边嘀咕：“真是惹人讨厌，明明已经请人吃饭了，又当不认识，没礼貌，没教养，没素质。”

将餐盘放好，方糖脑袋有点犯晕，揉了揉脑袋感觉好一些，刚转身却一头撞上了硬邦邦的东西。

“好痛！”方糖捂着脑袋，一脸愤怒地抬头。

一张棱角分明的冷峻脸庞映入眼帘，是宋弋阳，他身后站着和他一起来餐厅的舍友。

宋弋阳拿开挡在胸前的书，看了眼书的封面，眉头微皱：“这本书是英文原版，特别难买，现在被你撞了下，封面好像烂了。”

什么？书的封面被她撞烂了？

方糖忍不住翻了翻白眼：“宋弋阳，你是不是诚心找碴？”

杨宁看了看宋弋阳，又看了看方糖，站在了两人中间，当起了和事佬。“师妹，不好意思，他不是要你赔的意思，别误会。”

“不是这意思？”方糖指着自己的额头说，“哥们，我的头已经被撞疼了，到底是我的人命值钱还是你的书值钱？”

苏哲见势不妙，也站了出来：“师妹，别生气，你看你这胳膊都受伤了，师哥请你吃好吃的补补吧。”

郁东点了点头表示赞同：“是啊，师妹，我们请你吃好吃的补补吧。”

“师妹，我真的特别佩服你，你这人特仗义、特善良，今天别着急走，一定让我们请你吃顿饭。”

杨宁走上前想要帮方糖拎包，方糖往后退了几步，躲过了杨宁伸过来的手。

“谢谢好意，真想请我吃饭，请下次提前约，好吗？”

方糖转身正准备走，却听到耳畔传来宋弋阳低沉的声音。

“手机坏了，刚修好。”

手机坏了？方糖停住脚步，觉得心里好受了些，原来竟是手机坏了，怪不得不回复短信。

一直以来别扭的心情似乎变得舒服了许多，可是嘴上还是不饶人，她道：“手机修没修好和我有什么关系,反正我又赔不起那么昂贵的英文原版书。”

宋弋阳将手中的书递到方糖面前：“给你。”

方糖瞪大双眼看着宋弋阳，愣了半晌摇了摇头：“我才不要，万一弄坏了书，我可赔不起。”

宋弋阳走上前不由分说地把方糖的书包拉开，把书塞了进去。

方糖正准备拒绝，想要把书拿出来还给宋弋阳，却听见宋弋阳说：“这是你在图书馆没借到的。”

咦？他是怎么知道的？方糖想了又想，她昨天是去图书馆借书了，明明图书馆没看到熟人的，宋弋阳又是怎么知道的？

突然，一个念头在脑海里浮起，这厮不会是偷偷跟踪她吧？

宋弋阳，跟踪狂？

“我去还书的时候听图书馆管理员说你在借这本书，正好我刚买了英文原版。”

同学

你好甜

第二章
一起？

[1] 合伙人

宋弋阳的话刚落音，杨宁在一旁抢着说：“好难买的，弋阳托人买了挺久。”

方糖干咳几声掩饰了下自己的尴尬，原来不是跟踪，好吧，这次是她想多了。

宋弋阳嘴角浮起一抹笑意：“书买来又不想要了。”

原本想要感谢的话到了嘴边又咽了回去，方糖翻了翻白眼，从书包里拿出书，递到宋弋阳面前，态度强硬：“不想要给我干吗，我这儿又不是垃圾回收站。”

她一定是和宋弋阳犯冲。这个宋弋阳简直是太气人了，一句话就能把人气得半死。

原本在一旁观望的苏青走上前，从方糖手里接过书，朝着宋弋阳微笑致谢：“我替她收着了，谢谢了。”

还在和宋弋阳较劲的方糖气得直跺脚：“苏青，你干吗？”

苏青在方糖耳边低声劝说：“这本书真的挺难买的，等我把它复印下来就还给他。”

这还差不多！方糖的神色略有缓和，她背好书包，从兜里掏出五十元钱递给宋弋阳：“我今天就当一回收垃圾的，这钱你收着吧，不用找了。”

宋弋阳先是笑了笑，而后双手插袋，直视着方糖的眼睛，说：“麻烦你把书扔到垃圾桶里，这钱就当是劳务费。”

What？

方糖正想和宋弋阳争论几十个回合，可宋弋阳却不恋战，转身往餐位去了。他的舍友们也不知该说些什么缓和气氛，朝着方糖挥了挥手也跟着宋弋阳离开了。

苏青拍了拍方糖的肩膀，劝道：“为了一本书，不至于生这么大气吧，难不成你还想和他头破血流打一架？可别忘了，你现在可是病号。”

“他说话怎么这么气人，不知道怎么回事，看到他就来气。”

方糖说着看了看四周，这才注意到四周那些像是要冲上来吃了她一样的女生。

“你知道有多少人想要引起宋弋阳的注意吗？你知道今天有多少妹子羡慕你吗？”苏青的语气有些酸溜溜的。

方糖摊了摊手做无语状：“就他这样，和他说话能把人气得半死，我还是祈祷他离我远一点吧。”

“我和他也不熟，只是听说他在女生里人气颇高，男生那边也挺服气的，他刚入学就入选了咱们学校和法国巴黎政治学院联合举办的本硕连读计划，每年只有五个人入选，不单单只是要学习好，对各方面的要求都特别高。据说宋弋阳是交了论文后教授联名推荐的，绝对的学霸，像咱们大学毕业还得考研究生考硕士，人家倒好，在咱们学校上三年，再去巴黎政治学院学习两年，不仅有学士学位还有硕士学位。”

苏青说着说着眼睛都直了，方糖更是被宋弋阳的履历惊呆了，一脸不敢置信："苏青，你没唬我吧，咱们学校和巴黎政治学院的本硕连读计划我是知道的，就宋弋阳那人品也能入选？这走出国门不得影响国家形象？"

"你这就戴有色眼镜了啊，宋弋阳每学期都拿奖学金，你说他要不是品学兼优学校能给他发奖学金吗？"

方糖闻言撇了撇嘴，不置可否，看来和苏青是说不明白了，这宋弋阳的人设的确在学校圈了不少粉，不过话说回来，这宋弋阳就是说话让人来气，做的事情却都是对她好，头一回是请她吃饭，这回又是给她正需要的书。

这大概就是传说中的吃力不讨好吧。

苏青回去后便复印了书，还复印了四份。方糖一直随身携带着书，却一直没找到机会把书还给宋弋阳。

一连好几天都看不到宋弋阳的身影，他好像人间蒸发了一样，方糖一连发了好几条短信也没有回复。

这次他应该不会再用手机坏了当借口吧，刚对他的印象有了一丝改变又变回去了。

就在方糖决定不还书，把书放在宿舍的时候，她在课堂上看到了宋弋阳的身影。

这节课是生态管理工程课，方糖一进教室就感觉到了非同一般的骚动，女生们几乎都看着同一个方向，或是疯狂拍照或是交头接耳议论纷纷，而那风暴的中心便是宋弋阳。

一个国际关系学院的学生为什么要来听环境学院的课？哗众取宠？

方糖瞥了宋弋阳一眼，在离宋弋阳座位较远的地方坐了下来。可谁知她刚落座，却见宋弋阳拿起书包朝着她的方向走了过来。

方糖拿起书包起身欲走，却被宋弋阳一把抓住了胳膊。

"你这几天没看校内网？"

方糖抬头，一脸疑惑地看着宋弋阳："放手，你想把我左胳膊也掰折吗？"

宋弋阳似笑非笑，松开了手，可嘴上还是方才那句话："你这几天没看校内网？"

方糖在一旁找了个空座位坐下，宋弋阳也跟着在一旁坐了下来。

方糖瞪着他，又想起了他不回短信的举动，怒从中来："我忙都忙死了，哪还有时间关注校内网？怎么，不看校内网要罚款吗？"

宋弋阳双眉紧蹙，似乎极为不悦的样子。方糖看见他那不友好的态度，心中越发烦躁，她真的搞不懂这个人，平时发短信不回，联系也联系不上，总是莫名其妙地突然出现，又说一些莫名其妙的话，难不成是精神有问题？

"我们学院和巴黎政治学院有个交流活动，我作为助教参加，今天刚返校。"

宋弋阳的声音颇为平淡，可方糖却听着来气，胸中一股怒火油然而生："怎么，作为助教去法国巴黎参加活动和我有关系吗？你今天刚返校和我有关系吗？你的行程有必要向我报备吗？"

方糖这话说得有些激动，引得四周的同学齐齐侧目，她朝着同学们做了个敬礼的手势，说："不好意思各位，私人恩怨。"

宋弋阳看了看四周交头接耳的同学，转头语气坚定地说："我是临时接到通知去巴黎，手机在国外信号不好打不通，也收不到短信，我刚下飞机开机才收到你发来的短信。"

方糖尴尬了，听宋弋阳这么一说，她有些偃旗息鼓了，自己这气生得好像挺没道理，有那么一丝胡搅蛮缠的意思。不过，她怎么觉得怪怪的呢，她从什么时候开始，竟如此在乎宋弋阳的态度？

且不说她和宋弋阳仅仅是一饭之交，他的行程为什么要跟自己报备，他不回短信自己为什么要如此生气，也不知自己究竟是以什么心态在闹什么别扭。

想到这里，方糖有些慌了，一时间语塞，不知道说什么才好。

“书不用还了，我重新买了本。”宋弋阳微笑了一下，接着说，“以后有事打我电话。”

方糖内心腹诽，谁没事会给你打电话。

宋弋阳拿出手机发了一条短信给方糖：“我把宿舍的电话给你，如果我手机打不通或者没接电话，直接给我们宿舍打电话。”

短信提示音响了，方糖拿出手机看了眼，替自己申辩：“我找你只是为了还书。”

此言一出，两人竟都沉默不语。

“最近还在做跑腿的工作吗？”宋弋阳率先打破了尴尬的气氛。

方糖叹息：“不想办法赚钱我就得喝西北风了。”

宋弋阳也跟着叹息：“我差不多两年后要去巴黎留学，这次去了趟巴黎，发现巴黎的消费实在是太高了，我必须想办法赚学费和生活费。”

方糖惊疑不已：“你家里不管吗？”

宋弋阳微笑：“我从高中开始就没有从家里拿过钱了。”

方糖越发惊讶：“那你的学费从哪里来的？”

“奖学金和各类比赛的奖金，学费和生活费足够了。”

宋弋阳回答得云淡风轻，可方糖却震惊了，看来这学霸的生活方式也是非同一般与众不同。

“你现在也可以选择参加比赛赢奖金啊，对于你来说轻而易举吧，我也不能给你出什么好主意。”方糖摊手表示无奈，参与比赛用智商赢奖金是好办法，可像她这样用苦力赚钱真的是笨办法。

其实，她也是刚入学，还没找到合适的勤工俭学渠道，这用跑腿赚钱也是下下策，不得已而为之。

宋弋阳沉思片刻，转过头看着方糖的眼睛："比我更需要钱的人太多了，我想把机会让给别人，其实，我有个想法。"

方糖侧耳倾听，对于勤工俭学，学霸兴许有更好的主意？

"我们可以合作，我在男生这边联系业务，你在女生那边联系，两个人一起做事总比一个人要强很多，人际关系渠道也会成倍扩张，至于劳务，平分吧，怎么样？"

方糖态度坚定："合作可以，但劳务必须是我七你三。"

"你七我三？"宋弋阳做沉思状。

方糖动摇了："我六你四，不能再低了。"

宋弋阳点头："可以，成交。你加我微信，我们每天把接到的单子共享，然后按照距离分派。"

方糖做了个 OK 的手势，打开自己的微信二维码，把手机递了过去："以后咱们可就是兄弟了，你要是再不回我短信，不接我电话，我就杀到你宿舍，撤销你合伙人的资格，扣你工资。"

[2] 学霸的绯闻

宋弋阳拿出手机扫了下二维码名片："兄弟？"

方糖微笑："当然是兄弟，难不成还是姐妹？"

宋弋阳沉默不语。

上课时间到了，教授准时进了教室。

昨天教授是留了作业的，说今天上课要提问，方糖看了看宋弋阳，替他这个国际关系学院的学霸捏了把汗。

万一提问到了他呢？他若答不上来，岂不是分分钟燃爆校内网？

方糖觉得自己的运气一向不好，可谁料今天却点正得很，运气好到尖叫，就连设想的万中无一的情况都中了奖。

教授真的提问到了宋弋阳，问题是：中国应该如何解决水资源短缺？

方糖觉得，现在和宋弋阳成了合作伙伴，也不能见死不救，于是便高举着手吸引教授的注意力，也好改变教授的提问人选。

岂料，宋弋阳竟不卑不亢地回答："我认为，建设节水型社会是解决我国水资源短缺问题的根本出路。"

方糖惊讶地看着宋弋阳，目瞪口呆，果然是学霸。

教授微微颔首，示意宋弋阳接着往下回答。

宋弋阳继续说："要从根本上解决我国的水资源短缺问题，必须大力提倡节约用水，不断提高水资源利用效率和效益，建设节水型社会。可以从五个方面着手：第一步，明晰初始水权；第二步，确定水资源宏观总量与微观定额两套指标体系；第三步，综合采用法律措施、工程措施、经济措施、行政措施、科技措施，保证用水控制指标的实现；第四步，制定用水权交易市场规则，建立用水权交易市场，实行用水权有偿转让，实现水资源的高效配置；第五步，用水户参与管理。我认为，通过以上措施，可以从根本上解决我国的水资源短缺问题。当然，这不是我的个人观点，而是前水利部部长汪恕诚在《建设节水型社会，保障经济社会可持续发展》的报告中所提到的观点。"

教授满意地点头，示意宋弋阳坐下。

"各位同学，如果我没记错的话，刚才回答问题的同学应该是国际关系学院的宋弋阳。我认为，刚才我提的问题，换作别的同学来回答，应该不会比他更出色，对此，你们应该好好反思反思。"

方糖小声问："你上过我们系的课？"

宋弋阳落座，淡然道："没有，今天是第一次上你们系的课。"

方糖惊呆："那你怎么能答得上来教授的问题？"

"汪部长的报告看过一次。"

只看过一次就……

方糖觉得自己似乎是重新认识了这个世界。

宋弋阳看似很认真地在听课，方糖却不淡定了，翻来覆去地想，觉得自己还是太好说话了，竟然这么快就又原谅了惹她生气的某人，可是却又想不明白，自己为什么要如此生气。

直到下课，她才回过神。

"方糖，我们一起去吃饭？"

宋弋阳说完已经麻利地收拾好了书包。

吃饭？方糖拿出手机刷了下接单的 APP，竟然被她找到了几个帮忙打饭的单子。

"太好了！宋弋阳，我接了几个帮忙打饭的单子，咱们先把这几个单子做完了再吃饭。"不等宋弋阳反驳，方糖已经把单子都接了下来，一边接还一边嘀咕，"单子一共有五个，三个男生两个女生，一会儿你负责男生那边我负责女生那边。"

宋弋阳不由分说地牵起方糖的手："先吃饭再做兼职。"

方糖挣脱宋弋阳的控制，边走边给宋弋阳上课："必须先做兼职再吃饭，别看一个单子只赚五块钱，可还是能节省一顿饭钱的。再说了，晚些去餐厅，打饭还不用排队，厨师给的菜和饭都多。"

宋弋阳沉默。

"有一次我一天没接到单子，手上的钱只够买一顿饭，幸好厨师给得多，够我吃三顿。现在好多了，我已经学会了用一切能利用的时间去做一些力所能及的单子，再也不会像之前一样出现断粮的情况。"

方糖说起这些的时候笑意盈盈的，仿佛说的是与自己不相干的事情。

宋弋阳低下头看了看方糖，不由自主地搂住了她的肩膀。

方糖不是很敏感的人，但在肩膀被搂住的那一刻，心跳还是暂停了一下——宋弋阳这个人，真是她这么多年读过最难懂的书。

方糖一直想挣脱宋弋阳的手，却始终挣脱不掉，直到进入餐厅分开排队打饭的时候，宋弋阳才松开了手。方糖觉得自己都快要在女生们怨恨的眼神中被秒杀成渣了，她有种校内网要爆的预感。

在她把男生下单打饭的图片发到宋弋阳微信上后，方糖心血来潮地翻看了下校内网。

“宋弋阳恋情浮出水面！”

“揭开宋弋阳女友真面目！”

“宋弋阳恋情曝光！”

……

方糖一连翻了几页，都是类似的标题，老天啊，看得她心肝颤，只不过就是搂了个肩膀，不至于被这么屠吧？

“校内网开始传我们的绯闻了，怎么办？”方糖给宋弋阳发了条微信。就在方糖犹豫该怎么出面辟谣的时候，收到了宋弋阳发来的微信。

“我们不是兄弟吗？怕什么？”

方糖看完真的有种想要把宋弋阳暴揍的冲动。不带这样的吧，好歹她也是个女生，头一次面对一种叫作绯闻的东西，还是这种被全校热议的绯闻。

“你很想我解释清楚？”

宋弋阳很快发来了微信。

方糖朝着在人群中排队的宋弋阳挥了挥拳头，给他回复了微信。

“废话，当然要解释了，别忘记替我们的工作室打广告。”

打完饭送完单之后，方糖才飞奔回餐厅。

宋弋阳的速度很快，已经打好饭在餐厅等着方糖了。

方糖本来犹豫要不要和他一起吃饭，可后来发现四周的同学并没有用像之前一样怨恨的眼神看着她，这才放心地坐到了他身旁。

未等宋弋阳开口，方糖便拿出手机查看校内网。

果不其然，她看到了宋弋阳发的帖子被置顶。

“方糖在我眼中只是兄弟！”

打开帖子，帖子里写的也是宋弋阳加入方糖跑腿工作室的事情，末尾还附上了他的手机号。

一切都在按照她的意愿发展，可是，不知道怎么回事，她突然觉得心里空落落的，有那么一丝难以言喻的懊恼。

手机微信的信息提示音响起，方糖打开微信。

是宋弋阳发来的红包，打开查收，是中午帮同学打饭赚的十五元。

“我该给你多少？”方糖情绪莫名有些低落，说起话来声音都降低了好几度。

宋弋阳把餐盘推到方糖手边，把勺子递给她：“月底一起结算吧，我中午饭打得有些多，不介意的话，一起吃吧。”

方糖犹豫了一会儿，接过勺子：“月底一起算也行，你也记着点啊，别到时候给你算少了。”

宋弋阳微笑：“多少无所谓，也不着急，慢慢来。”

方糖这顿饭吃得很不愉快，一直到下午上课的时候心情都不是很好。

因为很多同学甚至于别的系的同学都来找她求证，核实宋弋阳是否真的加入了她的跑腿工作室。

令方糖觉得最不愉悦的是，每个人得到肯定的答复之后都露出一副了然于心的表情。

“我和宋弋阳就不配到了这种地步？”忍无可忍的方糖终于爆发。

苏青先是不可思议地瞥了方糖一眼，而后缓缓说：“话不是这样说，毕竟宋弋阳实在是太优秀了，所有人都觉得能和他并肩相匹配的女生，一定也是那种站在云端令人高不可攀的类型。你是典型的女汉子，和他的匹配指数其实并不高。”

方糖一阵哀号：“女汉子怎么了？撒得了娇，卖得了萌，扛得动煤气罐，打得过渣男。怎么就看不上这些鄙视女汉子的人，你家饮水机要换水的时候，你能自己换吗？你家电灯泡、马桶、洗衣机坏了，能自己修吗？在地铁里被非礼了你打得过吗？”

苏青做了个暂停的手势：“水手，你今天不对劲啊，难不成是对宋弋阳怦然心动了？怎么这么在意别人怎么说怎么看，这不像你啊。”

方糖急忙摇了摇头表明立场：“我在意他？我只是没想到他否认得这么快，让我觉得很挫败。”

苏青点了点头表示理解：“淡定。我到现在为止也没能想出来宋弋阳和谁站在一起那人不挨骂，你算轻的了，毕竟绝大多数人都觉得你们之间根本就不可能。”

本来心情就不是很愉悦，怎么被苏青越劝越觉得不愉快了呢？

下课后，方糖接了个排队等位的单子，宋弋阳那边却接了差不多二十几个买东西送到宿舍的单子。

方糖看到宋弋阳的时候，他还在接电话，头一次业务这么繁忙，看来上热搜也是有效果的，她终于说服自己不再纠结今天在校内网上热搜的事。

为了增加女同学的光顾率，方糖把给女宿舍送货的任务分配给了宋弋阳。

宋弋阳也没有表态愿意还是不愿意，反倒把手机短信内容放到了方糖眼皮底下。

方糖发誓，她不是很想看，可还是看到了手机屏幕上的几行字。

[3] 告白热线

“宋弋阳，我真的很喜欢你，从大一开始就对你一见钟情，喜欢你走路的样子，喜欢你打篮球的样子，喜欢你与别人谈天的样子，喜欢所有的你。”

“太酸了，实在是太酸了！”方糖别过头，表示没兴趣，“我对你的私人生活不感兴趣。”

宋弋阳把手机塞到方糖手中：“今天接了不少电话，短信更是多得数不胜数，你帮我把短信删了吧，懒得看。”

方糖摇了摇头表示拒绝。

“我删别人发给你的短信，不好吧，这事如果被其他人知道了，我岂不是又得上校内网热搜？”

“告白的电话可以挂，但短信就只能手动删了，这样，我给你劳务费，删完给你一百元。”

删告白短信给劳务费？方糖不淡定了，想了想，坚定地点了点头，直接开始工作。

起初方糖还想打开短信看看，可想了又想还是觉得不能这么做，好像侵犯了宋弋阳的隐私，最后还是没看，选择一条一条直接删除。

一共差不多有四五百条都是告白的短信，删完后方糖觉得手都不是自己的了。

宋弋阳检查了下工作，满意地点了点头。

“不用给我发红包了，我从你劳务费里扣吧。行了，我去陪跑了，你去买东西送货吧。”方糖说完便跑没了影。

宋弋阳整理了下要买的东西，出发去了超市。

鉴于要买的东西实在太多，宋弋阳不得不把舍友们都喊了出来。

杨宁正和苏哲、郁东在宿舍里组队玩游戏，被喊出来的时候极度不情愿，可一听说是帮女同学买东西，一个个又变得怜香惜玉起来。

超市里，宋弋阳手里攥着四张字条，每张纸上写着要买的东西，为了公平起见，四人选择抓阄的方式。

杨宁打开自己的字条，表情很愉悦。

苏哲同上。

郁东同上。

唯独宋弋阳看了自己的字条之后，脸立刻拉长了三分。三个看热闹不嫌事大的主纷纷凑了上去。

"纯棉 275，夜用 280，夜用 410……"苏哲实在是念不下去了，向宋弋阳投去同情的目光。

杨宁左右张望，边走边说："零度的可乐在哪儿呢？蜂蜜黄油味的薯片又在哪儿呢？可乐不都一个味道吗？薯片不是也只有一个味道吗？"

郁东指着不远处的文具类用品兴奋地说："我找到了，笔记本和笔肯定在那边。"

三人很快四散而去，徒留宋弋阳一人站在原地。

摆放卫生用品的地方并不难找，不少女生在挑选，宋弋阳站在一边，先是扫了眼货架，紧接着便飞快地从货架上准确无误地拿到了清单上要买的东西。

一个男生来买卫生用品，放在哪儿都是很稀奇的事情，女生们纷纷侧目，捂着嘴偷笑。

宋弋阳拿出手机放在耳边，做打电话状："肚子还疼吗？你先喝点红糖水，我马上就给你买回来。"

话刚落音，周围那些抱着看热闹心态的女生顿时又开始羡慕起来。

"我要是有这样的男朋友就好了。"其中一位围观群众如此感慨。

宋弋阳推着推车，从卫生用品的售货机扬长而去。

方糖接了五个排队等位的单子，幸好离得不远，回到宿舍的时候恰好看到宋弋阳一行人拎着大包小包在女生宿舍楼下。

四个人拎着购物袋一字排开，被女生团团围住，苏哲挨个念着字条上委托人的手机号，被叫到手机号的女生像是中奖一样尖叫着从宋弋阳手中接过购物袋。

苏哲说：“弋阳，咱这阵仗有些太大了吧，你只不过是给那些下单的女生发了短信，怎么就下来这么多人？”

郁东不以为然：“这还用问，咱们弋阳走到哪儿不是风景？”

杨宁左右张望：“其实我比较好奇弋阳刚才买的那些东西是谁下的单。”

宋弋阳默不作声，就在苏哲念完最后一组手机号码时，杨宁和郁东脸上的表情格外精彩，对下单委托人的长相充满了期待。

裴雯踩着细高跟从人群中走了出来，从宋弋阳手中接过购物袋：“还是你对我用的牌子了解。”

裴雯这话说得就有些令人误解了，又让人尴尬。因为购物袋是白色的，一眼就可以看到里面的卫生用品，但凡是有点常识的人都知道裴雯说的是什么意思。

宋弋阳直视裴雯：“超市里只有这几种。”

裴雯把购物袋交给身旁的舍友小琪，双手环胸居高临下地道：“请问这家超市在什么位置，看来我以后得多去。”

作为和宋弋阳在同一战线的革命战友，方糖觉得到了自己该站出来的时候，她毅然决然地站了出来。

“不好意思，美女，这是我帮你买的。”

裴雯看了眼方糖，一眼认了出来她便是在电影院救自己的女孩，微笑着向她致谢："是你啊，电影院的事我还没好好谢谢你。"

方糖摆了摆手表示不在意："不用，你以后多光顾我的工作室就行。"

裴雯指着宋弋阳，扬起嘴角："我想知道的是，我下的单都会由他来接吗？"

裴雯这句话大约是问出了许多女生心中的疑惑。方糖想了想，坚定地点了点头："会尽可能地安排，这点请大家放心。"

杨宁在宋弋阳耳畔低声问："弋阳，这丫头给了你什么好处？让你这么委身于她，这不像你啊。你说句实话，是不是被她拿住了什么把柄？"

宋弋阳摇了摇头，做了个噤声的手势，原本想要询问他的苏哲和郁东也识相地把疑问咽了下去。

"我们是消费者，有权指定接单人吧。"裴雯气焰嚣张，给人寸土不让的感觉。

宋弋阳走到方糖身边，朗声宣布："工作室的事她说了算。"

女生们不约而同地看着方糖。

方糖尴尬地挠了挠头："根据实际情况而定，我会尽可能安排。"

宋弋阳也没有多留的意思，不再多说，转身离开，舍友们也不好多说什么，也跟着他离开了女生宿舍。

果不其然，校内网又一次被点燃。

上次是因为宋弋阳，这次还是因为宋弋阳，因为他加入方糖跑腿工作室的事有实锤了，而且他也亲自送货，当了快递小哥。如此秀色可餐的快递小哥，众多女同学纷纷表示必须多多支持。

宋弋阳所在的 303 宿舍对此展开了激烈讨论。苏哲、郁东二人纷纷表示了想要加入工作室的欲望，毕竟如此和妹子接触的方式还是有助于摆脱单身狗的队伍。倒是杨宁，对此事持围观态度。

宋弋阳合上笔记本电脑，坚定地表明立场：“工作室人手够了，不方便再加人。”

苏哲一阵哀号，一脸不敢置信的表情：“哥们，工作室人手越多发展越快。”

郁东点头赞同：“就是，就是。”

宋弋阳舒展了下手指：“兵不在于多在于精。”

三人沉默不语，满怀怨念。

接下来的几天里，宋弋阳的电话每天都是热线状态，下单的、表白的，方糖替宋弋阳算了下，还是表白的居多。

不过，由于宋弋阳总是置之不理，知难而退的同学还是不在少数。方糖单从每天替宋弋阳删除的告白短信数量也察觉出了变化。

而微信的好友添加则是在宋弋阳关闭了好友添加功能，这才停止了疯狂的添加模式。

宋弋阳完成单子的速度越来越快，平时方糖做一单的时间他已经做完了三四单。

对此，方糖决定放下工作室创始人的身段好好请教一番，可是在偶然间看到宋弋阳画的路线图之后，彻底放弃了虚心学习的念头。毕竟对于她这个分不清东南西北的路痴来说，能找到委托地点，顺利回到学校已经是相当值得骄傲的事情了，更别提优化线路。

方糖仔细想了想，承认在认路这一项上，宋弋阳的确比较强。虽然舍友们对她的表态嗤之以鼻。

就连好友苏青都对此表示了强烈不满：“他什么都比你强好不好，我看他也就不会生孩子了。”

细思极恐，方糖觉得自己受到了一万点暴击伤害。

这天，方糖接了个帮忙遛狗的单子，东转转西转转，当到了约定时间她想要带小狗回去的时候，竟然发现自己找不到回去的路了。

这下可事大了，她是超级纯粹的路痴，她平时工作的范围不会超出自己熟悉的区域，一旦超出那简直就是灾难，也只有了解她的苏青能找得到迷路的她。

方糖凭着自己的记忆走了大约二十分钟，原本她以为会回到最初的地点，可没想到却越走越偏，没办法，她只能向苏青求救。

可谁知苏青的手机偏偏就没电了，没说几句话就自动关机了，方糖左思右想只能打电话给宋弋阳。

“宋弋阳，你的单子做完了吗？”

电话另一边的人顿了顿：“有点事情要处理，半个小时后才能去，怎么了？”

方糖犹豫了好一阵子，才鼓起了勇气面对现实：“那个……你能来接我吗？我迷路了。”

“你在哪儿？”

方糖左右打量了下自己所在的位置：“我左边是卖过桥米线的店铺，右边是生煎包店。”

宋弋阳沉默了片刻：“能说得再具体一点吗？你那里有什么明显的标志吗？”

[4] 约会?

方糖再度打量了下四周的环境：“我所在的街道有一家卖水煮鱼的店。”

电话另一端的人沉默了许久才缓缓地回复：“还是给我发微信定位吧。”

原来还可以这样，有生以来第一次，方糖觉得自己智商余额不足，她想了想，还是觉得待在原地等宋弋阳来找比较好。

这几天变天变得很快，早上出门的时候还天气晴朗，这会儿却是乌云密布，就在方糖找到坐的位置的时候，却发现开始滴雨。

不能让委托人的狗淋雨病了啊，方糖急忙跑到了屋檐下避雨。

这场雨来得突然，路上有带伞的行人纷纷撑起了伞，没伞的行人也像方糖一样开始寻找可以避雨的地方。

看着在雨中奔跑的行人，方糖的脑海中突然浮现出小时候自己站在雨中找妈妈的情景。

那是五岁的时候，她问爸爸自己的妈妈在哪里，别的小朋友都有妈妈怎么就她没有，是不是因为她不听话。

爸爸因为忙着送快递，让她乖乖在家里等着妈妈就会回来。可是她等了又等，从天亮等到天黑，都没有等到妈妈回来，只能自己出去找妈妈。

方糖到现在为止都记得非常清楚，她在雨里呼喊着：“妈妈，糖糖听话，你快回来。”

然而，找到她的是却是被雨淋得浑身湿透的爸爸，直到最后她也没有等到妈妈。很久之后，她才知道，可能她以后都再也见不到那个被称作妈妈的女人。

不知不觉间，方糖脸颊已经被泪水打湿。

街道拐角处，一个撑着伞的颀长身影出现在了视线里。虽然中午才见过才一起吃过饭，可此刻看到他，竟不由得觉得心头暖暖的。

宋弋阳走上前，把伞放在方糖头顶，伸手帮她抹去了眼角的泪珠。

方糖刚想说谢谢，却听见宋弋阳说：“本来就不好看，一哭更丑。”

怎么有一种想要活动手脚的冲动？

宋弋阳俯下身抱起小狗，一边抚摸着小狗的头一边说：“小狗送到哪里？”

方糖松开绳子，攥紧了拳头，极其愤怒：“定福庄北街东领鉴筑 2 单元 1302。”

宋弋阳把伞把放到方糖手里：“我抱狗，你撑伞。”

方糖比量了下宋弋阳的身高，整整比自己高出一个头，要是她撑伞岂不是得一直举着？

不过回过头想想，他本来说有事，能来接她已经算得上够朋友了。

是不是应该大度一些？

方糖觉得自己还是很大度很淑女的，微笑着接过了伞，走到宋弋阳右边撑伞。

两人在雨中缓步走着，谁都没有开口讲话，走过了几个红绿灯之后，方糖的耳畔传来了低低的声音，低到快要被车辆的呼啸声湮没。

“胳膊的伤怎么样了？”

方糖看了眼右胳膊的伤，轻哼一声：“你还知道我是病号？”

宋弋阳从方糖手中接过伞。

方糖刚想说他还挺识相的，却听见宋弋阳如此说：“正因为如此你的左手才要多活动活动。”

突然一股邪火上蹿，方糖揉了揉头发，把发型弄得乱糟糟，再次用怒吼表达了愤怒：“你就这样对待病号吗？”

宋弋阳目视前方，把伞往方糖那边移了移，面不改色地诲人不倦：“你看起来像病号吗？每天只知道做兼职赚钱，也没看你哪天在宿舍里休息。”

“我怕我饿死行吗？新时代的女性必须用自给自足来证明自己的能力。”

方糖看了眼宋弋阳，却发现他把伞全都倾斜在自己这边，他的左肩和袖子几乎全被雨打湿，原本想要找个小巷子揍他一顿的念头竟渐渐被暖暖的感觉所湮没。

“最近一段时间，我下午都会和同学一起写论文，点的饭通常会比较多，你晚上来我们系的小教室找我。”宋弋阳的声音超乎寻常的温柔。

方糖看了眼宋弋阳，嘴角不由得上扬：“不合适吧，这几天每天中午都是吃你打的饭，我已经很过意不去了。”

“中午去得晚，厨师每次都打得多，吃不了也是浪费。”宋弋阳抚摸着小狗的头，接着说，“我和同学晚上吃不了也是扔，每天傍晚六点去不去和我们一起吃你自己决定。”

这话说得，怎么好像方糖是垃圾桶似的，她摇了摇头，表明态度：“我不去。”

宋弋阳自顾自地开口，说得极慢：“今天已经订好餐了，糖醋鱼、宫保鸡丁、鱼香肉丝、清炒油麦菜。”

“我去，我去。”

方糖光是听着菜名都两眼放光口水直流，已经迫不及待地开始脑补这几个菜放在一起的情景，她这个人对美食真的没有抵抗力。

宋弋阳嘴角浮起一抹笑意，心情突然变得极度愉悦，连一直以来讨厌的下雨天都觉得顺眼了许多。

送还了小狗，方糖想起来过会儿还有课。

宋弋阳把方糖送到教学楼下，把伞给了她。

“别忘了傍晚六点小教室的约定。”

方糖接过伞点了点头，怎么觉得挺不好意思的，这感觉好像约会？

不过，她很快便否定了自己的这个想法，这点自知之明她还是有的，像宋弋阳这么优秀的人，怎么会喜欢上她这样的女汉子？

有哪个女生能在电梯停电的时候一口气上二十八楼？有哪个女生能扛着桶装水上六楼？

她和别人比不了，也不想比。其实她都想过，世界这么大，就算没有男生喜欢她这种类型的女生，她也可以靠自己的努力过得很好。

宋弋阳淋着雨回到宿舍。

杨宁一脸凝重：“你出去时不是带伞了吗？怎么淋成这样？”

宋弋阳利落地换了衬衫：“伞坏了，我扔了。”

苏哲拿起床边的雨伞，撑起来做少女状：“我强烈推荐你使用苏哲牌雨伞，下雨天遮雨，晴天遮阳，暖暖的，很贴心。”

郁东和杨宁纷纷做呕吐状。

“从今天起，我们每天晚上六点到七点，在小教室自习。”

宋弋阳的话刚落音，宿舍里一片哀号。

郁东哭丧着脸：“为什么？六点下课就到吃饭时间了，怎么还自习啊？”

宋弋阳说：“我在那边带着你们复习，晚饭就叫外卖。”

苏哲举双手赞成：“这敢情好，有你带着我们复习，这论文就好写多了，我投赞成票！”

郁东附议：“复习我赞同，不过我强烈要求点水煮鱼。”

杨宁点头：“我也强烈要求点水煮鱼。”

宋弋阳淡然回道：“今天已经订好餐了，糖醋鱼、宫保鸡丁、鱼香肉丝、清炒油麦菜。”

虽然没有水煮鱼，但郁东听见糖醋鱼，还是很满意：“糖醋鱼也行。”

苏哲和杨宁一起竖起了大拇指，表示没意见。

宋弋阳说：“以后每天晚饭吃什么，我来定。”

宿舍里又是一片哀号。

郁东高举双手做不甘心状：“我的水煮鱼、麻辣小龙虾、香辣烤鱼、大闸蟹啊！”

苏哲从上铺一跃而下，强烈抗议：“弋阳，你不能这样对我们，大家都在长身体，需要营养，点菜商量着来，行不行？”

杨宁倒是无所谓地摊了摊手：“我都行，我们认识这么多年了，口味倒也相似。”

“欠我的十二顿饭一笔勾销。”

宋弋阳的话刚落音，苏哲和郁东不淡定了，好像生怕他后悔，急忙凑上前表明立场：“成交，成交！”

“君子一言，驷马难追！”

杨宁乐不可支：“行了，上课去。”

方糖本来以为自己和宋弋阳的绯闻很快就会退散，毕竟与事实不符，可没想到就连课间休息去洗手间的空当都听见不认识的女生在议论她和宋弋阳的关系。

吃瓜群众显然对这件事抱以怀疑态度，而最近方糖和宋弋阳总是一起在餐厅出现，也让事情进一步发酵，对于宋弋阳看上方糖的概率，吃瓜群众表示简直是比中六合彩的概率还要低。

对此，方糖只是一笑置之，淡定地从她们身边走过。吃瓜群众发现了自己口中议论的当事人，惊呼下只能消声装作自己是空气。

原本方糖还在犹豫下了课要不要去蹭饭，心里还是有一些怯意的，可经此事之后，她决定了，饭可以蹭，但也不能白蹭，为了公平起见，她决定把当初和宋弋阳定好的分成模式改成五五。

国际关系学院比较好找，方糖倒是因为接单子去过挺多次，不过小教室却让她有些蒙圈，问了一堆人才好不容易到了约定地点。

宋弋阳看见方糖，合上书微微笑了一下：“吃饭吧。”

郁东挥了挥手打招呼，之后便两眼放光地朝着放外卖的桌子冲了上去：“终于能吃饭了，我觉得自己饿得能吃得下一头牛。”

杨宁上前打招呼：“方糖，你怎么知道我们在这儿？找我还是找弋阳？”

苏哲白了杨宁一眼：“方总当然是找弋阳，找你干吗？别自作多情啊。”

方糖挠了挠头，看着宋弋阳。

宋弋阳走到放着外卖的桌子前：“她和我们一起吃饭。”

苏哲和郁东点了点头，表示明白。

杨宁笑了笑：“我还没找到机会好好谢谢你，估计这段时间弋阳每天都会在这里给我们补课，我们也会在这儿吃饭，你也一起来吧。”

同学
❤
你好甜

第三章

希望他能懂

[1] 难吃的给你

菜已经放好，诱人的香味勾起了方糖的馋虫，而且宋弋阳的舍友也不是外人，她忍不住奔上前：“哇，糖醋鱼，我的最爱。”

宋弋阳夹起一块糖醋鱼，放进方糖身前的米饭盒里。

“太难吃，给你。”

方糖看了眼糖醋鱼，挺好的啊，色香味俱全，不是点的外卖吗，怎么会难吃？

她拿起勺子吃了口糖醋鱼，细细品味之后，皱起了眉头：“挺好吃的啊，不难吃。”

宋弋阳把糖醋鱼移了下位置，放到了方糖面前：“这糖醋鱼实在是太难吃了，你自已吃吧。”说着看向舍友们，“你们吃别的菜。”

呃？明明挺好吃的，宋弋阳这口味也太独特了吧。

郁东看着糖醋鱼，很明显地咽了下口水。苏哲和杨宁不约而同地看着宋弋阳，两人又面面相觑，不明所以。

方糖把糖醋鱼往前推了推，对三人发出邀请：“你们都尝尝，明明挺好吃的。”

宋弋阳把糖醋鱼推回了原地，用不容置疑的语气说道：“他们都不喜欢吃糖醋鱼。”

杨宁看了看宋弋阳，秒懂：“是啊，我们都不喜欢吃糖醋鱼，你吃吧。”

苏哲瞪大双眼看着宋弋阳，却见宋弋阳在一旁默默地吃着油麦菜。认识他一年多了，从未见过他对任何一个女生如此，正打算调侃他几句，却突然想起宋弋阳之前加入方糖工作室的事情，再加上他每天以工作为借口和方糖一起吃饭，完全将他们抛之脑后。以上种种，明显就是见色忘义，重色轻友。

想明白了一切，苏哲笑意盈盈地把鱼香肉丝也往方糖那边推了推：“方总，尝尝鱼香肉丝，超好吃。”

郁东早已顾不上许多，自顾自地风卷残云。

方糖摆了摆手，对于苏哲的称呼挺不好意思：“千万别叫我方总，我可当不起，叫我方糖就行，或者叫我水手也行。因为力气大，宿舍里的饮水机换水都是我扛着水桶上楼换，舍友都管我叫大力水手，简称‘水手’。”

苏哲还未开口，宋弋阳不悦地：“快吃饭，好吃的菜我们吃，不好吃的给方糖就行。”

呃……方糖沉默了，当她是垃圾桶？

无语了，为什么宋弋阳总是有办法把她气得无话可说，方糖略微觉得心酸，低着头默默吃着糖醋鱼。

再也没人开口说话，一时间，饭桌上的气氛变得有些尴尬。

由于方糖右手骨折还未好，还是用左手拿勺子吃饭，不是很方便。

宋弋阳目光瞥向方糖，察觉出她的不易，用筷子仔细地把糖醋鱼分成了小块。

杨宁看在眼里，心中暗喜。苏哲只顾低头吃饭，对这碗狗粮表示不屑。郁东也只顾着吃，完全不理会发生了何事。

宋弋阳贴心的举动令方糖的脸微微发红，她用勺子舀了些糖醋鱼，低声向其道谢："谢谢。"

"刺多，小心。"

宋弋阳简单的四个字，方糖听在耳中却觉得暖暖的。她不由自主地看着宋弋阳，好像越看他越觉得顺眼。

宋弋阳察觉到了方糖的注视，夹了些油麦菜放到她的米饭里："一会儿还要上课，要是卡到刺了没时间送你去医院。"

方糖长吁了口气，收回了刚刚才从心里升腾起来的好感，白了宋弋阳一眼，低着头吃饭，牙齿都咬得咯咯响。

苏哲原本在吃着饭，被宋弋阳说的话惊到了，一下呛住了，咳个不停，喝了好几口水才好了些。

郁东和杨宁一边一个帮苏哲拍着背。

宋弋阳打开一瓶水递给苏哲："喝点水，歇会儿。"

方糖看着宋弋阳对舍友的态度，想了想她对自己的态度，不由得悲从中来。看来，他还是烦她这样的女生。

苏哲喝了口水，摆了摆手："没事，我没事，呛住了。"

吃完饭，未等方糖动手，苏哲和郁东就已经把餐盒收拾完毕。

方糖喝了口水，看着在一旁收拾东西准备离开的宋弋阳，站起身："宋弋阳，我想了想，以后我还是不和你们一起吃饭了吧。"

所有人怔住，目光一起看向宋弋阳，等着他表态。

宋弋阳把书放进书包，单肩背起，与舍友们对视："你们还补习吗？十二顿饭……"

苏哲和郁东急忙挡在宋弋阳身前。

“没事的，欢迎你来和我们一起吃饭，几个老爷们一起吃饭多没意思啊，你一来氛围都变好了。”

“反正我们每天点得都多，也吃不了。”郁东咬着牙，想了想，接着说，“以后每天的菜都由你来点行吗？你点什么菜我都爱吃。”

其实不是点菜的事，理由方糖也不能堂而皇之地摊在明面上说，说她是因为宋弋阳说的话觉得心里难受？

不等方糖开口，宋弋阳清冷的声音传来：“投票决定，同意和方糖一起搭伙吃饭的举手。”

话刚落音，舍友们都在第一时间迅速地举起了手，投了赞成票。

宋弋阳耸了耸肩，无奈地摊手：“这是大家的意见，你自己看着办。”

郁东双手合十做乞求状，表情略微伤感。

苏哲抱拳：“看在我们诚挚邀请的份上，你就从了行不？”

“那我也不能白蹭饭啊，我们 AA 好不好，要不然我良心不安。”

方糖瞥了宋弋阳一眼，只见他双手插袋，正半倚在桌边看着自己。她看不出他的眼里究竟是想让她难堪的戏谑之色，还是别的，不觉得气势弱了几分。

为什么他每说一句话自己就这么在乎？难不成真的是喜欢上他了？方糖一边想着，心一边剧烈地跳着，呼吸也变得有些困难，她用手捂住半边脸，长吁了几口气，心跳才勉强平复下来。

杨宁笑着说：“方糖，你的耳朵怎么这么红？”

方糖急忙捂住耳朵，为自己争辩：“哪有？”

宋弋阳缓步前行，边走边说：“AA 的话，一人十元转我微信。”

郁东一脸不敢置信，嘴巴张得几乎都能塞进去一个鸡蛋：“这么便宜，明天继续点他们家。”

方糖拿出手机给宋弋阳转了饭钱，心情才好了些，朝着几个人挥了挥手示意："我先走了，一会儿还有课。拜拜！"

"拜拜，明天同一时间记得来啊！"

众人异口同声地和方糖告别，唯有宋弋阳默不作声，停住了前行的脚步，立于墙边，望着方糖。

待方糖走远，宋弋阳指着三人，微笑着说："你们每个人给我二十五元的饭钱！"

郁东做晕倒状。

苏哲和杨宁却一个箭步上前，一人控制住宋弋阳一边。

"老实交代，是不是有喜欢的姑娘了？"

"这姑娘是不是方糖？从什么时候开始的？"

宋弋阳低头轻笑："什么时候开始的不重要，重要的是，我还没告诉她，你们替我保密。"

郁东一脸惊愕："不能吧，你竟然还没出手？这不像你的风格。"

杨宁补刀："想不到啊，从小到大喜欢你的姑娘多了，各种风格的都有，你竟然喜欢这种类型，我怎么突然觉得我得多吃几只大闸蟹压压惊。"

宋弋阳整了整衣服上的褶皱，嘴角微扬："这个世界上长得漂亮的人不少，但有趣的灵魂却很少。"

苏哲不解："那你怎么不告诉她啊？光是听见你在饭桌上埋汰人家那话，我都替你捏把汗。"

宋弋阳越过舍友的包围，一边走一边回答："看她着急的样子很有意思。"

有意思？众人表示无法理解。

方糖回宿舍取书，却察觉宿舍的气压相当低，苏青和封思彤表情严肃地坐在计珊身边，计珊却在掩面痛哭。

"怎么了？"方糖走到计珊身边，轻声询问。

苏青看了看方糖，拉着她去了洗手间。

“方糖，计珊出事了！”

方糖见苏青一脸郑重，不由得心头一紧：“到底发生了什么事？”

苏青先是长叹了口气，才说出了实情：“计珊喜欢国际关系学院的柳峰，之前跟柳峰告白过，那个渣男表面上答应和计珊交往，却总是打计珊。起初是打在身上，计珊也没告诉我们，因为每次柳峰打了计珊之后都会道歉，态度还挺诚恳，今天计珊回来我们就看到她半边脸都肿了，追问了她半天她才告诉我们。”

“柳峰？打计珊？”方糖强压着暴怒想了想，“他好像在我这里下过单，化名叫欧阳锋，那小子一看就不是什么好东西，渣男一个！不行，我得替计珊出气，不能让她这么被欺负。”

苏青一把拉住了方糖：“等下，你先别激动，先听我把话说完。”

方糖暴怒到不行：“怎么，那柳峰还做了什么见不得人的恶心事？”

苏青摇了摇头：“不是，是计珊这边的原因。柳峰跟她道过歉了，她想原谅柳峰，不想把事情闹大。毕竟柳峰家境不太好，每年都得靠奖学金交学费，计珊怕这事一旦闹大，柳峰会拿不到奖学金，她还是太善良了，放不下柳峰。”

“那这事怎么办？也不能就这样看着计珊受欺负啊！”

方糖的情绪极为激动。

苏青点了点头：“谁说不是啊，我们一开始就说要替计珊讨个说法，替她出气，计珊愣是不让。”

方糖拍了拍苏青的肩膀：“行了，我知道了，这事我来处理。”

苏青疑惑地看着方糖：“你有什么好办法？”

“照顾好计珊，我去找柳峰，让他主动向计珊提出分手，断了计珊的念想，这样的渣男留着干吗，早该给他点教训。”

[2] 谢谢你

计珊听到方糖义愤填膺地要替自己出头，怕方糖冲动得把事情闹大，慌乱地擦了擦眼泪，哽咽着说：“方糖，你可千万不要把事闹大了，如果因为我害得他拿不到奖学金没钱交学费，这可真的就是罪过了！”

方糖实在是无奈得很，可看到泪眼婆娑的计珊，只能妥协：“好，你放心，这事我绝对不会闹大，可你不能就这样平白无故被他欺负吧，我总要替你讨个说法。你放心吧，你瞧我这还受着伤呢，也不能把他怎么样。”

计珊这才放了心，继续趴在床上哭得梨花带雨。

方糖无奈地摇了摇头，心中暗自想：看来这人只要一谈恋爱智商就不在线，都被人欺负成这样了还打算息事宁人，真是个傻姑娘！

方糖并不知道柳峰的宿舍，她下了宿舍楼便给宋弋阳发了条微信。

“帮忙打听下柳峰的宿舍和手机号。”

宋弋阳很快便回复了消息：“你找他有什么事？”

到底家丑能不能外扬？方糖想了想，觉得这见不得人的应该是柳峰而不是她们家计珊，便一五一十地把事情告诉给了宋弋阳。

“这个柳峰和计珊在谈恋爱，他刚把计珊给打了，计珊舍不得提分手，又不让我们找柳峰麻烦，说是怕柳峰因为打人的事拿不到奖学金交不了学费，我正准备找柳峰让他和计珊分手。”

“你就这么找过去柳峰不会承认的吧，更别提让他提分手了，这是他们之间的事，还是让他们自己来解决吧。”宋弋阳很快回复了微信，他不是很赞同方糖管别人的事，毕竟插手别人感情的事情实在是不太合适。

方糖见宋弋阳这种态度，顿时怒气冲冲地回复：“算了，我问别人好了。”

宋弋阳沉默了一会儿，回了方糖：“晚上八点半来校外的遇见咖啡厅。”

方糖这才欣慰地给宋弋阳发了个笑脸。

宋弋阳放下手机，便迅速打开电脑，很快就找到了柳峰的校内网账号以及他的微博账号。

这不查不知道一查吓一跳，柳峰居然在微博上和除了计珊之外的其他三个女生互动密切。

宋弋阳顺着一些照片抽丝剥茧，终于找到了柳峰和那三个女生暧昧的关键性证据，他看到柳峰的校内网账号在线，将照片打包发了过去。

不出意外，柳峰一看到照片就不淡定了，着急地给宋弋阳回信："你是谁？想做什么？"

宋弋阳是用临时申请的小号给柳峰发的照片，他淡然地给柳峰打了一行字："你的私生活混乱我不想管，但你的所作所为已经伤害到了一个无辜的女生，对女生大打出手不是男人所为，给你一个小时时间解决，否则这些照片我会上传在校内网。"

柳峰害怕了，他已经猜到了这个不知名的人是在为计珊出头，为了避免不必要的麻烦，他只能求饶认输："打计珊是我不对，我一定向她道歉，求求你放过我，我绝对不敢再犯了！"

宋弋阳嘴角微勾。他对柳峰的话根本就不信，不过这些照片能够让柳峰收敛一些，他的目的是让柳峰跟计珊道歉并提出分手。

"道歉远远不够，你和计珊提出分手吧，她是个好姑娘，你配不上她。"

"你让我提分手？你是不是暗恋计珊？你搜集我的这些照片花了多少时间？"

面对柳峰的质问，宋弋阳轻哼了声，纤长的手指在电脑键盘上快速地敲下一行字："我是不是暗恋她和你没关系，至于找到你和那三个女生暧昧的照片一点难度都没有，我就用了十分钟而已。不过你如果一个小时后没有把事情解决的话，我或许能找到更多，到时候会一起放在校内网上。"

或许是被宋弋阳在十分钟之内找到这么多黑料的能力惊呆了，柳峰校内网的头像很快便暗了下来。

宋弋阳合上电脑，看了看时间，七点十五分，晚上的课八点结束，时间足够。

方糖晚上没有课，她原本是打算蹭课的，可现在计珊出了这档子事她也没有心情去别的系蹭课，更加没有心情去接单子。虽然宋弋阳说是八点半在遇见咖啡厅见，可方糖还是不放心，早早地就在咖啡厅等着了。

柳峰估计也是怕了，很快便给计珊打了电话，也不知在电话里跟计珊说了些什么，计珊哭得更厉害了。

封思彤和苏青追问之下才得知是柳峰主动向计珊提出了分手，二人相视一眼，已经猜到能让这柳峰主动提出分手必定是方糖已经去找过他了。

封思彤出了宿舍，迅速给方糖发了条微信，汇报了下战况。

"方糖，干得漂亮啊，你是怎么让那渣男主动提出分手的？"

方糖收到封思彤发来的微信，喜出望外，心中不由得对宋弋阳有了钦佩之意，她这才刚和他说这事没多久宋弋阳就已经漂亮地解决了。

她给封思彤发微信："解决了就好，我这边有点事情要处理，你赶快安慰安慰计珊，让她别再难过了，长痛不如短痛，那样的渣男让她不要再留恋了。"

"行，我知道了，今天又没课，你也早点回来休息，还是个病号呢，别老在外面乱晃了。"

方糖看着手机里封思彤发来的消息，心里暖暖的，回了个笑脸便关了手机。她真的不太擅长面对这样的事情，怎么莫名觉得眼眶里好像有眼泪在打转呢。

平时方糖都舍不得买咖啡，不过为了感谢宋弋阳的仗义援手，她特意买了杯美式冰咖啡。这是她比较喜欢的，一直没舍得买，想必这份心意宋弋阳应该能懂吧。

咖啡才刚上来没多久，宋弋阳的身影便已经出现在了咖啡店外，方糖兴奋地隔着玻璃窗朝着窗外穿着白色衬衫、黑色长裤的宋弋阳挥手。

宋弋阳朝着方糖微微一笑，推门进了咖啡厅，径直朝着方糖所在的方向走了过去。

看着宋弋阳越来越近的身影，不知为何，她的心中突然七上八下的，心跳得越来越厉害。

宋弋阳落座，方糖把咖啡推到他身前："这是请你喝的，我替计珊谢谢你，谢谢你能出手相助。"

宋弋阳看到方糖只点了一杯咖啡，便知道是怎么回事了，他把咖啡推到方糖身前。

"举手之劳罢了，我不太喜欢喝咖啡。"

方糖蹙眉："那我帮你点杯奶茶或者是别的什么吧？"

说着，她便打算喊服务生，却被宋弋阳适时阻止。

"我只喝白开水。"

咖啡厅里的白开水是自助的，方糖无奈之下，只能去倒了杯白开水给宋弋阳。

"事情解决了吗？"宋弋阳的语气淡淡的。

方糖点了点头，说道："已经解决了，你是用的什么办法？柳峰已经向计珊提出分手了！"

宋弋阳拿起手机，把方才找到的柳峰的那些照片都发给了方糖。

方糖看到这些照片，方才的好心情瞬间荡然无存，立时被柳峰这个拈花惹草的渣男气到气血上涌。

"看样子他同时脚踏四条船啊，这个渣男，真想把他曝光！要不是计珊心软想替他保住奖学金，我一定在校内网上曝光他，让他自食恶果！"

看着方糖一副怒气冲冲的样子，宋弋阳劝慰："这并不是所有的，想要查还能查到更多的，可这总归是别人的事情，本来这些东西我是不打算让你知道的，可想了想又怕你的同学因为失恋想不开，这些照片你找几张她能接受得了的，让她对柳峰死心吧，这样也能早点走出来。”

这是宋弋阳头一次对方糖说这么多，倒让她有些刮目相看。

“咦，宋弋阳，没想到在你冷酷的外表下还隐藏着一颗侠义之心啊，佩服佩服！”

“这是最快解决这件事情的办法了，这种事情本来外人就没有办法插手。”宋弋阳话只说了一半，真正想说的话其实并没有说出来。

“发生这样的事情谁都不想，这就是我不想谈恋爱的原因，每一段感情往往都是女生付出比较多，最后舍不得的是女生，伤得最深的还是女生。”

宋弋阳轻笑：“未必，这要看和你谈恋爱的对象是谁。”

方糖耸了耸肩：“这事以后再说吧，对了，你是怎么找到柳峰脚踏四条船证据的？”

“不难找，随便一查便查到了。”

“随便一查就查到了？我也看柳峰的校内网和微博了，并没有发现什么可疑的地方啊！”

“术业有专攻，我已经拿到计算机系的学士学位了。”宋弋阳说得云淡风轻。

方糖目瞪口呆地看着宋弋阳，朝他竖起了大拇指，丝毫不遮掩自己内心的钦佩之情。

“宋弋阳你实在是太厉害了，这才大二就拿到了计算机系的学士学位，以后你不管做什么我都不会觉得惊讶了，你就是天才啊！”

“计算机系学士学位是大一拿到的，我本来是计算机系的，后来才转到国际关系学院的。”

宋弋阳说完，喝了口白开水，看了看时间，接着说道：“现在还早，我选修了徐淼教授的电影史，徐教授留了作业，要写一篇现在上映电影的影片分析，如果你想谢谢我的话，就陪我一起去做作业吧。九点之前要交，现在不去恐怕就来不及了。”

[3] 初吻

“去电影院还怎么写影片分析啊？关了灯乌黑一片什么都看不见！”方糖有些不明所以。

宋弋阳微笑：“当然是我看电影你写影片分析。”

“你看电影让我写影片分析？”

方糖重复了一遍宋弋阳的话，瞬间歇菜，可一想到自己刚才说过要替计珊谢谢宋弋阳，只能硬着眉头答应了下来。

“电影院这么黑，我要怎么写？”

宋弋阳指着方糖的手机：“用手机写，一个小时一千字，应该没问题吧。”

方糖一脸悲壮地尾随在宋弋阳身后，两人一起去了离学校最近的电影院，为了方便发挥，在方糖的坚持下宋弋阳选了正在上映的动画片。

动画片的故事还是比较简单的，比较童真，想必影片分析还是比较好写的。

虽说这一切想起来很容易，可实际上写起来却一点都不简单，方糖安慰自己，就把影片分析当作自己接的一个工作。

在看电影的过程中，方糖绞尽脑汁地写完了一篇深刻的影片分析，这可是她自从上了大学之后第一次这么严肃认真地写东西。

可当方糖怀着无限的喜悦把这篇影片分析发给宋弋阳的时候，原本在喝可乐的宋弋阳只用了一分钟不到的时间就把影片分析给看完了。

“不深刻！这就是你的真实水平吗？重写！”

宋弋阳的否定严重打击了方糖的自信心，她无奈之下，只能默默地抱着手机重新写。

方糖重写了一遍之后宋弋阳还是不满意，无奈，她只能埋头再次重写，可没想到的是，她第三次重写的宋弋阳还是不满意。

忍无可忍的方糖爆发了:“我又不是影评人,要写成什么样你才满意啊？”

宋弋阳似乎是没想到方糖会发怒，板着的脸似是有藏不住的笑意：“你这是感谢我的态度吗？注意你的言辞！”

这一句话点醒了方糖，她原本已经冉冉升起的斗志立即偃旗息鼓，只能耷拉着脑袋向宋弋阳求饶。

“弋阳，我承认我实力真的不如你，这样吧，你看看我写的有没有可取之处，稍微改动那么一小下，千万不要耽误你交作业啊！”

宋弋阳把举了半天的爆米花塞到方糖手中，顺手把自已喝了一半的可乐也给了方糖。

“也只能如此了，你看电影吧，我来写。”

方糖如释重负，再也不想提影片分析这档子事，安心地看起了电影。

约莫过了十分钟，宋弋阳收起了手机，极其自然地从方糖手中拿起可乐就喝了起来。

方糖不敢置信地问：“写完了吗？这么快？”

宋弋阳微微点头：“写完了！”

“你十分钟就写完了，之前还非要让我替你写？”方糖不客气地指责宋弋阳。

可宋弋阳根本就没有一丝一毫反省的觉悟，看都不看方糖，目不转睛地盯着大银幕，又把可乐塞回到了方糖的手中。

“我还是不信你能在十分钟之内写完影片分析，你发给我看！”

看着方糖坚决的态度，宋弋阳轻叹了口气，说道：“你确定你要看？”

方糖郑重地点了点头：“发给我，我倒要看看你能写成什么样！”

宋弋阳拿出手机，把方才写好发到导师邮箱的影片分析又发给了方糖一份。

方糖虽然做了充足的受打击的准备，可当看到宋弋阳的影片分析是从世界动画电影史漫谈到中国动画电影史的时候，瞬间无语了。

半晌，方糖才缓缓开口：“宋弋阳，你不是外交学与外事管理专业的吗？怎么好好地又选修起电影史？你这是铁了心要当所有人的参照物把我们这些普通人逼上绝路吗？”

宋弋阳毫无征兆地突然转过头，恰巧方糖也突然转过头，在座位间距狭小的电影院里，方糖的嘴唇直接就碰到了宋弋阳的嘴唇。

方糖先是愣了一下，而后条件反射地往后缩了一下，可她没想到的是她这么一个简单的动作却好像是惹怒了宋弋阳一样。宋弋阳飞快地拉了她一把，抓住她的手钩住她的脖子，然后十分迅疾地吻上了她的双唇。

方糖只觉得整个身体像被电流击中一般，酥麻得厉害，脑袋也变得晕乎乎的，好在宋弋阳只是轻吻了几下便松开了方糖，方糖好半晌才回过神来，一想到宋弋阳方才吻了她，骨头好像酥得都快散架了。

“这是让你还的利息。”

宋弋阳的语气很寡淡，与方糖剧烈起伏的心情不同，他说完就好像方才什么都没发生过一样，继续看着电影。

忐忑不安的方糖刚把手伸到可乐杯子上，却恰巧与宋弋阳的手碰个正着。

方糖突然间想到一件事，方才这杯可乐她喝过，之后宋弋阳好像直接拿起来就喝了，这或许就是间接接吻？

一想到间接接吻之后又被宋弋阳吃了豆腐，方糖整个人都慌了，她想要发火却不知道该说什么才好。毕竟方才是她先不小心亲到宋弋阳的，可宋弋阳这利息收得也实在是太匪夷所思了，哪有这样的？

方糖越想越觉得自己亏得慌，可自己选的电影含着眼泪也要看完，只能化悲愤为动力，低着头默默地吃着爆米花。

宋弋阳看着一旁埋头苦吃的方糖，嘴角忍不住微微上扬。

方糖好不容易等到电影结束散场，她飞快地起身对宋弋阳说了句："我先走了！"

随后方糖便跑得不见了踪影，只留下宋弋阳一人孤零零地站在了电影院。

"这是害羞了吗？"

宋弋阳拿起方糖未喝完的可乐，舍不得扔，直接将其带回了宿舍。

杨宁看到宋弋阳手里拿了杯可乐，他刚打完球回来有点渴，正准备从宋弋阳手中把可乐给夺过来，却被宋弋阳推了一把给拦了下来。

"你去喝别的，这个不行。"

在一旁举着哑铃练肌肉的苏哲听到宋弋阳这话，起了好奇心："弋阳，你这手里拿的是什么宝贝？"

宋弋阳微笑着拍了拍杨宁的肩膀，说道："这杯可乐我喝过了，给你喝不太好。"

杨宁从小和宋弋阳一起长大，两人都随便惯了，别说一杯可乐了，他们小的时候估计都穿过同一条裤子，突然之间宋弋阳开始见外，倒让他有些不习惯。

"哎，不对，弋阳，你老实交代，刚才去哪里了？说好的一起打球怎么一下课你就跑得没影了？"苏哲放下哑铃，走到宋弋阳和杨宁身旁，一副打算打破砂锅问到底的样子。

"徐淼教授的电影史留了作业，我去看电影了。"

在床上打游戏的郁东原本正专注地打着副本，可一听宋弋阳说到看电影，立马来了精神。

“看电影？和谁？和谁一块去的？”

宋弋阳的眉头舒展开来，嘴角微微漾开一抹笑意：“和方糖一起去的。”

“可以啊，弋阳，刚说你没出手这就付诸行动了啊，佩服佩服！”杨宁由衷地赞叹，心里着实松了口气。宋弋阳如果和方糖在一起了，那么他追裴雯就有机会了，这难道不是一件值得高兴的事情吗？

“弋阳，请客请客！小龙虾、水煮鱼走起！”苏哲可是看热闹不嫌事大的主，不过他也是替宋弋阳感到高兴。

“你们说，要是咱们学校的女生知道弋阳有女朋友了，这得有多少人哭死在被窝里？今夜得有多少人彻夜无眠？”

郁东考虑问题的方式总是独辟蹊径，却被苏哲无情地怼了回来。

“弋阳有女朋友了，对于我们来说是好事啊，少了弋阳这么一个劲敌，我们的赢面岂不是要高出许多？”

郁东翻身从上铺下来，重重地点了点头，肯定了苏哲的观点：“有道理，非常有道理，苏哲你今天总算是说对了一句话。”

苏哲抬手便敲了郁东脑袋一记，笑骂道：“我怎么就只说对了一句话？你质疑我？我和你在一个宿舍住了一年多你居然质疑我？”

郁东怎么能让苏哲这么欺负，二人很快便扭打在了一起，杨宁又像往常一样去劝架，可在劝架的时候不小心被郁东打了一下脸。

于是，这三个人已经顾不上追问宋弋阳和方糖约会看电影的细节了，扭打成一团。

宋弋阳无奈地摇了摇头，回到床前拉了帘子，和往常一样戴上耳机自顾自地看起了书。

方糖是红着脸回到宿舍的。

这一路上她觉得自己几乎是飘着回来的，脚下好像踩着棉花一样，初吻对象是所有女生心中的男神宋弋阳，她知足了，真的知足了。

不过虽然方糖心里已经乐开了花，但当舍友问起来的时候她却什么都没有说，只是默默地拉上了床帘躲在了自己的床上。

计珊似乎是哭累了，躲在床帘后面没什么动静。

封思彤见方糖一回宿舍就躲到了床上谁都不理，便走到方糖床边追问：“水手，怎么了？你这今天有点怪怪的啊，平时你不会回这么早的！”

在忙着下副本的苏青随口附和道：“是啊，水手，你今天怎么回来这么早啊？”

[4] 你逃不出我的手掌心

封思彤和苏青默契地没有提起计珊和柳峰的事，她们知道这会儿计珊肯定是躺在被窝里难过，可该劝的都劝了，不管说什么计珊都不听，她们也没什么办法，只能让计珊自己一个人冷静冷静，兴许过了一个晚上她就想通了呢。

方糖拿出手机打开微信，盯着宋弋阳的头像傻笑着。听到封思彤和苏青问她，这才恋恋不舍地把手机放在了一旁，拉开床帘，问道：“计珊怎么样了？”

说到计珊，封思彤和苏青的表情都变得凝重，二人一起摇了摇头。

“估计得缓一阵了！”

方糖听封思彤如此说，轻叹了口气，说道：“明天我带着计珊一起做兼职，给她找点事做这样她也没时间胡思乱想。”

“也行，就交给你了！”苏青说完又投入到了副本的战斗中。

封思彤好奇地凑了上去：“你这一天天的都在玩什么？怎么有事没事都看你在玩游戏？有这么入迷吗？”

苏青飞快地点着鼠标，心不在焉地说："你不玩游戏不知道，我玩一个医生号，刚才组了个打副本的队伍，队伍里面的甲鱼居然说我菜，说副本打不过是因为我不会加血，我这会儿正在和他 PK 呢！"

方糖不会玩游戏，听不懂苏青在说些什么，她又拉上帘子回到了自己的小天地。

拿起手机犹豫了许久，方糖终于鼓起勇气给宋弋阳发了一条信息："睡了吗？"

宋弋阳此时也正拿着手机犹豫着要不要给方糖发信息，刚打了个你字便收到了方糖发来的信息。

"怎么？有事？"

宋弋阳简单地回了四个字，不含任何情绪，方糖在看到这四个字的时候，心中跳动的小火苗瞬间像被一盆冷水迎头浇灭。她就不明白了，怎么这宋弋阳得了便宜还卖乖，一副事不关己的模样，难道吃了豆腐就打算不认账？

"没事就不能给你发信息吗？我是想问你明天几点有空，好给你安排工作！"这句话方糖是咬着牙发的。

宋弋阳在看到这条消息的时候忍不住捂着嘴偷偷笑了起来，他似乎能够想得到方糖发这条消息的表情，越想越觉得好笑。

"下午三点到五点有两个小时时间，晚上八点之后有时间。"

"行，我知道了！到时候给你安排活儿。"方糖心想，明天一定要把难做的工作都安排给宋弋阳，让他吃一吃苦头。

"早点休息吧，今天累了一天了，晚安，做个好梦！"

手机收到宋弋阳刚刚发来的消息，方糖看着这关切的问候，心突然又软了下来。宋弋阳也是懂得关心人的嘛，看来，明天还是不要把太难的工作安排给他了。

"我每天晚上十一点准时休息，十一点之后就不要给我发消息了，我手机会关机。”

看似是简单的交代，可方糖却从中解读出了其他的含义。宋弋阳这么说是不是在告诉她如果晚上十一点之后她发消息不回是他睡着的缘故？

“为什么宋弋阳要把自己的作息时间这么清楚地告诉我？”

方糖扪心自问，越想越脸红，感觉自己实在是无法回答这个问题，只能用被子蒙住头逼着自己睡觉。

第二天上午，方糖照常接了一些买东西、帮忙打饭的简单工作，在和宋弋阳一起送完午餐之后，终于闲下来一起坐在食堂里吃饭。

“我一个朋友在做游戏，需要找人做原型，劳务费还可以，一个小时拍摄完成，酬劳八百，要不要去？”

宋弋阳的话刚落音，方糖便飞快地点了点头：“去，去，去，只不过我右手受伤了人家要不要啊？”

“没事，不影响的，我已经和朋友打过招呼了，我们直接过去便好。”宋弋阳说着把餐盘里的排骨都夹给了方糖，“我减肥，这些排骨你都吃了吧。”

方糖看了看宋弋阳，又看了看他夹过来的排骨，本来通常在这个时候她会怒吼一句“你减什么肥，又不是要参加选美”，可今天看在宋弋阳接了个不错的工作份上，就不和他一般计较吧。

下午上完了课之后，宋弋阳便带着方糖直奔易游公司的游戏研发部。

胡宗泽是易游公司游戏研发部的负责人，他曾经和宋弋阳有过合作，他看到宋弋阳带着个女生过来，什么也没有过问，只是笑而不语地将一个巨大的袋子递给了宋弋阳。

“拿去换了过来。”宋弋阳发话。

方糖不敢耽误，接过大袋子便在游戏研发部工作人员的带领下去了更衣室。

“弋阳，我让你带你女朋友来，难道这就是你的女朋友？”

胡宗泽对于方糖的到来表示质疑，方糖长得也不是特别漂亮的那种，身材也不是特别好，穿的衣服也都特别中性化，看起来就是普通到不能再普通的路人，这一切都完全不正常啊，怎么看她都不可能是宋弋阳的女朋友。

“很有趣！”

“你是指你做游戏原型这件事，还是说这个女生？”

“当然是方糖，她很有趣，如果说我交女朋友的话，也只能是她。”

“啊？”胡宗泽朝宋弋阳竖起了大拇指，“对你的审美我只能用两个字来形容，彪悍！”

“出来了。”

宋弋阳一脸严肃地看着穿着怪兽服摇摇摆摆走出来的方糖。

其实方糖刚才看到怪兽衣服的时候就知道自己上了宋弋阳的当，但她还是忍耐了，谁让这个工作劳务费这么诱人呢。

“好，开始拍摄，接下来我们拍摄剑士的宣传照，大家都打起精神来，怪兽，你躺在剑士旁边的地上就好了。”

方糖闻言，缓缓走到宋弋阳身边躺了下来。

这种感觉好奇怪，她通过怪兽的嘴巴缝隙看到了宋弋阳。

他手持长剑，威风凛凛地把剑放在肩头，看不到他的脸也看不到他的眼睛，她一点也猜不出来他究竟在想些什么。

方糖猜想，宋弋阳一定早就知道了这次来她是扮怪兽的，一开始没告诉她一定是想要趁这个机会恶整她！

“怪兽，你能不能换个姿势躺，你见过四仰八叉躺着的怪兽吗？”游戏研发部工作人员的声音高了八度。

方糖咬着牙，不厌其烦地换了一个又一个姿势。

“你一点美感都没有吗？我们这拍的是宣传照，不是解剖怪兽。”

方糖紧接着又换了个姿势。

“你没吃过猪肉也看过猪跑吧，想想你玩过的游戏，那些怪兽都是怎么出场的。”

方糖又换了个姿势。

“脑子进水了吗？再换个姿势！”

方糖闻言，手忙脚乱地从地上爬起来，站起来左看右看，左试试右试试，不知该用什么姿势躺在地上，更不知什么姿势才能让对方满意，再加上刚才不小心碰到了受伤的右胳膊，疼得她龇牙咧嘴。

“我真的不知道该怎么拍，为了不耽误你们时间，你们还是找别人吧。”方糖说完便准备离开。

可怪兽的衣服太过于宽大，她一不小心踩到了怪兽服的另一只脚，以诡异的姿势向前倒了下去。

这下完了！丢人丢大了，估计宋弋阳一定会喊她大笨蛋吧。

也不知道这怪兽的衣服能不能隔住疼，真是倒霉到家了啊！右胳膊的伤还没好呢，这次不会再添新伤吧？

方糖闭着眼睛，龇牙咧嘴地等待摔到地上的那一刻。

可她等了半天也等不到一丁点的疼痛，反而好像是被一双强壮有力的手臂托着一样。

方糖睁开眼，从怪兽嘴巴的缝隙里往外看。

金黄色的盔甲挡住了她的视线。

竟然是宋弋阳？宋弋阳救了她？

怎么可能，宋弋阳在一旁嘲笑她都来不及，怎么会救她？

“方糖，你太重了！”宋弋阳的声音从剑士那冰冷的面罩里传了出来，在方糖的头顶响起。

好囧！

“小蒋，你去给她示范下。”胡宗泽被方糖彻底打败了，他只能向身后的同事求救。

好在有小蒋的帮忙，方糖终于摆出了一个极为霸气的姿势。

后来，方糖在小蒋的持续帮助下，不断地在地上翻滚，躺下，再翻滚，一遍又一遍地配合宋弋阳完成了一张又一张无比帅气的宣传照。

最令人不能理解的是，宋弋阳竟然还有一句狗血无比的台词——

“你逃不出我的手掌心。”

好在拍摄仅仅持续了一个小时便结束了，满头大汗的方糖气喘吁吁地想着，看在她这么敬业的份上，又出汗又出力，这下不会扣她的劳务了吧。

方糖换衣服的空当，胡宗泽和换好衣服的宋弋阳严肃地讨论了下怪兽在宣传照里的使用问题。

“你这完全就是多此一举，我本来只打算找你做原型，打算用你做初期宣传的，你倒好，非要带着她来，还非要让她扮成怪兽，有谁拿怪兽来做宣传的，你这么一插手我的工作该如何进行？要是反响不好你来负责？”

第四章

臭豆腐是什么味道你知道了吧

[1] 你不喜欢的我都喜欢

“谁说要让你用怪兽来做宣传了，你把刚才拍摄的照片修好了都传给我，我要做个相册放在家里。”

“你这样对待工作的态度我很不欣赏。”

话都说到这份上了，胡宗泽这才明白了宋弋阳的本意。

宋弋阳拍了拍胡宗泽的肩膀，感慨地说：“工作也需要适当的娱乐来调剂，你就是工作起来太认真了，放松一些。”

“我们同事刚才是不是说话太重了，要是我的人不小心伤到了方糖，令她幼小的心灵受到了伤害，你可要替我担待着点啊。”

宋弋阳看着胡宗泽一脸歉意，浅笑着摆了摆手，说道：“别太在意她，她的脸皮是 24K 铝合金铸造，不但耐腐蚀还不易磨损。”

两人说完笑成了一团，倒是令换好衣服出来的方糖有些莫名其妙。

出了易游公司大厦，宋弋阳让方糖在大厦门口等着。

方糖虽然有些莫名，可一想到她在这里人生地不熟的，也只能点了点头。

宋弋阳转身回到了大厦，方糖是一路目送着他进了电梯的，等了大约十分钟，就在她正准备要给宋弋阳打电话的时候，一辆蓝色的宝马停在了她的面前。

车窗摇下，宋弋阳的脸出现在了方糖的视线里，他朝着她勾了勾手指。

“上车！”

“干吗？”

方糖这才明白过来，是要开车回学校吗？这车又是从哪里来的？可有车坐总比坐公交车强吧。

想到这里，她立马屁颠屁颠地上了车。

“这家公司还派车送我们回家啊？真是太贴心了，我真是错怪他们了！”方糖极为谦逊地表达了自己的谢意。

可宋弋阳面无表情，顿时气氛有些尴尬，方糖一时之间竟然语塞，不知道该说些什么才好。

五分钟、十分钟、十五分钟过去了，沉默啊沉默，宋弋阳一言不发，方糖有点犯怵，开始没话找话。

“呃，宋弋阳，易游公司这车一会儿还得还回去吧？”

“这车是胡宗泽的，借来开开，过几天就还他。”

“就是刚才一直和你说话的那个人？你和他是怎么认识的啊？他还借车给你，你们很熟吗？都说男人的车就是他们的老婆，很少有人愿意把车借给别人的！”

方糖方才憋了一个小时的话匣子像从山顶上倾泻而下的洪水。

宋弋阳先是愣了愣，而后才缓缓地替方糖答疑解惑：“这游戏是易游从我手里收购的，胡宗泽是我的邻居，我们从小就认识，关系很铁。”

听到宋弋阳这样的回答，方糖沉默了，不知该说什么，敢情这游戏居然是易游从宋弋阳手中收购的。

她有点慌，半晌，才指着车前放的小狗摆件，说道：“这小狗太可爱了！”

宋弋阳似乎对方糖的问题很嗤之以鼻，还是继续开他的车。

于是，方糖只能继续沉默。

“你喜欢吃什么？”

宋弋阳突然开口，吓了方糖一跳，她咬着牙，一字一句地说道：“你不喜欢的我都喜欢。”

宋弋阳意味深长地看了方糖一眼，方糖只能拼命地点着头表示她的真诚。

“宋弋阳，你看我的脸上写满了真诚，你再看看你，冷淡得就像贴在门上的门神！”方糖异常淡定地吐槽。

宋弋阳并没有说话，而是直接就把车开到了路边。

正待方糖准备询问的时候，宋弋阳摇下车窗，指着窗外卖臭豆腐的小摊，说：“去买一点回来。”

方糖不是很喜欢闻臭豆腐的味，赶忙摆了摆手说：“宋弋阳，算了吧，你还是别吃了，这东西味道挺重的。”

宋弋阳指着卖臭豆腐的小摊，一字一句地说：“快去。”

方糖被宋弋阳的气场给震慑住了，神速地开门下车往小摊跑去。

鄙视，鄙视，强烈鄙视，不就是坐了下他开的车吗？怎么就像变了个人似的。

“老板，十块钱臭豆腐。”方糖恶狠狠地吼，哼哼，这下还不臭死你？

老板动作巨快，一会儿便装好了。

方糖趁老板打包的时候赶紧往臭豆腐里舀了一大勺辣椒，顿时心情就舒畅了，天地都宽广了。

端着宋弋阳要的臭豆腐，方糖以比下车还快的速度蹿进了车里。

宋弋阳毫不客气地接过臭豆腐，拿起牙签戳了几块就往嘴里塞。

霎时，宋弋阳的表情相当精彩，他直接就把剩下的臭豆腐扔给了方糖。

方糖不敢表现得太幸灾乐祸，强忍着笑意说："我刚才说了味道重吧，你还不信。"

方糖的话刚落音，宋弋阳的脸就凑了过来，紧接着，她的嘴唇就被覆盖住了，然后，是一股浓烈的臭豆腐味和辣味。

方糖顿时就傻了。

宋弋阳松开了方糖，伸出手指抹了抹嘴唇说道："你说，这臭豆腐是什么味？"

辛辣的味道像炸弹一样在方糖的喉咙里炸开，她不停地伸着舌头喘着气，辣得差点岔过气。

难道宋弋阳感觉不到辣吗？

在方糖惊疑的目光中，宋弋阳拿出手机。

"咔嚓"一声，方糖吐着舌头喘气的模样被宋弋阳抓拍了下来。

方糖大脑自动当机了几秒就很快反应了过来："你搞什么，竟然还拍照，赶快删了！"

宋弋阳微笑："留作纪念！"

方糖再一次慌了，她打算今天再也不主动和宋弋阳多说一句话。

她在学校门口就下了车，过会儿还有节课，要是宋弋阳开着车把她送到宿舍楼下校内网估计又要爆了，她不想成为众矢之的，做人还是低调点好。

看着方糖一脸苦大仇深的模样，宋弋阳倒没说什么，只是拿出手机把说好的劳务费转给了方糖。

方糖看到微信里的转账通知，十分愉快地点了接收，原本已经走远连一句再见都不想和宋弋阳说，可看在劳务费的份上，她还是摆出了假到不能再假的笑脸，朝着宋弋阳挥了挥手。

宋弋阳隔着车窗看着方糖，一想到刚才她扮成怪兽和他一起拍宣传照的情景就忍不住笑了起来。

车后面催促的喇叭响起，他这才把车开进了校园。

方糖看了看时间，大约还有四十分钟上课，足够她在宿舍与教室之间跑几个来回了。

刚到宿舍楼下，她便被人喊住了。

“你是方糖吗？我赶着要去图书馆，能帮我去星巴克买杯咖啡吗？我给你二十元跑腿费。”

方糖将视线移了过去，正好对上裴雯的眼神。

她一脸莫名：“啊？买咖啡？”

裴雯点了点头：“不要加奶不要加糖，我真的很着急，谢谢了！”她说完把钱塞到了方糖手里。

星巴克离学校十分钟路程，一来一回就要二十分钟，方糖还想说自己一会儿要上课怕来不及，可看了眼裴雯乞求的眼神，一时心软便答应了，转身便往外面狂奔。

为了跑腿费，爆发吧，小宇宙！

方糖俯下身系了下鞋带，飞快地冲了出去。

方糖小心翼翼地举着超大杯咖啡，一路狂奔，终于赶在二十分钟之内把咖啡送到了图书馆，在偌大的图书馆里找到了在角落看书的裴雯。

裴雯摸了摸咖啡杯，冷笑着说：“咖啡很烫。”

方糖可劲地点头：“是啊，你不知道，我这一路端着手都烫红了。”

正待方糖准备向裴雯展示烫红的手时，裴雯再次开腔：“我只喝美式冰咖啡。”

闻言，方糖一副要瘫倒的表情。

裴雯看了眼钟表：“对不住了，我一会儿有个小组会议，马上就得去教室，得麻烦你快点了。”

“啊？裴雯，我这上课时间马上就到了，你能不能先将就喝着？”

她真心不想再去了，一会儿的课真的很重要，是主修课，她不能迟到的，如果迟到她的全勤就没有了。这学期不知还能不能拿到 A，如果不能拿到 A 她的奖学金恐怕真就要泡汤了。

裴雯眯着眼，表情依然淡定：“还有十七分钟，再不走来不及了。”

方糖长长地吁了口气，迈着小短腿跑了出去。

星巴克的点餐服务员是个眉眼清秀的小伙子，见到方糖气喘吁吁的，他很惊讶，还以为是咖啡出了问题，赶忙向方糖奉上星巴克的名片。

十七分钟后，方糖将咖啡放到裴雯桌上，裴雯摸了摸杯子：“太凉。”

方糖彻底无语了：“你要的是美式冰咖啡，能不凉吗？”

裴雯指着咖啡杯子，说：“我要的是常温的美式冰咖啡。”

这次方糖倒是反应迅速，将星巴克的名片递到裴雯眼前：“这是星巴克电话，以后你要是想喝咖啡，只需要一个电话，就能喝到你想要的常温美式冰咖啡。”

这裴雯可真是太矫情了，方糖真的不想再和她继续浪费时间，从咖啡店找的零钱里取出二十元，剩下的一并放在了裴雯面前便扬长而去。

马上就要上课了，方糖给封思彤发了微信让她帮忙拿书之后便直接去了教室。

方糖走后，咖啡裴雯连喝都没喝，直接就扔进了垃圾桶，她出了图书馆便遇到了舍友钱思萌。

“怎么样？有没有整到她？”

裴雯失望地摇了摇头：“让她多跑了一趟，算是整到了吧，这仅仅只是个开始。”

钱思萌笑着附和：“一直持续到她和宋弋阳保持距离的那一天，加油！”

[2] 告白

方糖下了课便急匆匆赶往之前和宋弋阳说好一起吃饭的小教室，她刚走到拐角处的时候，有人突然从拐角处出来，非常大力地撞了下她的右胳膊，她一吃痛，不由自主地往后倒去。

为了防止自己受伤的胳膊再次摔伤，她下意识地伸出左手往前面走过来的人腿上胡乱一抓。

幸好她反应快，这才避免了右胳膊再次受伤，可当她转头顺着左胳膊的望去，这才发现她成功地把自己身前这位男生的运动裤给拽了下来，将出糗的队伍从一人变成了两人。

周围的人并没有哄堂大笑，这完全出乎她的意料。

她一脸悲壮地缓缓抬头。

樱桃小丸子内裤！OH！多么天真，多么童趣，方糖相信，她一定能够取得那人的原谅。然而，随着视线的上移，她的心脏瞬间停跳！

不会吧！这个天真烂漫的人竟然是——宋弋阳！

方糖使劲吞咽着口水，完了，宋弋阳竟然被她扒了裤子！从这一刻起，她完全可以想象得到校内网上那些痴迷宋弋阳的女同学会怎么咒骂她！

方糖手脚并用地从地上爬起来，哆哆嗦嗦地拽着掉在地上的裤腰，一寸一寸往上提，每提一寸她的心就像是滴下一滴血。

宋弋阳的表情依然是冰冷，仿佛这一切是发生在别人身上，直到方糖为他穿好裤子，他才扭过头看了眼方糖。

宋弋阳一言不发，然而此刻对方糖来讲就像是在等待最终审判，她不知道等待她的命运将如何，就在她摔倒的瞬间，她已经感觉到了闪光灯，一定是被人拍到了，估计现在已经被发上微博了。现在就差宋弋阳一句话，他只要说一句话就能给这个热门话题画上一个句点。

方糖在等待这个句点，她目不转睛地盯着宋弋阳的眼睛。

谁知宋弋阳还是一言不发，径直抓住她的手，拽着她便进了小教室。

“啊——啊——啊——”

伴随着一阵又一阵的尖叫，小教室的门关上了。

小教室里放着刚送来没多久的外卖，宋弋阳的舍友们都还没有来，方糖完全一副赴死的悲壮表情，她低着头，双腿抑制不住地开始打哆嗦。此时此刻她的表现完全不像一个女屌丝也不像一个女汉子，尽管她曾经在微博上和别人讨论过有朝一日看到只穿内裤的男人，她会豪迈地扑向他的怀抱，尽情地蹂躏他，这才是一个女屌丝想做的和该做的，可现在的情形，她完全脑瘫了，不知道该如何应对，突然间，她的脑海里浮出一个想法。

她抬起头，表情无比悲壮：“要不，我也脱了让你看一眼？这样咱俩就扯平了。”

宋弋阳别过脸看了方糖一眼，淡淡地说道：“你大学的专业是学马戏的吧？”

方糖把宋弋阳言语间的讽刺听得一清二楚，她只能以自嘲来面对他：“对啊，我马戏团专业，专业出糗的。”

宋弋阳瞬间有些哭笑不得，他不禁怀疑，方糖是女生吗，在这样的情况下还能说出这样的话，这要搁在别人身上不得痛哭流涕、羞愧难当地恳求他的原谅吗？

方糖见宋弋阳没有发火，指着宋弋阳的裤子，鼓起勇气说：“宋弋阳，我斗胆问一句，你今天穿的裤子是别人的吧？我刚才系裤子的时候，觉得裤腰好大，要不要我再帮你弄下，省得一会儿又掉了，你们家樱桃小丸子总是出来跟大家见面会害羞的。”

方糖说完就半跪到了宋弋阳身前，欲解开宋弋阳的裤子一探究竟。就在宋弋阳正准备阻止她的那一刹那，小教室的门开了，是宋弋阳的舍友，杨宁、苏哲和郁东，以及一些路人。

这一番令人浮想联翩的画面瞬间令在教室门口站着的人尖叫不已，他们刚才在外面已经听说了宋弋阳和方糖的事，还没有从方才的樱桃小丸子事件中缓过劲来，紧接着又一波重弹袭来。

天啊！这两人今天是在秀下限吗？竟然正大光明地在众目睽睽之下如此行事，这要是别人也就顶多是一个月的热议，可这秀下限事件的主角竟然是宋弋阳！

“不！这怎么可以！”

伴随着小教室门外那些看热闹的女生一声高亢嘹亮的哭喊，众多女生的心瞬间被伤得七零八落，痛苦、绝望都不能形容她们心中的悲愤，最让她们难以忍受的是，这个人为什么偏偏是方糖？为什么是这个没胸、没腰、没屁股、没身材、没大脑的女人！

宋弋阳皱了皱眉，并没有针对此事发表任何言论，方糖相信这个时候宋弋阳的沉默就相当于给她判了死刑。

伴随着尖叫和哭声，方糖想死的心都有了，她完全不敢想象自己的形象已经低劣到了什么地步。

方糖的手机响了，是苏青打来的。她知道苏青为什么打来，这个电话她根本就不敢接，在这样的情况下，她一句话都不敢讲，她相信自己就算一言不发也会被唾沫星子淹死。

宋弋阳缓缓走到了教室门口，周围的人似乎是被宋弋阳冷酷的气场震慑到，以为他要离开，便自动让开了路。

宋弋阳却没有离开，只是把杨宁、苏哲和郁东三人拉了进来，然后重重地关上了小教室的门。全程宋弋阳的脸上都没有任何表情，也没有说一句话，就像这些秀下限的事跟他没有任何关系似的。

伴随着小教室外一声尖叫，有的女生居然控制不住地哭了。

方糖第一次不敢看宋弋阳，觉得羞愧不已，她想象得到事情已经变得不可收拾了。

杨宁看了看苏哲，朝着苏哲挑了挑眉毛，苏哲又看了看郁东，三人谁都不敢率先说话，气氛变得好尴尬。

宋弋阳倒是很淡定，把点好的饭菜拿了过来，放到了早就拼好的桌子上，问道："你们刚才去洗手间出来的时候洗手了吗？"

三人下意识地举起了自己的双手向宋弋阳示意，异口同声地说："洗了，洗了。"

"吃饭吧！"

宋弋阳说着把菜一一打开，给每个人发了份米饭，甚至还把筷子一一递到了所有人的手里。

方糖识趣得很，什么都没有说，全程都在埋头苦吃，这恐怕是她自出生以来吃饭吃得最快的一回了。

“我吃完了，先走了。”方糖说完放下饭盒便准备起身离开，却听到耳畔传来宋弋阳略显低沉的声音。

“你等下，我有话和你说。”

宋弋阳没吃几口饭，他放下了饭盒便看了看杨宁、苏哲和郁东三人，朝着他们使了使眼色，他们三人十分识趣地把外卖盒收拾了起来。

苏哲一边用纸巾擦嘴一边说：“你们慢慢聊，我们都吃好了，先走了。”

杨宁和郁东朝着方糖笑了笑便拿着外卖盒飞快地跑出了小教室，他们刚关上小教室的门便像叠罗汉一样一起趴在了小教室的门上，用耳朵贴着门，努力想要听清教室里的两人在说些什么。

这次的事情始作俑者是方糖，她也意识到这次的责任全在自己身上，也不想替自己多做辩解，只能硬着头皮向宋弋阳道歉：“对不起，我真的不是故意的！”

宋弋阳双手环胸站在方糖身前，开口反问：“不是故意的？那你是有意的？”

方糖有些慌张，惊愕万分地看着宋弋阳，本来想一把抱住宋弋阳的腿痛哭流涕恳求原谅的，可手刚伸出来却又硬生生缩了回来。

“我绝对不是有意的，也不是故意的，我这是无心之失，你就大人有大量原谅我吧！”

这条腿、这条裤子她不敢碰啊，宋弋阳这摆明了是要碰瓷吗？难不成这是要赖上她了？

“你从上小学开始，老师应该教过你做错了事就要负责任，这个道理你应该懂吧。”

方糖闻言，抬起头一脸悲戚地看着宋弋阳。

宋弋阳的眼睛一如既往的澄澈，方糖心想，宋弋阳本质是个不坏的人，他应该不会提出什么过分的要求，于是，她鼓起勇气站了起来：“你说吧，你想让我怎么做？”

宋弋阳拿出手机打开校内网，翻了翻帖子，眉头微蹙，说道：“现在校内网已经传开了，几乎全校的人都知道我们的关系了，你打算什么时候公开？”

“啊？我们什么关系？什么公开不公开的？我没明白你是什么意思！”

方糖的话刚落音，宋弋阳便一把抓住方糖的左胳膊，将她拉到了身前，目不转睛地低头看着她，等待着她的答案。

这下方糖彻底蒙了，由于和宋弋阳挨得实在是太近了，她能闻到宋弋阳身上淡淡的肥皂味道，也能感受得到宋弋阳的呼吸和心跳，此刻，她的智商已经急速下降，完全不在线。

“我们什么时候不是那种关系了？电影院的那次，是我的初吻，难道你不打算负责任吗？”宋弋阳说得云淡风轻。

方糖彻底慌了，头一次听到男生说让她负责任，可这个重点居然被她完全忽略了，她的关注点完全不在于此，而是忍不住捂着肚子笑得前仰后合。

“宋弋阳，你是在开玩笑吗？那是你的初吻？”

[3] 注意，宠妻狂魔上线

宋弋阳无奈地轻抚额头，叹了口气，说道：“以前是，现在不是了，回答我的问题，你到底打不打算公开我们的关系？”

方糖笑着拍了拍宋弋阳的肩膀，安慰道：“宋弋阳同学，没事，你此时的心情我能理解。不如这样吧，我带你去看校医？咱们可以去咨询下，这人一旦受了刺激是不是喜欢说胡话？”

虽然方糖嘴上这么说，心中却是忐忑极了，心跳快得像是快要把胸腔撑破。

宋弋阳这是在向她表白吗？可为什么会选在这么尴尬的时候，怎么有点坦白从宽抗拒从严的感觉呢？

就在方糖愣神的一瞬间，她的呼吸就被宋弋阳给夺了过去。灼热的男性气息扑面而来，温润炽热的唇紧紧压迫着她的双唇，辗转厮磨地寻找出口，她完全被宋弋阳的气势给惊吓到了，情急之下居然愣住了。等到她缓过神来，想要挣扎推开宋弋阳，可无论她怎么使劲都挣脱不开。

良久，宋弋阳终于松开了方糖，两人都是气喘吁吁的，像是经历过一场缠斗。

这时候，宋弋阳原本以为方糖会像别的女生一样害羞地承认和他的关系，可没想到的是，方糖居然一脸嫌弃地擦了擦双唇，举着受伤的右胳膊，义愤填膺地指责:“宋弋阳，你是不是脑子进水了？看我受伤了就这么好欺负吗？快说，隐藏摄像头在哪儿？这是不是你们串通好了在录的节目？别装了，都被我识破了！”

宋弋阳此时此刻的确觉得有些生无可恋，门外的杨宁、苏哲和郁东三人听到这里，忍不住捂着嘴偷笑。郁东没听清往前凑了凑，可杨宁身体一个不稳，他们三个人一不小心就撞开了门，颇为狼狈地出现在了宋弋阳和方糖的视线里。

“方总，我敢保证这绝对不是在录节目，你就痛痛快快地从了弋阳吧！”苏哲说完这句话便拽着杨宁和郁东飞也似的逃了。

方糖指了指教室门口的方向又指了指宋弋阳：“不是录节目？”

宋弋阳点了点头。

方糖意识到自己可能真的要面对这个问题了，下意识地掏出手机，说道："我接了去餐厅排队等位的工作，先走了，一会儿来不及了。"

宋弋阳见方糖要走，一个箭步挡在了方糖身前，方糖见自己想逃的意图被识破，有些尴尬。

"你想怎样就怎样吧，别耽误工作啊，要是耽误工作影响了账户星级和订单量，损失你来承担！"

不愧是方糖，就连答应交往都带着浓重的个人风格，宋弋阳这会儿脸上才有了笑意。

"把安排给我的工作发微信里。"

宋弋阳心知，方糖既然这么说了，那么他们的关系就算是定下来了。不知为何，他忽然有种如释重负的感觉，莫名觉得异常开心。

方糖朝着宋弋阳比了个没问题的手势便飞快地逃离了告白现场。的确，今天她和宋弋阳两人都受到了不同程度的惊吓，相比宋弋阳被扒掉裤子来说，她被告白的惊吓程度已经达到五颗星了。

方糖刚出教学楼没多久手机便振动不停，想也不用想这肯定是她和宋弋阳的事雄霸了校内网热搜。

说实话，虽然校内网的帖子她没脸看，可宿舍她还是要回的，只能老老实实面对舍友的连环轰炸。

没一会儿，这三个人在微信上发来了一百多条语音，面对三个怀抱着熊熊八卦之心的少女，方糖有些招架不住，她只能以十分谦卑的口吻向舍友汇报情况。

"我还有工作要做，现在没时间听语音，我知道你们肯定是问我和宋弋阳的事，我也不瞒你们，我现在已经是宋弋阳名义上的女朋友了，至于细节等我工作完了回宿舍和你们详细解释。"

方糖发了语音又想起了昨天说过要带着计珊一起做兼职的，又发了条语音，问道：“计珊，你还要不要和我一起做兼职？你要是想来就现在往校门口走，我们在那儿集合。”

方糖其实还没想好说辞，不知道一会儿怎么和舍友们说自己和宋弋阳这档子事，去往校门口这一路上都在心里暗自琢磨怎么样做才能稍微挽回一些自己的形象。

快到校门口的时候，方糖就看到封思彤、计珊和苏青三个人远远地向她招手，她立马慌了，不是说好了就计珊一个人来吗？

“水手！这里！”苏青愉快地朝着方糖挥手，几乎要跳起来，好像生怕方糖看不到似的，惹得过路的同学纷纷侧目。

方糖尴尬地捂着脸硬着头皮迎了上去。

“老实交代，到底是怎么一回事，我们想要知道校内网以外的内幕消息！”

封思彤和苏青一人一边直接挎住了方糖的两只胳膊，苏青怕弄疼方糖的右胳膊，是小心翼翼托着的。

计珊虽然看起来有些疲倦，但还是保持着微笑，她也是打从心底替方糖高兴。

方糖一路就是这样被她们托着出校门的，与其说是被托着，严格意义上来说应该是被挟持出校门的。

“至于你是怎么扒掉宋弋阳裤子这件事就不用过多阐述了，我们想知道的是下午宋弋阳为什么会开着宝马车送你回学校？你们下午偷偷跑出去做什么了？还有，就是宋弋阳被你扒掉裤子之后的事，老实交代！”

“我就想问一句，你们都是从校内网上看的吗？”

面对舍友的追问方糖有些露怯了，她可是从事发到现在都还没有看过校内网呢，根本就没有勇气看啊，她光是想一下都觉得自己没活路了，这事她不占理，肯定被说得一无是处。

计珊用手机打开校内网，把关于宋弋阳和方糖的帖子展示给她看，方糖鼓起勇气瞄了一眼。

“环境学院生态学系大一新生方糖在众目睽睽之下脱掉了宋弋阳的裤子！”

“方糖脱掉宋弋阳裤子之后发生的事……”

方糖单单是看了两个帖子的标题就表示接受不了，一脸不情愿地挥了挥手：“计珊快收起来，我就知道，一世英名一朝丧尽啊！”

计珊收起手机顺手刷新了一下，却发现方才那些讨论宋弋阳和方糖的帖子都不在了，顿时惊呼道：“不对劲啊，刚才那些帖子怎么都不见了？难道是沉底了？”

闻言，三人一起围了过去。

方糖从计珊手里接过手机，重新打开校内网，就看到了一个新发布的帖子，发帖人是宋弋阳。

“宋弋阳郑重声明！”

看着明晃晃辣眼睛的标题，方糖忍不住点开了帖子，一旁的苏青一边看帖子一边念道：“所有关于我与方糖不实传闻的帖子现都已经删除，请各位同学立即停止发表诋毁方糖同学名誉的侮辱性言论，若再次在校内网上看到散播谣言的同学，我谨代表方糖同学对其的侵权行为进行追究，该同学需承担相关法律责任！”

“我的天哪，宋弋阳可以啊，这上大学的时候要是惹上了官司对于以后找工作什么的那可都是有非常大的影响，这罪名要是坐实了可就是档案里一个不可抹去的黑历史啊！”

封思彤说完朝着方糖竖起了大拇指，计珊和苏青随后也跟着封思彤一样竖起了大拇指。

计珊道：“宋弋阳可真是好样的，绝对的宠妻狂魔！”

苏青道："佩服，佩服，心服口服！"

方糖什么也没说，心里头莫名觉得很感动，这是她第一次遭遇网络暴力，原本都做好被唾沫星子淹死的准备了，可没想到却被宋弋阳以这样的方式化解，不得不说，她这次的确对宋弋阳有些刮目相看了。

就在方糖想要给宋弋阳打电话致谢的时候，她的手机突然响了起来。

是下单的客户，而且一个接一个，电话响个不停，方糖连着接了二十个电话之后就将手机设置为静音模式。

"怎么办？已经增加了二十个订单了，还要不要接？"

苏青看了看封思彤，斩钉截铁地说："接啊，当然接，不接白不接，咱们做不过来不是还有宋弋阳他们宿舍的人吗？你给宋弋阳打电话，让他派人过来，今晚多少单子咱们都接！"说完已经撸起了袖子打算大干一场。

方糖也觉得这主意不错，便给宋弋阳发了条微信语音："宋弋阳，我这边接到的单子太多了，我们宿舍四个人都出动了还是做不过来。"

宋弋阳几乎是秒回了方糖的信息："做不了的都发给我，我来处理！"

宋弋阳发来的语音消息方糖是开外音的，舍友们也都一起听到了，四个姑娘几乎是同时做了个加油的手势，异口同声地齐声高喊："Yes！"

就这样，原本是两个人的兼职队伍变成了八个人。方糖宿舍和宋弋阳宿舍的舍友们一起出动，他们一起拉了个群，由方糖把接到的工作发在群里，宋弋阳给每个人派发任务。

于是，每个人接的工作都得到了效益最大化，比如说，去超市买东西的在回来的路上顺道买了别人指定要买的晚餐，去排队等位的时候顺道取了快递，去送餐的顺便去宿舍取了要送去干洗的衣服……

[4] 宋糖工作室

八个人就这样持续忙到晚上十点多，总算是把所有的工作都忙完了。虽然一个个都累成了狗，可当方糖挨个给他们发了两百块红包的时候，一个个又都精神了起来，闹腾着要去找个地方唱 KTV 庆祝一下。

宋弋阳一直没说话，直到方糖在微信群里说了句：“太晚了，改天吧。”

随后，宋弋阳才跟着发了句：“今天都累了，早点休息，这个微信群不要解散，如果我和方糖忙不过来的话会把工作发到这个群里，到时候谁有时间都可以接单，你们做的单子我们工作室不会抽成，会全额支付。”

“等等，你们工作室？”

刚回到宿舍的苏哲放下手机便好奇地凑到宋弋阳身前。

宋弋阳放下手机，说：“对，我们工作室，我和方糖成立了一个工作室。”

说完，他便把群名改成了“宋糖工作室”。

这群名刚一改完，方糖宿舍沸腾了，宿舍里的三个姑娘把方糖给团团围住。

苏青笑着打趣：“你们家宋弋阳很会撒狗粮嘛！”

封思彤点头表示赞同：“没错，这简直就是虐我们单身狗嘛！”

计珊也加入了调侃方糖的队伍：“你说我这刚失恋就被你们这么刺激，合适吗？”

方糖也觉得宋弋阳这狗粮撒得令她有些手足无措，摸了摸有些发烫的脸颊，说道：“说实话，我和你们一样蒙圈，左看右看我都不可能是宋弋阳喜欢的类型啊，他怎么会喜欢我？实在是太匪夷所思了！”

苏青拍了拍方糖的肩膀，像是下了很大的决心安慰道：“方糖你也不差啊，别这么没自信嘛，宋弋阳一定是觉得你与众不同。”

封思彤打了个响指，点头道：“对，一定是觉得你与众不同。”

这场关于宋弋阳为什么会喜欢方糖的谈话就此终结，因为包括方糖在内的女生们都没有得出一个能够令人信服的结论。

相较于方糖宿舍没有结论的凝重氛围来说，宋弋阳所在的 303 宿舍的氛围就轻松了许多。

“她很有趣，越了解越觉得有趣。”

对于舍友的咄咄逼人的追问，宋弋阳很快就举双手投降说出了喜欢方糖的原因。

“前几天还说你怎么还不出手，没想到你这一出手就把事情搞这么大，你说现在咱们学校还有谁不知道你裤子被扒掉的事情？还有谁不知道你穿樱桃小丸子内裤的事情？”苏哲恨铁不成钢地摇了摇头。

杨宁也跟着长叹了口气，说道：“弋阳，你在女生心中高冷男神的形象已经彻底坍塌了！”

宋弋阳心情不错，不想和他们一般见识，微笑着道：“有方糖一个就足够了。”

“万万没想到你平时不苟言笑的冷酷外表下居然藏了这么一副面孔，竟然为了方糖把校内网黑了，把攻击方糖的帖子都给删了，佩服佩服！”

郁东一边说着一边朝着宋弋阳抱拳表示敬意，对此，宋弋阳只是淡淡地说道：“我的女朋友怎么能让一些无关的人说三道四？”

此言一出，303 宿舍除宋弋阳之外的三人不约而同地竖起了大拇指。

苏哲一脸悲戚地用头撞着墙，一边撞一边哭喊：“没想到你居然是个宠妻狂魔，你这一旦染上了秀恩爱的恶习，让我们这些单身狗还怎么活啊！”

杨宁和郁东上前抱住了苏哲，三人哭作一团，为自己日后的悲惨命运默哀。

一切都被睿智的 303 宿舍的同学言中，宋弋阳果真带着宠妻狂魔的属性，从确认关系的第二天宋弋阳便染上了秀恩爱的恶习。

宋弋阳自己的课上完了跑去陪方糖上课，拍一张方糖的照片，发微博；和方糖一起吃饭，拍一张方糖的照片，发微博；方糖在等公交车，拍一张方糖的照片，发微博；方糖困得趴在课桌上睡觉，拍一张方糖的照片，发微博。

原来宋弋阳还会时不时地发一些打球和看书的微博，可现在却变成了打球、看书、看方糖。

这波狗粮撒得有点太齁了，偷偷暗恋宋弋阳的女生在宋弋阳这波强势狗粮的侵袭下，终于接受了宋弋阳喜欢方糖这件事情。

方糖虽然向宋弋阳争取过，想让他把微博删掉，可宋弋阳对于这件事根本就不接茬，总是找着借口转移话题，无奈之下，她只能认命。

不过，方糖和宋弋阳谈恋爱的这件事情倒还真的没有怎么影响他们的宋糖工作室，平日里下单比较多的也大多是男生，女生这边除了宋弋阳刚加入工作室和昨天绯闻被爆出的时候下单比较多之外，平时的订单量原本就比较少。

不过，宋弋阳倒是一本正经地对方糖说起了她给男生宿舍送东西的这件事。

“从今天起，不允许你进男生宿舍，送东西也只能送到宿舍楼下。”

“可有的人就喜欢让我送到宿舍楼里面啊？总不能因为这个原因拒单吧？”

宋弋阳在不允许方糖进男生宿舍这件事上态度很是坚决：“不行，如果非要进去就在微信群里喊我们宿舍的苏哲、杨宁或者郁东都可以，他们可以帮你送。”

方糖不死心：“如果他们也没有时间呢？”

“不存在这种可能！”宋弋阳说完顿了顿，又补充了一句，“他们一定会有时间的。”

对于进不进男生宿舍楼这个问题，方糖和宋弋阳的讨论到此结束，从此之后，303 宿舍变得鸡犬不宁。

苏哲刚打完球上了三楼，微信群响了。

“谁给 8 号楼 407 送外卖？下单的同学让送到宿舍门口！”

郁东正在玩游戏和游戏里的固定队友做任务，微信群响了。

“3 号楼 605 送餐，送到宿舍门口！”

每次出现这种情况的时候三人都打算装作没看到消息，可紧接着宋弋阳的视频聊天申请便发了过来。

令人惊奇的是，宋弋阳似乎总能掌握他们三个人的作息时间，每次都是发给那个刚忙完闲下来的人，虽然哀号一片怨声不断，但看在宋弋阳承诺请吃小龙虾的份上，三人只能吞了吞口水，表示忍了。

这些天裴雯已经气到不想看手机了，不论是校内网还是微博她只要一翻开就能看到宋弋阳在和方糖秀恩爱，气到她就连喝水都能呛住，所有和她说话的人统统被她毫不留情地怼了回去。

“裴雯，想不想让方糖和宋弋阳分手？”

钱思萌实在是看不下去裴雯继续摧残身边的人，打算帮裴雯出出主意，其实她是看上了裴雯新买的包包。

果不其然，裴雯起了兴趣：“怎么才能让他们分手？”

钱思萌冷笑着说：“不都说秀恩爱死得快吗？你说这方糖要脸蛋没脸蛋，要身材没身材，要胸没胸，要腰没腰，宋弋阳只是一时被迷惑罢了。你只要想办法让宋弋阳看清方糖的为人，具体怎么做，想必你多的是办法吧，就不用我多说了。”

裴雯紧绷了多日的眉头终于舒展开来，一把挽住钱思萌的胳膊，十分亲热地靠在她肩膀上，说道：“听你这么说还真的是，你说这么多天我怎么就没想明白呢。思萌，谢谢你，我晚上请你吃饭！”

钱思萌借此机会，说道：“吃饭就免了，我晚上有个约会，想借你的包用一下，行吗？”

裴雯平时也不怎么在宿舍住，自然不知道钱思萌是真有约会还是借口，一个包而已，她的包多的是，想也没多想便答应了。

“行啊，没问题，看上哪个包你随便拿，送你了！”

“真的吗？那就谢谢了！裴雯你真好，我倒是觉得，比起抹黑方糖，你和宋弋阳需要一个浪漫的偶遇，先让他发现你的好，然后再一步一步来。”

裴雯也是看了不少言情小说的，立即脑洞大开，兴奋地说道：“你觉得我是不是应该设计一场英雄救美？”

钱思萌笑道：“宋弋阳现在不是在和方糖一起做跑腿工作室吗？想要约他出来很容易，找个人去他们工作室下单好了，指定让宋弋阳来做就行。”

“就这么办！”

裴雯想到一个办法，有个追她的男生好像今天生日，约她好几次了，或许可以借这个场子发挥一下。

“刘正，今天你在哪里办生日 Party？”

裴雯微信上刚问刘正不到一分钟，刘正便回了过来：“你要来吗？在大望路糖果 KTV 的 1104 包厢！”

裴雯没说去也没说不去，只是回了个笑脸便不再理会刘正。

钱思萌见裴雯好像很开心的样子，追问道：“裴雯，你打算怎么做？”

“你别管了，我自有办法！”

本着越少人知道越好的原则，裴雯收起手机便匆匆忙忙出了宿舍。

裴雯刚走，钱思萌便在裴雯的床上开始找裴雯新买的包，找到之后便将其背在身上，在镜子面前照了半天。

“宝贝，从今天起你是我的了！”

裴雯刚出宿舍楼手机便响了，是裴城打来的。

裴城是裴雯的哥哥，裴雯万分不想接裴城的电话，裴城没事根本就不给她打电话，压根就想不起还有她这个妹妹，每次打电话都是找她要钱。

第五章

同学，你好甜

[1] 二十四孝男友

裴雯想也不想就挂断了裴城的电话，可裴城哪是轻言放弃的主儿，继续锲而不舍地打着电话。

一连挂了四次之后，电话再次响起，无奈之下，裴雯只得接了电话。

“干吗？又想要钱？我没钱！”

电话另一端裴城还没提借钱的事就被裴雯给怼了回去，只能嬉皮笑脸地和裴雯东拉西扯。

“我的好妹妹，我这打电话就是找你要钱吗？我就不能关心关心你吗？你说咱们母后给你下了最后通牒，让你在年底之前拿下宋弋阳，不然就把你的信用卡停掉，我这不是想问问你进展怎么样了？要不要我帮你说说，换个人？非得是华宇集团的宋弋阳吗？我看庆丰集团的二公子萧何就不错，我前几天见过他一次，人长得挺帅的，和你那是相当般配了！”

“你是关心我的信用卡，还是真的关心我？庆丰集团的萧何谁不知道他是个花花公子？前几天我还听说他把一个姑娘肚子搞大了，就算是联姻，你让我嫁给他？是想把我毁了吗？你以为年底是我的最后期限吗？已经改到这个月底了，没剩几天了，如果我还不能拿下宋弋阳可就真的和你一样抱着信用卡哭了！”

“不会吧，这个月底，今天已经十号了，还有二十天，你不是你们学校的校花吗？怎么连宋弋阳都追不到？是不是你根本就没上心啊？我这个月信用卡账单下来了,我现在只吃得起泡面了,你忍心看你哥吃二十多天泡面吗？我的好妹妹，救救我！”

裴城还在絮叨，裴雯已经忍不下去了，她才不会相信裴城的鬼话，什么二十多天只吃得起泡面，开玩笑吧。

“行了行了，你这套在我这里没有用，我这已经自身难保了，你那边我根本就帮不上忙。对了，帮我找几个看起来挺凶的人去一趟大望路糖果KTV1104包厢，大约一个小时后让他们到那儿。”

“你想做什么？”裴城不明白裴雯要玩什么花样。

裴雯无奈地叹了口气，说道：“我的哥哥啊，我要追宋弋阳是不是得套路他一下，否则他怎么能喜欢上我？不和你多说了，一会儿你只要让他们装作问我要电话就行。”

“裴雯你现在可以啊，我以为你只知道买买买，没想到你现在都懂得套路了，有进步有进步！”

裴雯冲着电话怒吼：“别拍我马屁了，赶快帮我找人，耽误了我的事咱俩下个月都得喝西北风！”

挂了电话，裴雯想着怎么也得买个生日礼物什么的，也好在宋弋阳那里下单，她去学校门口看了眼，还是觉得生日蛋糕的借口比较好。

于是，裴雯在学校门口的蛋糕房订了蛋糕，随后便给方糖打了电话，定了送蛋糕的时间，还特别叮嘱一定要宋弋阳送。

方糖也接过不少的单子是指定宋弋阳送，并没有觉得奇怪，接下来单子之后便顺手发给了去复印资料的宋弋阳。

哪知宋弋阳直接回了个电话过来，说教授临时找他有事不能去了。方糖只能给刚才下单的手机号打电话，可打了半天电话都没接，无奈，她打算到了地方之后再和对方好好解释，想必这下单的应该是宋弋阳的迷妹吧。

“唉，人长得帅就是麻烦！”

她忍不住在微信上吐槽了下宋弋阳。

正在和宋弋阳一起复印资料的杨宁听到宋弋阳和方糖的通话，不明白宋弋阳为什么要找借口拒绝。

“弋阳，别人指定要你送你为什么不去？”

宋弋阳整了整手里的复习资料，淡然地说：“有第一次就有第二次，这样的事多了方糖难免会担心，还不如从一开始就拒绝，我已经有女朋友了，何必再做这种事。”

“你是怕方糖担心？那你怎么不告诉她？为什么找借口说教授找你？”

“这种事情何必说太多，我只想让她开心，有些事情她不必知道！”宋弋阳用订书钉把复习资料订好，放在了一旁，继续复印下一份复习资料。

“我说，弋阳，前几天教授让你去美国参加软件编程比赛，你只要去了学校就给你奖金，更别提拿个名次什么的，你干吗要在这里做这么没技术含量的工作？”

杨宁记得上次教授找过宋弋阳一次，好像是说起去美国比赛的事，他不明白为什么宋弋阳想都没想就拒绝了。

宋弋阳笑了笑，说道：“学校计算机系有许多人都很优秀，也不用非得是我去，总要给别人露脸的机会，更何况去美国一个来回就得一个月，方糖的胳膊还没好，我要是走了她非得把自己累死不可，留她一个人在学校我不放心。”

“行，二十四孝男友，你继续复印，我先把这些给人家送过去，别一会儿送晚了扣工钱！”

杨宁彻底服了宋弋阳，认命地搬起地上摞了一摞的复习资料，朝着宿舍楼奔去。

既然宋弋阳没办法去送生日蛋糕，方糖只能自己去，她已经好久没有关注校内网了，忽然收到苏青推送的校内网帖子还有些突然，可是在看到这个帖子标题的时候，她毫不犹豫地点开来。

“惊闻宋弋阳拒绝赴美国参加软件编程比赛，我校获奖概率还剩几成？”

方糖很认真地看完了帖子，帖子里分析了宋弋阳拒绝参加比赛的八个原因，其中和方糖的恋情正处于热恋期也算在其中。

说实话，方糖是有些吃惊的，她只知道宋弋阳在大一就拿到了计算机系学士学位，可根本就不知道去年宋弋阳曾经代表学校出战，拿到了国际计算机编程比赛的一等奖，她还是看了帖子才知道宋弋阳的辉煌过去。除此之外，宋弋阳在转系之后曾经多次在国际学术论坛上担任翻译，据说宋弋阳在高中的时候托福和雅思的成绩就傲视群雄了，毕竟托福 115 分和雅思 8.5 分的成绩不是一般人能够考出来的。

看着宋弋阳辉煌的履历，方糖头一次生出自惭形秽的念头，这些她从来没有听宋弋阳说起过啊，平时和他一起去超市买东西送货的时候看起来还是蛮接地气的嘛，怎么突然一下就好像踩上了云端到了要让人仰视的地步？

于是，在苏青问起宋弋阳到底为什么要和你一起做跑腿工作的时候，一向粗线条的方糖心里也不由自主地起了波澜。

就在她正准备发语音试探着询问宋弋阳的时候，一个男生骑着赛车从她身边经过，这男生骑得太快，她险些被撞倒，不过她手里的生日蛋糕就没有这么幸运了。

生日蛋糕直接摔在了地上，吓得她慌忙把蛋糕盒解开，幸好蛋糕店老板包装得比较好，蛋糕并没有摔烂。

方糖长吁了口气，安抚了下有些慌乱的小心脏，把打算询问宋弋阳的这档子事又抛到了脑后，心想着还是等到生日蛋糕送到了之后再问也不迟。

方糖到大望路糖果 KTV，打开 1104 包厢门的时候，看到有几个男生正围着一个女生。这些男生把女生逼到墙角，七嘴八舌地说着要让这女生给他们手机号码。

“请问这是哪位订的生日蛋糕？”

KTV 里约莫有二十来个人，吵得很，方糖举着蛋糕高声喊了句，可是没有人回应。

无奈之下，方糖只能走到台前，从正在唱歌的男生手中夺过话筒：“请问这是哪位订的生日蛋糕？”

响亮的声音在 KTV 包厢里回荡着，所有的人都停了下来。裴雯探出头，看到了站在台前举着蛋糕的方糖，瞬间心灰意冷。

明明说的是让宋弋阳送啊，这方糖怎么又阴魂不散地来了？这下可尴尬了，她费心整这么大场面结果竹篮打水一场空，原本今天是打算演一场好戏给宋弋阳看的，可男主角没来，这场戏还怎么继续？

“蛋糕是我订的！”

裴雯试图想要推开眼前的几个男生，可这几个男生好像越演越进入了状态，直接上手打算抢裴雯的包。

“美女，别走啊，你手机在哪儿？把你的手机拿出来！”

寿星刘正因为堵车姗姗来迟，他一进门便看到裴雯被几个男生堵在角落，也不知到底发生了什么事情，直接冲上去挡在了裴雯身前，上演了一出英雄救美的戏码。

“哥几个这是干吗呢？今儿个是我生日，是我的场子，裴雯是我的朋友，你们这样合适吗？这么着，我喝一瓶酒，哥几个给我个面子，行不行？”

刘正左看右看都不认识这几个来闹事的男生，这些男生原本就是裴雯的哥哥裴城喊来演戏的，看到有人出来阻止，以为这位是正主，立即收手。

“行，你喝一瓶啤酒，这事就这么算了。”为首的男生高昂着下巴看着刘正。

刘正在裴雯面前自然是不能㞞啊，开了瓶啤酒便直接一饮而尽，完事还把啤酒瓶向下倒了倒，示意自己已经喝完。

闹事的男生朝着刘正比了比大拇指，又向裴雯送了个飞吻。按说这个时候应该到了他们离开的时候了，可谁知他们并没有按照裴雯既定的剧本走，而是开启了自由发挥模式。

方糖把生日蛋糕放在了桌子上，转身准备离开。她是认得裴雯的，之前裴雯捉弄她让她买咖啡的事情她还是记得的，虽然她不知道裴雯到底安的什么心，买个生日蛋糕还非得指定让宋弋阳送，但今天这种场面她并不想插手，毕竟这里这么多人在，裴雯应该不会出什么事。

[2] 是谁伤了方糖?

调戏裴雯的男子粗鲁地把裴雯拽到了桌前，打开生日蛋糕的盒子，揽着裴雯的肩膀，在她耳边用挑逗的口吻说道：“美女，喂我吃一口蛋糕我就饶了你。”

裴雯曾几何时被人如此对待，平日里她都是被男生捧在手心，哪知道裴城找来的人这么不上道，居然还敢逼着她喂东西。

刘正急得满头大汗，眼见自己的女神被欺负，他已经撸起了袖子准备大干一场的，可看到眼前这几个人身上的文身，顿时又泄了气，他看到一旁准备离开的方糖，只能把气撒在了方糖身上。

“你，等等，这生日蛋糕上的水果怎么摔得乱七八糟，你把蛋糕拿走，赔钱，我们拒收！”

这简直就是没事找事啊！方糖忍不住翻了个白眼，原本以为会上演英雄救美的戏码，可没想到这画风也转得太快了吧。

不仅是方糖，就连裴雯都对刘正嗤之以鼻。她起身便准备离开，可谁知被那闹事的男生又给拽回了座位上。

“美女别走啊，喂我吃一口蛋糕再走！”

事已至此，裴雯再也没有兴趣陪着这些戏精继续演下去，抬手便赏了男生一巴掌。

“够了，适可而止，我的忍耐是有限度的！”

KTV 包厢里虽说有二十来号人，可面对这种情况大多数人都是抱着看热闹的心态在围观。

刘正走上前正打算劝架，却被那挨打的男生直接推倒在地。

这实在是有些过分了，这么多人居然都眼睁睁地看着裴雯就这么被欺负，方糖实在是看不下去，虽然她右胳膊的伤还没好，但她还是勇敢地挡在了裴雯身前。

“你和一个女生较劲算什么本事？就算是她按照你的意思喂你吃了蛋糕又有什么意思，之后呢？你是不是又想要让她陪你喝酒？”

男生冷哼一声，指着方糖受伤的右胳膊，嘲笑道：“怎么？你一个送外卖的还想管闲事？想不想再被卸一条胳膊？”

方糖虽然心里也有些犯怵，在气势上可不能输啊。她高昂着头呛声道：“抱歉，我就是这么一个送外卖的，但我不能眼睁睁地看着你欺负我们学校的女生，请你们马上离开，否则我打 110 了！”

“哎呀，要打 110，吓唬谁啊？”男生说着顺手拿起桌上喝完的啤酒瓶吓唬方糖，“老子警告你，少管闲事，信不信老子开你的瓢？”

方糖用手摸了摸额头，笑道：“你试试？”

裴雯站在方糖身后看得目瞪口呆，她对方糖从来就没有什么好印象，可为何在发生这种事的时候只有方糖站出来奋不顾身地护着她？

人在冲动的时候最怕别人使用激将法，这闹事的男生眼看自己被一个女生这么将军，又看见周遭议论纷纷的围观群众，当下便顾不上许多，也忘记了自己是被请来演戏的，拿着啤酒瓶直接就照着方糖的脑袋砸了下去。

酒瓶重重地砸在了方糖的脑袋上，方糖只觉得脑袋一蒙，整个人踉跄了几下才站稳，酒瓶的碎片划破了她的脑袋，鲜血顺着发际线往下滴。

周遭的人这才意识到出了事，男生则是围到刘正身边询问该怎么办，女生则是躲到男生身后寻求保护。

裴雯吓了一跳，慌忙用手按住方糖脑袋上的伤口，对着闹事的男生吼：“告诉裴城，这事我记下了，都给我滚！”

男生听裴雯提到裴城的名字，这下才想起来他们此番前来的本意，顿时蒙了，一句话也不说转身便走。

就在这几个男生准备离开包厢的时候，宋弋阳推门走了进来，他第一眼便看到了脑袋正在流血的方糖，一个箭步冲上前推开了方糖身后的裴雯，一只手直接把方糖揽在了怀中，一只手按住了方糖脑袋上的伤口。

“怎么回事？是谁伤了方糖？”

裴雯没想到宋弋阳会突然出现，先是愣了愣，而后才说：“她是为了救我受伤的，都是我的错！”

得知了原因的宋弋阳根本就没打算理会裴雯，直接带着方糖离开了包厢。

裴雯拿起包正准备离开，刘正见状，一把抓住了裴雯的手腕，试图挽留她：“裴雯，别走啊，今天我生日。”

裴雯将刘正的手推开，冷哼一声，反手就打了他一记响亮的耳光：“今天是你生日对吧，这就是我送你的生日礼物！”

刘正自知理亏，也没有颜面再继续挽留裴雯，只能任由她离去。

裴雯急匆匆地跑了出去，可她出了 KTV 的时候却看到宋弋阳扶着方糖上了一辆蓝色的宝马车。

裴雯跑去路边心急如焚想要拦一辆出租车追上二人，想要向宋弋阳解释，让方糖受伤不是她的本意啊，发生这样的事她的形象在宋弋阳那里岂不是彻底没救了？

怎么会这样？难道她从此要和信用卡说再见了吗？

裴雯心中发出悲愤的怒吼，不甘心接受这样悲剧的结果，这根本就不是她想要的结局啊！

“痛不痛？觉得怎么样？头晕吗？”宋弋阳一边开车，一边关切地询问方糖。

方糖脑袋上的血已经止住了，她一边用纸巾擦着脸上的血迹一边说：“应该没什么事，可能只是被啤酒瓶划破了皮，我脑袋可硬得很呢。听我爸说小时候我头朝地摔在了石板路上，愣是一点事情没有，长大了之后因为和男生打架脑袋没少挨我爸的鸡毛掸子，放心，我没你想的那么脆弱。”

“还是去医院做个 CT 检查下吧，我不放心。”宋弋阳伸出手紧紧握住了方糖的手。

这算是头一次被男生保护吧，不知是不是脑袋被开瓢的缘故，方糖觉得被宋弋阳握住手之后自己有些飘飘然。

电话不合时宜地响了起来，是个陌生的电话，方糖按了通话键准备接听，宋弋阳眼疾手快地按了免提键。

“就这么接！”

方糖没有反驳，她觉得可能是有人打电话下单，没什么好避讳的。

“喂，您好，请问是方糖女士吗？我们刚才接到了用户的投诉，用户投诉您送来的生日蛋糕被摔烂了，要求您按照原价赔偿。”

“怎么可能？蛋糕根本没有摔坏啊，他们都已经签收了！”

方糖正在和客服辩解，宋弋阳便直接按下了结束通话按钮。

“你干吗？他投诉我，不行，我们返回去，我要和他说个明白！”

方糖做了这么长时间兼职，从来没有被人投诉过，在今天这样的状况下被投诉她当然不服。

宋弋阳脸色不是很好看，问道：“这生日蛋糕是不是裴雯订的？”

裴雯坐在出租车上，正在和司机交涉。

“师傅，你去撞一下前面那辆蓝色的宝马，我这个卡地亚限量手镯就是你的了。”

出租车司机看了看裴雯手腕上戴着的手镯，反问道：“真的假的啊？你这手镯是卡地亚的吗？还限量款？我怎么看都像山寨的啊！”

被质疑戴了山寨货，裴雯直接就爹毛了：“师傅你看我这样子像是戴假货的人吗？”

出租车司机摇了摇头，憨厚地笑道：“这我可不知道。不过，话说回来，这是违反纪律的啊，我可是一个遵纪守法的人，怎么能做无良肇事司机呢！”

裴雯受不了地翻了翻白眼，从钱包里取出一万块直接就拍在了出租车司机身旁。

“师傅，只要你撞上那辆宝马，这一万块就是你的了。一会儿在等红灯的时候撞就行，危险系数也不大，轻轻松松一万块赚到手，怎么样？”

这一万块是裴雯取出来想要买衣服的，为了信用卡，她只能忍了。

看到了现金，出租车司机也不纠结了，答应了下来：“瞧好吧，姑娘！”

“蛋糕店的电话手机里还有吗？”

宋弋阳把手机递到方糖手中。

方糖翻了翻通话记录，找到了蛋糕店的电话。

宋弋阳把车子靠边停下，接过手机拨通了电话。

“喂，您好，麻烦把您店里现有的生日蛋糕都送到大望路糖果 KTV1104 包厢。”

“一百个生日蛋糕您全都要吗？一个蛋糕两百八十九块！”

方糖明白宋弋阳想要做什么了，宋弋阳这是想要替她出气，可这哪是出气啊，分明是和钱过不去啊，她当下便急了：“你这是干吗啊？有问题解决问题便好了，你这是解决问题的办法吗？小三万啊，你当钱是大风刮来的不成？”

宋弋阳只是朝着方糖微微笑了笑，自顾自地对蛋糕店老板说道：“马上去送，越快越好，钱对方到付。”

方糖一听“到付”两个字，忍不住捂着嘴笑了起来。

“姑娘，他们怎么在路边停了下来，还要不要撞？”出租车司机看着停在路边的蓝色宝马车，始终下不了决心。

裴雯手一挥：“撞，就装作是倒车剐蹭就行，总之不论是追尾还是剐蹭，只要你能想办法和这辆车发生点关系就行。”

“我和这宝马车发生点关系？”

出租车司机怎么觉得自己的脑子有些不够用了，可还是踩着油门来了个蹩脚的倒车，和宋弋阳开的车来了次正大光明的碰瓷。

[3] 追尾

方糖在车里正乐不可支，忽然觉得车身往前晃动了一下，宋弋阳往后看了眼，透过玻璃看到一辆出租车的尾部似乎与他开的车撞上了。

“方糖，你在车上等着，我下去处理下。”

不待方糖回应，宋弋阳已经下了车，可方糖又怎么可能是肯老老实实坐在车上的主，她也跟着下了车。

宋弋阳刚下车坐在出租车后座的裴雯也跟着下了车，他看到裴雯便猜到了这是怎么一回事。

出租车司机不停地向宋弋阳道歉：“对不住，今天这事是我全责，我这就打电话叫保险公司来处理。”

宋弋阳默不作声地看着裴雯。

裴雯被宋弋阳看得有些发怵，她有些尴尬地捋了捋头发，辩解道：“弋阳，我说这真的是个意外，你信吗？”

宋弋阳点头：“我相信这是个意外，实在是太意外了，我觉得今天重新认识了你！”

“这真的是个意外，我只是想看看方糖伤得怎么样了，没有别的意思，没想到出租车司机追了尾，这事真的和我没有关系。”裴雯虽然竭力解释，可宋弋阳根本就不相信她的话。

方糖走到两辆车相撞的地方看了看，说道：“哎呀，这个车祸好严重啊！好像比我头上的伤还严重，怎么办啊？宋弋阳？”

这都被人追上门来欺负了，方糖怎么可能退让，更何况裴雯撞的还是宋弋阳借来的车，这不明摆着来找麻烦的吗？

宋弋阳不想让方糖继续掺和这件事，把方糖拉到了自己的身后，低头柔声说：“你在车上休息就好，我来处理。”

“不行，我的头突然有些疼了，弋阳你刚才不是说要带我去医院做 CT 吗？我们现在就去吧！”

方糖即便是再粗线条也已经明白了裴雯的意图，这个裴雯三番五次地整她，这次先是指定宋弋阳送生日蛋糕，紧接着又是追尾，简直是司马昭之心路人皆知了，她想要的恐怕就是宋弋阳吧。

做你的春秋大梦吧！宋弋阳是她的，谁都别想染指！

宋弋阳闻言，将方糖揽在了怀中，声音苏到快要把方糖融化："别急，我这就带你去医院。"

裴雯一听宋弋阳和方糖要走，顿时急了，往前快走了几步，不料这几步走得有些急了，脚下一扭，直接摔倒在了地上。

宋弋阳和方糖同时转过头来看着裴雯。

裴雯的脚是真的扭到了，疼得龇牙咧嘴的，无奈之下，她只能厚着脸皮向宋弋阳求助："弋阳，我脚扭到了，你能不能也顺路带我去医院啊？"

她还怕宋弋阳和方糖不相信，把崴了的脚往他们眼前伸了伸。

的确，脚踝部位是红肿了起来，看样子不像是装的。可宋弋阳压根就不想理会裴雯，冷冷地说："对不起，我不是医生，你可以打 120，等着救护车来带你去医院。"

宋弋阳这里难说话，裴雯只能寄希望于方糖："对不起方糖，我知道之前我对你做的事情是有些过分，你两次受伤都是因为救我，我知道你特别善良，这次我的脚是真的崴到了，能不能和你们一起去医院啊？你们放心，到了医院之后我绝对不会再麻烦你们。"

宋弋阳已经拦下了一辆出租车，他先是扶着方糖上了车，而后对方才肇事的出租车司机说："师傅，一会儿会有人来处理这辆车追尾的事情。"说完便上了车。

方糖隔着车窗看着裴雯一瘸一拐的可怜模样，还是心软了，摇下了车窗，说道："上车吧。"

裴雯又惊又喜，没想到方糖最终还是心软了，赶忙从原先坐的出租车上拿起包一瘸一拐地上了宋弋阳拦下的出租车。

这次她识相地坐在了副驾驶座上，一坐上车也顾不上脚疼，而是不停地向方糖道歉。

“对不起啊，方糖，我真诚地向你道歉，希望你能大人不记小人过原谅我！”

方糖看了看宋弋阳。

宋弋阳一直在查看方糖的伤势，根本就没有把裴雯说的话放在心上，也没有理会。

“如果你真的想谢谢我的话，就安静一会儿，我头有点疼。”她也不是被人欺负了还不还手的白莲花，她让裴雯上车一起去医院只不过是看在都是校友的份上罢了，至于裴雯这个人，她只有两个字能够形容了，那就是“呵呵”！

从后视镜中，裴雯看到宋弋阳小心翼翼地帮方糖按着头上的伤口，把方糖揽在怀中的样子，顿时气愤不已。可想来想去方糖是因为她才受伤，她要是现在对方糖发难简直是自讨没趣，无奈，她只能坐在副驾驶上尴尬地揉着扭到的脚，痛得龇牙咧嘴愣是不敢出声。

好不容易到了医院，宋弋阳只顾着帮方糖挂号安顿方糖，根本就不搭理裴雯，裴雯只能一瘸一拐地自己去挂号。

原本医生已经确认方糖无碍了，可在宋弋阳的坚持下她还是去拍了CT，结果没有一点问题，医生看完片子说没什么大事，回去敷点药便好。

谁知宋弋阳一脸不悦地向医生建议：“最好还是住院观察一晚上吧。”

宋弋阳犟医生比他更犟：“不用，这点小伤不用住院，回去伤口别碰水就行。”

宋弋阳脸黑得无以复加，语气也十分不客气：“医生你这么做是对病人不负责任，她伤的是脑部，人体最复杂的部位便是脑部，虽然她现在看起来一点事情都没有，CT也看不出有什么问题，但万一病情有变化呢？万一出了问题呢？你能承担得起责任吗？”

方糖不知道是该帮宋弋阳还是该帮医生，想了想，摸了摸脑袋道：“我瓷实着呢，没你想象的那么脆弱。”

岂料，宋弋阳和医生居然异口同声地怼方糖——

“你别说话！”

这下轮到方糖无语了。说实话，她也觉得宋弋阳有些小题大做，可他是出于担心是一片好意，但在这儿和医生较劲就有些过了吧。

方糖挽着宋弋阳的胳膊便把他往外拽，一边拽还一边向医生解释：“医生，不好意思，我觉得他可能需要拍个脑部 CT，我这就带他去挂号。”

宋弋阳并没有跟着方糖离开，而是一使劲将方糖给拽了回来。医生在电脑前面噼里啪啦敲了一小会儿键盘，而后手脚麻利地从打印机上拿起一张纸递给宋弋阳。

“住院观察一晚，去缴费吧。”

宋弋阳接过住院通知单，微笑着说：“谢谢。”

方糖看着住院通知单使劲推开宋弋阳，一脸拒绝：“要住你住，医生都说了我没事，你这不是没事找事吗？”

宋弋阳根本就不理睬方糖，不容商量地直接就拖着她去缴费。

方糖武力抗争了一会儿，无奈一只手斗不过宋弋阳，只能选择忍气吞声，屈服在宋弋阳的威严之下。

裴雯一瘸一拐地拿着缴费单去排队缴费，好几次没站稳险些摔倒在地上。就在这时，一对母女径直朝着她的方向走了过来。

走近了些，这位戴着硕大珍珠项链的阿姨十分惊奇地指着裴雯，说道:“这不是裴雯吗？你怎么在这里？怎么了？看你一瘸一拐的，是脚怎么了吗？”

这位阿姨姓孙，名字不详。裴雯认识她，是因为这位孙阿姨是她母后的闺蜜，而挽着孙阿姨胳膊的女生，她压根就不认识。

“没事，一点小伤而已。”

孙阿姨看了看裴雯的脚踝，一脸担忧地问：“去看医生了吗？医生怎么说？你是一个人来的吗？怎么都没人照顾你？”

裴雯有些尴尬地笑了笑，说道：“我不是一个人来的，我是和同学一起来的。”

话刚落音，裴雯便看到宋弋阳拖着方糖走了过来，她指着宋弋阳和方糖，说道：“我是和他们一起来的，他们和我是同学。”

孙阿姨往后看了看，一眼便认出了宋弋阳，可在看到宋弋阳牵着的那个女生时，心中沉寂了许久的八卦之火熊熊燃烧了起来。

“裴雯啊，那不是宋弋阳吗？之前你妈说你们不是男女朋友吗？他怎么在大庭广众之下和别的女生拉拉扯扯的？你怎么不管管？他到底是不是你男朋友？”

孙阿姨说完这句话时，宋弋阳和方糖已经离她们只有十步之遥了。

裴雯看着一脸好奇的孙阿姨，一脸辛酸地点了点头：“那是他妹妹。”

孙阿姨这才恍然大悟，本来裴雯以为事情到此就结束了，可没想到的是孙阿姨居然转过身朝着宋弋阳招了招手。

“弋阳！”

宋弋阳是见过孙阿姨一次的，长辈率先打了招呼他也不能置之不理，只能拖着方糖走了过去。

“孙阿姨，您和小艾怎么也来医院？”

原本面对裴雯一脸不屑的艾米在看到宋弋阳的时候立即变成了一副乖乖女的样子，抢先说道：“弋阳哥哥，我家一个亲戚在这儿住院，我和妈妈来探望的。”

宋弋阳露出了久违的笑脸：“小艾今年高三了吧，好好复习，托福和雅思可不好考。”

艾米仔细打量了方糖一番，试探着问宋弋阳：“弋阳哥哥，裴雯姐说这是你妹妹，你什么时候多个这么大的妹妹，我怎么不知道？”

[4] 她是我女朋友

“妹妹？”方糖一脸诧异地看着裴雯。

裴雯暗暗朝着方糖做了个抱拳的手势示意她帮忙。

方糖越发不淡定了，裴雯这是要搞事情吗？她冷笑着问宋弋阳：“弋阳，我是你的妹妹？”

宋弋阳完全无视裴雯，直接就揽着方糖的肩膀说：“她怎么会是我的妹妹，她是我女朋友。”

孙阿姨看了看方糖又看了看裴雯，不知该相信谁。

“裴雯，这到底是怎么回事？你和弋阳吵架了吗？”

艾米撒娇道：“妈，你还没看出来吗？弋阳哥哥不是说了嘛，这姐姐才是他的女朋友，裴雯根本就不是弋阳哥哥的女朋友！”

“女朋友？”

方糖说着便举起了左手，长吁了口气，缓缓撸起袖子。

裴雯见方糖一副要打架的架势，赶忙打圆场：“孙阿姨，我们只是吵架了，拜托你可千万要替我瞒着，一定不要告诉我妈！”

孙阿姨正打算好好劝一劝裴雯和宋弋阳，劝他们小两口不要吵架早点和好来着，可宋弋阳却率先开口阻止了孙阿姨：“孙阿姨，我有个托福考了118分的朋友最近好像有时间，要不要我帮您联系下，看看他能不能给艾米补课？”

听宋弋阳说到托福，孙阿姨立即把裴雯的这档子事给抛到了脑后，立即笑逐颜开地追问：“真的吗？弋阳，拜托你问问，你的朋友我放心！”

艾米朝着宋弋阳做了个鬼脸：“不是吧，这好久没见你，一见你我这好不容易才恢复的课余时间就被你一句话给剥夺了！”

趁着宋弋阳和孙阿姨详细交流托福雅思的时候，方糖不动声色地把裴雯拉到了一旁：“怎么，你很嚣张嘛，我男朋友怎么就成了你的了？”

孙阿姨还在一旁，裴雯也没办法和方糖多说，只能硬着头皮继续把戏演下去。

“别闹了，宋弋阳到底是谁的男朋友你心里不知道吗？对于你，他只是换个口味罢了，最后他选择的一定会是最适合他的。”裴雯后半句话说的倒是心里话，在她的心里，像宋弋阳这种家庭出身的人，婚事是不可能自己做主的，最终他还是会选择家里安排的女生。

不过，对于成为宋弋阳家人心中的头号种子选手，裴雯现在还在努力中，她也没自信把话说得太满。

对于裴雯的强词夺理，方糖冷笑着说：“是吗？那就走着瞧好了，别再让我看到你！”

她说完便又回到了宋弋阳身边，以胜利者的姿态挽起宋弋阳的胳膊，在宋弋阳耳畔低声说：“弋阳，我头有点痛，想休息。”

宋弋阳已经把朋友的电话给了孙阿姨，听到方糖说头痛，立即向孙阿姨告辞。

“孙阿姨，方糖头部受伤了，我要带她去办住院手续，您明天给我这位朋友打电话就行，我来安排。”

孙阿姨最想听的就是宋弋阳的这句话。

“行行行，快去吧。”

艾米朝着方糖暗搓搓地比了个大拇指，用口型悄悄说：“看好你哦！”

方糖朝着艾米偷偷比了个心，一旁的裴雯看得几乎要吐血，也找借口和孙阿姨告辞。

“孙阿姨，我去取药了，改天有机会再去您家拜访您！”

艾米听到裴雯说要来拜访她家，把头摇得像拨浪鼓一样，每个细胞都在拒绝：“不行，我妈没时间，她要陪我补习雅思，没时间招呼你！”

这就太拒人于千里之外了，孙阿姨脸上有些挂不住，拍了下艾米的后背，训斥道：“你这孩子，胡说什么呢？”

裴雯尴尬地笑了笑，朝着孙阿姨点了点头便一瘸一拐地朝着外科的方向走了过去。

宋弋阳也带着方糖去住院部缴费，只留下孙阿姨和艾米两个人。

“艾米，你胡说什么？我说你怎么就这么不待见裴雯？”

被母亲训斥，艾米翻了翻白眼：“妈，你不觉得她很假吗？她妈到处说她和弋阳哥哥交往，可事实你也看到了，根本就不是这回事，弋阳哥哥都否认了，这全是她们母女在做戏。妈，你以后能不能少和她们家来往啊，我就是看不惯她。”

孙阿姨戳了戳艾米的脑袋，一边往医院外面走一边训斥：“小孩少管大人的事，你这次托福要是考不好信用卡我就给你停了！”

一听到要停信用卡，艾米急了：“别啊，妈，天底下最好的妈妈，我错了，你可千万不要停我的信用卡，我一定会好好补习托福。”

宋弋阳替方糖办好了住院手续，烧了壶热水晾在了一旁，又是给方糖削苹果又是弄空气加湿器，忙活了半天才闲下来。

方糖本来是打算和宋弋阳赌气的，可看到宋弋阳为了她忙前忙后的样子，顿时便心软了。

“方糖，你都需要什么东西？我去学校帮你拿！”

方糖说：“我什么都不用带，反正明天早上就出院了。你别在这忙活了，来，我们现在来聊一聊裴雯！你们都认识刚才那个阿姨，是不是你和裴雯也早就认识？”

宋弋阳眉头顿时拧成了一团，沉默了片刻，说道：“从小到大她都跟在我身后，可我从来没理睬过，如果这都算认识的话，那勉强就算是吧。”

方糖忍不住笑得前仰后合，宋弋阳还真的有让人无语的本事。

“你和她还真的是孽缘，不过她好像对外声称是你女朋友啊，对此你怎么看？”

宋弋阳轻叹了口气，拿出手机拨通了视频聊天，在接通了之后便拿着手机坐到了方糖身边。

方糖和宋弋阳一起出现在了视频画面中，手机上的另一个视频画面是一位方糖从未见过的中年女人。

就在方糖准备询问宋弋阳这是玩哪出的时候，却听到宋弋阳说了句令她想要吐血三升的话。

“妈，和你介绍下，这是方糖。”

方糖尴尬地捋了捋乱糟糟的头发，无可奈何地朝着视频里的女人挥了挥手，而后便慌忙推开了宋弋阳，远离了手机。

宋弋阳笑着走到了一旁，说道：“妈，方糖受伤了，我在医院里照顾她，下次再介绍给你认识。”

突如其来的视频通话令人手足无措，方糖觉得自己都快炸了，这算是见家长吗？实在是太突然了，明明是她在质问他和裴雯的关系，怎么尴尬的人就成了她？

“宋弋阳，你能不能不要搞突然袭击？”

宋弋阳嘴角浮现出宠溺的笑意：“突然吗？这不是很正常吗？”

方糖急眼了：“这算正常吗？你突然拿着手机和家人视频聊天，还不小心地把我带入了画面，经过我同意了吗？”

宋弋阳知错就改："好的，方糖，我下次和家人视频聊天一定先征求你同意。"

"还有下次？"方糖气呼呼地双手环胸，今天都不打算和宋弋阳说话。

好几次方糖用眼神暗示宋弋阳离开，可宋弋阳偏偏就像没看到似的，仍旧自顾自地坐在病床前盯着手机。

计算机系的冯教授还在微信上锲而不舍地邀请宋弋阳参加计算机编程比赛，明天就是最后期限，毕竟少了宋弋阳这个夺冠热门选手冯教授心里还是没有多大底气。

可宋弋阳想也没想就拒绝了，只是这拒绝的理由实在是令冯教授吐血三升。

宋弋阳说："我已经不是计算机系的学生了，按理说没有资格参加计算机编程比赛了，教授可以在计算机系中选拔优秀的学生参加。"

后半句的借口是宋弋阳第一次拒绝冯教授的时候说的，前半句的借口实在是没有什么说服力。

冯教授实在是没法接受，正准备再接再厉再争取一下，却被宋弋阳接下来的话给怼了回去。

"教授，这次真的不行，我有重要的事情需要处理，下次如果还有机会我一定参加，绝对不会推辞！"

宋弋阳给了冯教授台阶下，冯教授总算是不为难他了。

宋弋阳处理好了这件事又开始在手机上看国外最新的新闻，这几天他要写论文，需要准备和了解的资料挺多的。

约莫过了一个小时，方糖实在是忍不下去了，率先开口打破了沉默："宋弋阳，你别在我病床前玩手机，手机有辐射影响我，我头更疼了！"

宋弋阳收起手机，起身便按了呼叫铃。

她不明白宋弋阳要干吗，问道：“你想干吗？按呼叫铃做什么？”

宋弋阳一本正经地回答：“你不是头疼吗，让医生来看看。”

她攥了攥拳头，一脸无语地看着宋弋阳。

护士很快便推门进来：“帅哥，有什么事吗？”

宋弋阳：“护士，她头疼，麻烦你让医生来看一下。”

方糖慌忙阻止：“别，别，别，护士，我没事，不用通知医生。”

护士的眼神全然没有放在方糖身上，目不转睛地看着宋弋阳，心不在焉地说：“帅哥有事再喊我哦，我就在护士站。”

待护士走后，方糖愤怒地质问宋弋阳：“她为什么要告诉你她在护士站？一会儿是不是就和你互留电话了？再说了，我才是病人，她干吗一直盯着你看？什么意思啊？”

宋弋阳想了想：“一定是我让她有什么误解，以为我有依赖症。”

第六章

方糖依赖症

[1] 依赖症

“什么依赖症？”

方糖不解，依赖症是个什么鬼？

宋弋阳的嘴角扬起一抹微笑，眼里有着闪亮的光。

“方糖依赖症！”

原本暗暗不爽的方糖闻言整个人瞬间酥掉了，正准备打趣宋弋阳，却被他的下一句话噎得说不出话。

“我喝咖啡方糖要放三块。”

这简直就是瞎扯，方糖气得背过身子用被子蒙住头，真心不想再和宋弋阳继续交流。

要是没有最后那句补刀的话多好，兴许她的心情还能由阴转晴，可现在就难讲了。

都怪宋弋阳把刚刚有所缓和的气氛给毁了！

宋弋阳是在方糖熟睡之后走的，待到方糖早上醒来的时候，便已经看到拿着笔记本电脑在病床前忙碌的宋弋阳。

宋弋阳眉头紧锁，心情似乎不是很愉快，可在看到方糖醒来的那一刹那，眉头便随之舒展开来，旋即合上了电脑。

“醒了？把早餐吃了吧，一会儿医生来查房，要是没什么问题就可以出院了。”

宋弋阳把餐桌板架好，又把买来的早餐一一打开放在了方糖面前。

早餐是三明治、小米粥和蔬菜沙拉，算是中西混搭。

方糖没想到宋弋阳会为自己做这些，拿着三明治迟迟吃不下去。

“其实……”

宋弋阳扬起头，笑容依然明媚：“怎么了，快吃吧，一会儿就凉了。”

方糖轻叹了口气：“其实你不用为我做这些的，不用把我照顾得这么好，我没事的。”

的确，在醒来后看到宋弋阳她已经很意外了，尤其是再看到这些早餐，说实话，她蛮感动的。

“你昨晚怎么没回学校？是在这儿过夜的吗？你怎么睡的？还是你回学校了？一大早还特地买了早餐过来？”

不待宋弋阳回答，方糖又接着问了一连串的问题，他把保温饭盒的盖子打开，将勺子递给她。

“我从没谈过恋爱，也不知道该怎么对女生好，只是看别人是这么做的，我也必须要做到。”

方糖喝了口小米粥，差点呛住。宋弋阳就连这个也要和别人比？难道他的目标是做中国最佳男友不成？

小米粥还是热的，她心里暖暖的。

她很快便吃完早餐了，刚把保温饭盒收拾好，就听一旁的宋弋阳问道：“给我吧，我去洗洗，把饭盒还给护士。”

等等，她有种不祥的预感。

“这些早餐不是你买来的吗？”

“不是，是早上护士送来的，怎么了？”

他不明白方糖刚才还好好的，怎么突然间脸色又变得异常难看，难道是头疼了？

这些早餐居然是护士送来的，方糖咬紧牙关愤然做出了决定：“我没事了，一会儿还有课，我必须要出院！”

就不应该听宋弋阳的来住院，宋弋阳一个在校的学生怎么到了医院还这么招蜂引蝶，实在是太过分了。

“记得谢谢那个给你送早餐的护士，谢谢人家，就说我都吃了！”

宋弋阳闻言，不禁皱起了眉头：“我不记得她长什么样子了！”

方糖瞬间笑喷：“宋弋阳你是来搞笑的吗？”

他异常肯定地回道：“我是真的不记得她长什么样了，我还是把饭盒放到护士站吧，她看到了会自己拿走的。”

宋弋阳去还饭盒了，留下方糖一个人捂着肚子笑得前仰后合。她真的是败给宋弋阳了，女生碰到他可真的是要了命，给他送了爱心早餐，结果他连人家的长相都没记住。

不过，怎么越想越觉得开心呢？

宋弋阳刚走没多久医生便过来查房，替方糖做了些检查确认她没事之后便让护士给她办理出院手续。

方糖看到跟在医生身后的护士脸上露出失望的表情，这些护士恐怕是因为不能再看到宋弋阳感到遗憾吧。

宋弋阳去还饭盒之后便顺道办完了出院手续，两人出了医院便直接打车回学校。

方糖一晚上没回来，一进宿舍门便被舍友们团团围住。

“老实交代，昨晚去哪儿了？”

“方糖你可从来没有夜不归宿过啊，这可是个大问题呀！”

“快说，详细点，小到一丁点细节都必须要向我们汇报！”

面对舍友们咄咄逼人的追问，方糖忍不住后退了几步，打算衣服也不换了、脸也不洗了直接去上课。

可舍友们又怎么会放过方糖，封思彤察觉出了方糖打算逃走的意图，眼疾手快地堵住了门。

看着舍友们一个个一副今天不老实交代就甭想出这个门的模样，方糖无奈地指着自己脑袋上被头发盖住的纱布，说：“我昨天被人用酒瓶砸了脑袋，直接就进了医院，医生让我留院观察十二小时，这不，现在才放我出来。”

方糖是大事化小小事化了地简单阐述了经过，关于宋弋阳的事她打算来个绝口不提，要是被舍友们知道她昨天晚上和宋弋阳一起见了家长那还得了，宿舍的床不得被她们给掀翻了？

苏青小心翼翼地撩开方糖的头发，心疼地问：“这脑袋怎么就被人给砸了呢？还疼不疼？医生怎么说？”

封思彤直接便撸起袖子准备开门冲出去：“是谁打伤了你？快说，我去帮你教训教训他，我这跆拳道黑带三段可不是白练的。”

计珊慌忙拉住封思彤：“你先别冲动，先听方糖怎么说。”

方糖也拦住了封思彤：“我不认识那个人，你找谁去？我都没地儿找去，我就是去送个生日蛋糕而已，莫名其妙就被打了。我也很无奈，算了算了，反正也没什么大事，医生都说没事了，算了吧。”

计珊长叹了口气，说道：“方糖，要不然你别做跑腿的工作了，踏踏实实找个家教的兼职，咱们学校的学生在外面可都是抢着要呢。”

方糖想了想，觉得做家教其实也不错，可她如果做了家教那岂不是减少了和宋弋阳见面的机会？平时她还能借着工作和宋弋阳天天碰面，这要是做了家教把宋糖工作室扔下不管，她怎么对得起信任她和她合伙的宋弋阳。

“算了，现在才大一也没人敢把孩子交给我吧，去上课吧，去晚了就没座位了。”

宋弋阳原本是有课的，这是他第一次翘课，他已经查到了昨天在大望路糖果 KTV 是刘正办的生日派对，而刘正上午九点有节必修课是没办法逃课的必须要上，他打算去教学楼门口堵刘正。

宋弋阳并没有把事情告诉舍友，他是打算一个人去的，可他刚出宿舍楼就被跑步回来的杨宁碰了个正着。

于是，原本一个人的翘课队伍就变成了四个人。

用苏哲的话说，被欺负了就一定要把场子找回来，就算是不动手也要让出手伤人的人认错道歉！

杨宁和郁东对苏哲的观点表示深深赞同，三人跟在宋弋阳身后，大摇大摆地朝着 7 号楼进发。

宋弋阳的估计没有错，刘正果真来上必修课，八点五十分的时候，他们在教学楼门口如愿堵到了刘正。

突然被四个人团团围住，刘正有些惊慌：“你们想干什么？”

苏哲故意把指关节握得咔咔响，旋即一把揽住刘正的肩膀，冷笑着威胁道：“不想干什么，只想问问你，昨天在 KTV 包厢里是谁动的手？”

刘正知道苏哲说的是谁，可他的确不认识动手的那个人。他想了想，说道：“同学，我真的不认识那个打人的人，不过现场好像有人拍了照片。”

宋弋阳走上前，淡淡地说了两个字：“手机。”

刘正先是愣了愣，随后后知后觉地拿出手机，找到照片递给宋弋阳。

这照片上的确是那个男人打方糖的情景，虽然抓拍得不是很清楚，但宋弋阳总算是知道了这个伤害方糖的人的长相，他将照片发到了自己的手机上，才把手机还给了刘正。

杨宁拍了拍刘正的肩膀，用威胁的口吻问：“同学，你再好好想一想，你真的不认识这个人吗？”

刘正慌乱地点着头：“我发誓，我不认识他，那天路上堵车我去晚了，我到 KTV 包厢的时候他们就已经在场了，不知道他们是谁带来的。”

宋弋阳看着刘正，一言不发，沉默了片刻才说：“把昨天你邀请的朋友说一遍。”

刘正仔细地想了想自己邀请的人，将名字一一告诉给了宋弋阳：“洪涛、朱一峰、明琦、裴雯……”

听完这些，宋弋阳转身便走，苏哲和杨宁、郁东三人大眼瞪小眼，不明白他这又是搞什么名堂。

“这事和他没关系，放了他。”宋弋阳挥手。

苏哲虽然有些不明所以，但还是照着宋弋阳的话，松开了刘正。

“等等我，宋弋阳！”杨宁和郁东慌忙快跑几步，赶上了宋弋阳。

苏哲替刘正整了整衣服之后，也急忙跑了过去。

“我们这是去哪儿？”苏哲一边跑一边追问。

宋弋阳头也不回地说：“去找个有网络的地方。”

四人去了校外的咖啡厅，苏哲撸起袖子已经做好了打架的准备，杨宁和郁东也在观望，就等着宋弋阳发话，准备替方糖讨回公道。

[2] 请向她道歉

“我们来咖啡厅干吗？”

“你打算怎么做？”

杨宁和郁东一人一句追问着。

宋弋阳打开电脑，认真地说道：“确定了在场的人，范围就缩小了很多，我打算从刘正邀请的朋友里一个一个查起。如果还找不到那个人，就把范围再扩大，把他们的朋友圈全部查一遍，今天无论如何都要把那个人找出来。”

宋弋阳这是要用电脑查那个人的身份。

苏哲可不甘心就这样袖手旁观，可方才刘正说了那么多名字，他就记住一两个，这想要查难度有点大啊。

“我就记得他说洪涛和朱一峰，其他的都没记住。”

杨宁尴尬地摸了摸头：“我就记得裴雯也去了，其他人没记住。”

郁东重重地弹了下杨宁和苏哲的脑门，恨铁不成钢地吐槽：“你们啊，连个人名都记不住，要你们有何用？”

苏哲第一次被人质疑智商，不服气地争辩：“那你说说，你记住了几个？”

其实郁东也没记住几个，他只不过是借机嘲笑苏哲和杨宁罢了。不过既然苏哲质疑了，他只能硬着头皮自圆其说：“弋阳一定记住了，弋阳让我们怎么做我们便怎么做，你们哪那么多话。”

就在三人眼巴巴地等着宋弋阳发号施令的时候，宋弋阳把电脑转了过来。

“找到了，这个人名叫于让，是裴城的朋友。已经查到了他的微博账号，这个微博账号或许就是他的手机号码，打这个电话应该就能找到他。”

苏哲吃惊地咽了下口水，他们还在讨论怎么帮忙，毕竟连名字都没记住几个，可宋弋阳就已经找到了对方，这实在是太匪夷所思了吧。

杨宁和郁东还没来得及发表意见，宋弋阳已经拨通了电话。

“喂？哪位？”于让很快接了电话，语气不怎么友好。

“请问你现在在哪儿？我是裴城的朋友，听说你能低价买到兰博基尼，想找你咨询下。”

于让果然有了兴趣：“我的确有办法能低价买到兰博基尼，这样吧，你是裴城的朋友就是我的朋友,我们约在世贸天阶见吧,具体的我们见面聊吧。”

宋弋阳挂了电话，脸上终于有了笑意。

“已经约到他了，你们去上课吧，我自己去会会他。”

“弋阳，你怎么知道这个于让能买到低价的兰博基尼？就我们聊天这么会儿工夫，你就知道了这么多信息？要说学霸我就服你一人，这要是别人在我面前说他是学霸我是绝对不服的。”

郁东看宋弋阳的眼神已经近乎崇拜了，宋弋阳不断地在刷新着他对学霸的认知。

“我只是看他在微博上发布过低价出售兰博基尼的信息，你们回去上课吧，现在回去还来得及。”宋弋阳说话间已经收拾好了东西准备离开。

杨宁急忙起身跟上：“别啊，我说弋阳，你真打算一个人去？真的不让我们去给你撑场子？你女朋友被人欺负了，我们怎么能坐视不理？”

宋弋阳能理解舍友的心意，摇了摇头拒绝了杨宁他们的好意：“人太多了反而不方便。”

苏哲无奈地嘱咐道：“那你一定要小心点，势头不对抓紧时间撤，别逞强啊。”

郁东忍不住开始怼苏哲：“你以为宋弋阳像你啊，头脑简单四肢发达，遇到事只知道用武力解决，多动动脑子行不行？说到动脑子，徐教授布置的论文你们写了吗？”

苏哲和杨宁听到“论文”两个字，大惊失色，异口同声地追问：“什么论文？”

郁东瞪大双眼，一脸不敢置信：“你们居然把论文给忘了，下节课要交，我也没写！”

苏哲背着包就往外跑，一边跑一边喊：“那还在等什么？”

杨宁和郁东也顾不上宋弋阳，一边追着苏哲跑，一边齐声喊道：“等等我啊！”

宋弋阳看着狂奔的三人，无奈地摇了摇头，背着包出了咖啡厅。

宋弋阳在世贸天阶的咖啡厅见到了于让。

于让本来满心期待来人是兰博基尼的买主能够让他大赚一笔，只是宋弋阳一见到他，便开门见山地说了真实来意：“为了节省时间，我就不绕圈子了，我并不是要买兰博基尼，找你是为了昨天晚上的事。”

于让有些慌：“昨天晚上什么事？”

宋弋阳微笑着，可眼神却颇为锐利让人不能逃避：“昨天晚上你用酒瓶打伤了一个女孩，难道你忘了吗？”

对于伤人这件事于让其实也挺后悔的，不过他答应了裴城不把他们之间的事情说出去，只能含糊其辞地掩盖过去。

“当时的确是在气头上，发生这种事我的确有责任。”

“如果我没猜错的话，这件事应该和裴雯有关，你们之间是不是做了什么交易？是她让你打方糖的吗？”

宋弋阳只是猜测着问的，可看到于让闪躲的眼神他便知道方糖受伤的事与裴雯脱不了干系。

于让见宋弋阳已经猜到了，只能叹了口气承认：“唉，这可是你猜的，不是我说的，要是裴城问起来你可千万不要出卖我啊！”

宋弋阳嘴角微勾，做了个请的手势：“你放心，我绝对不会告诉第三个人，今天你对我说的事情，天知地知你知我知。”

于让这才松了口气，向宋弋阳坦白："昨天裴城给我打电话，说是让我去大望路的糖果 KTV，带几个人过去装作调戏他妹妹裴雯，陪他妹妹演一出戏。我这人一向仗义，裴城是我的好哥们，我也不好说不帮，自然是义不容辞。不过，话说回来，伤到那个女孩的确责任在我。"

果然和裴雯有关，宋弋阳嘴角又勾了勾，旋即喝了口咖啡，说道："我今天找你，是让你今天找机会向方糖道歉！"

"啊？你让我和那个女孩道歉？你是她什么人？是哥哥还是男朋友？"

于让原以为宋弋阳是来找碴的，没想到居然只是为了道歉这么一件微不足道的小事。

"没错，我是她男朋友，你伤了她，按理说应该要向她道歉。不过你和裴城、裴雯之间的事情就不要告诉她了，这些事情我不想让她知道，她是个单纯的女孩。"没有什么好隐瞒的，他直接就承认了他和方糖的关系。

"那我怎么才能找到她？"

宋弋阳从背包里取出一张方糖发给他的名片递给于让："你打这个电话和她联系，这名片上写的业务她都可以接，不过范围最好在五公里以内，我还有事，麻烦你尽快。"

于让向宋弋阳保证："放心，这事我记得了，不过我想问下，你是怎么找到我的联系方式的？"

宋弋阳背好包起身，微笑着说："想要找到你的联系方式很容易，快递、微博、微信，只需要稍微查一下便知道了，没有什么技术难度。"

于让朝着宋弋阳比了比大拇指，向宋弋阳表达他内心的钦佩之意："哥们，你有没有兴趣帮我查一个人？只要你能帮我查到我想要的消息，多少钱你随便开！"

宋弋阳嘴角漾出好看的弧度："对不起，我还是学生，对这些事情不感兴趣，你可以找专业的私家侦探。"

于让急了："别急啊，我让你查的就是你们学校的人，裴城的妹妹裴雯，你帮我查查她有没有男朋友，包括她有没有暗恋的人，相信这对你来说应该很简单吧。”

于让要查的人居然是裴雯，宋弋阳对此更加不感兴趣：“我没有兴趣帮你调查这些，更何况这个人还是裴雯。不好意思，你还是另请高明吧。”

“裴雯怎么了？家境不错，要颜值有颜值，要身材有身材，带出去也有面呀！”

“这只是你的个人看法而已，我并不感兴趣。抱歉，我还有课，就不奉陪了。”

宋弋阳不打算继续与于让纠结裴雯的事情，果断地告辞，离开了咖啡厅。

宋弋阳离开后，于让拨通了裴城的电话。

“喂，裴城，哥们真的是帮人帮到底送佛送到西了，这宋弋阳可真的是油盐不进啊！我刚才借机提出让他调查裴雯好给你妹妹创造和他接近的机会，可这小子愣是不吃这套啊。”

“我听我妹妹说宋弋阳和学校里一个女生创建了一个工作室，你给他工作室合伙人打电话，试着从那个女生身上突破。于让啊，是时候展示你的演技了，这事要是成了，兄弟我在四海摆场子给你庆功！”

四海是本市星级最高的酒店，裴城居然说要在四海给他庆功，于让听了这话激动得说话都有点打结了：“放心……你放心，没……没问题，你妹妹这红娘我是做定了！”

于让挂了电话便拿起宋弋阳方才给的名片，照着名片上的号码拨通了方糖的电话。

“喂，你好，我想让你帮我做件事，劳务费一千块，怎么样，接吗？”

一千块劳务费？

方糖有点蒙，可还是抑制住激动的心情，压低声音问：“违法乱纪的事情我可不做。”

[3] 订婚事件

于让笑了笑，说道：“绝对不违法乱纪，我只是听说裴雯要和你们学校的宋弋阳订婚了，想让你帮我核实下这个事情是不是真的？还有，就是帮我调查下裴雯有没有男朋友，包括她在学校里是不是有暗恋的对象，仅此而已。”

“裴雯？她要和宋弋阳订婚？”方糖不淡定了，手中抱着的书险些滑落在地。

于让既然是要撮合裴雯和宋弋阳，自然是要把方糖和宋弋阳搅和黄的，他继续添油加醋地瞎编：“他们两家是世交，又有生意上的合作，我喜欢裴雯很久了，可我听说裴雯家打算让她和宋弋阳订婚，所以我就想拜托你帮我查下这件事情究竟是不是真的？如果裴雯在学校里有喜欢的人或者是有男朋友，那他们的订婚无论如何我都是要搅和黄的，拜托你了，一定要帮我查一查！”

此刻方糖的心里就像万马奔腾过一般，可她还是咬紧牙关接下了这个工作：“好，我接了，我会尽快查清楚，一有消息我立即通知你。”

“好，到时候我们面谈，我给你现金。”

于让见方糖上钩，心情愉悦度立即上升了五个加号，挂了电话之后忍不住轻声哼唱着：“四海，四海，四海，我来了！”

真的像宋弋阳所说的他和裴雯一点关系都没有吗？那这个委托人为什么会在她这里做了这样的委托？

方糖一想到在医院里裴雯自称是宋弋阳的女朋友这件事，胸口就像堵了块石头，压得她喘不过气来。

“他们居然从小就认识，两家还有生意上的来往！不对，等等！”方糖总觉得自己好像忽略了什么事情，裴雯家里很有钱这件事几乎是全校皆知的，宋弋阳家和裴雯家如果有生意上的来往，这只能说明一件事——

“宋弋阳的家境绝对不比裴雯家差！”

确认了这个事实方糖浑身的力气像被抽走了一般，怀里的书失控滑落到了地上，有些还砸到了她脚上，可她整个人就像是失了魂一般浑然不觉。

宋弋阳家境很好，那他到底为什么要和自己做这些辛苦的工作？还要加入她的工作室成为合伙人，他究竟在打什么算盘？

杨宁下了课正朝着方糖这个方向走来，在看到方糖之后，他兴奋地向方糖挥手。

“方总！方总！”

方糖正陷入在自己的思绪里根本就没有听到杨宁在喊她的名字。

杨宁看到方糖愣愣地站着不动，脚边散落着一些书，察觉她有些不太对劲，慌忙小跑了过去。

杨宁蹲下身子帮方糖捡起脚下的书，推了她一把。

“方总，你这是怎么了？发什么呆？”

方糖被杨宁这么一推，总算是从思绪中回过神来。她看到杨宁手里拿着她的书，从杨宁手里接过书，尴尬地笑了笑。

“没事，没事！”

虽然方糖说自己没事，可杨宁不管怎么看都觉得她有些问题，他觉得自己不能不闻不问，毕竟她是宋弋阳的女朋友。

“方总，宋弋阳拒绝参加在美国举办的编程比赛这个事，你知道吗？”

“什么编程比赛？”方糖仰起头一脸莫名地看着杨宁。

杨宁见方糖一副毫不知情的模样，耐心地替她答疑解惑：“这个编程比赛是全世界大学之间最权威的，可以说是世界级的，去年宋弋阳还是计算机系的学生时就参加过这个比赛，还拿了冠军呢。咱们学校可就他一个人拿了名次，所以啊，计算机系的主任冯教授前几天一直在试图说服宋弋阳代表计算机系参赛。冠军奖金可是五万美金啊，宋弋阳想也没想就给拒绝了。这可都是为了你啊，我之前问过他，他说他这一走就是一个月，你胳膊还没好怕你一个人累着，这才放弃了这次难得的机会。”

“五万美金奖金？为了我放弃参加比赛？”方糖忍不住苦笑了起来。

真的是因为她吗？还是因为和裴雯订婚的事情？

杨宁以为方糖听了这件事后不说欣喜若狂吧，最起码也会感动落泪，可没想到的是她居然只是笑了笑。

“方总，你到底怎么了？今天怎么怪怪的？这不像你的风格啊！”

方糖忽然想起宋弋阳宿舍的人曾经在微信群里说起过，说宋弋阳和杨宁是发小，那么杨宁应该是知道宋弋阳家里的事吧。

想到这里，方糖的心中又燃起了一抹希望：“杨宁，你是不是和宋弋阳很早就认识，我有些事情想要问你！”

方糖的眼神异常认真，杨宁也收起了想要开玩笑的心思，拍了拍胸脯向她保证：“方总，你尽管问就是了，宋弋阳的事还没有我不知道的。”

“宋弋阳的家境是不是很好？他家是不是和裴雯家有生意上的来往？”

杨宁挠了挠头，心中有种不祥的预感，宋弋阳并不想让更多的人知道他的家境，一直在刻意隐瞒这件事，他们303宿舍的人都是知道的，也从来没有多嘴在别人面前提起过。

“你是听谁说的？”

方糖锲而不舍地追问：“你别管我是听谁说的，先告诉我是不是？”

杨宁叹了口气，点头承认：“宋弋阳的家境的确不错，他家和裴雯家也的确是有生意上的来往。方总，在这一点上宋弋阳可从来就没想过要瞒着你的，谈恋爱是两个人的事情和家庭又没有关系。”

“我再问你一件事，宋弋阳的父母是不是一直在撮合他和裴雯的婚事？”

她似是下了很大的决心，才问出这句话。她平时虽然大大咧咧的，看起来什么都不在乎，可自从和宋弋阳在一起之后，她逐渐变得不再像以前那样没心没肺，对于所有关于宋弋阳的事情，她都放在心上。

杨宁不知道该怎么回答方糖，这个问题很不好回答，他如果说是，宋弋阳岂不是要和方糖因为这事吵架；可如果说不是，他又说了违心的话。

纠结了一番，杨宁硬着头皮告诉了方糖实情："弋阳的父母的确是有想要撮合弋阳和裴雯的意思，可这事弋阳从一开始就是反对的，他从来就没正眼看过裴雯，你也别多想了。如果弋阳喜欢裴雯的话他们早就在一起了，又怎么会等到现在？他在乎的人是你，难道你看不出来吗？美国那么重要的比赛，弋阳为了你说推就推掉了，你别听别人道听途说，我是他发小，我说的话难道都不可信吗？"

方糖听杨宁如此说，心里的疙瘩总算是解开了。不过，她想了想，还是不放心地追问："他和裴雯真的没可能吗？他怎么拧得过他的父母？像他这样的家庭一般情况下婚事不都是家里做主吗？"

杨宁忍不住笑了起来："方总，你是不是偶像剧看多了？弋阳的父母可是很开明的，弋阳从小就是学霸中的学霸，他父母从来就没给过他压力，不论什么事都是顺着他。再说了，弋阳还有个弟弟，弋阳还在读高中的时候就已经明确表过态不会接手家族企业，他父母又怎么会因为生意给他安排联姻，更何况以他家的财力根本就不需要联姻好吗？"

"话说回来，既然宋弋阳家境如此优渥，他为何要加入我的工作室和我做这么辛苦的工作？"

杨宁忍不住拍了拍方糖的肩膀，无奈地叹了一口气，对方糖的智商表示绝望："你真的是我们学校的学生吗？怎么连这么简单的事情都想不明白？弋阳当然是为了追你啊，除了追你还能有什么理由？"

"不是吧？他是为了追我？其实我一直想问他，我要身材没身材，要颜值没颜值，他怎么就喜欢上我了？”

像方糖这样脸皮厚的人在听到杨宁的话之后脸也有些微红。

杨宁捂着胸口想要吐血三升：“方总，你感到困惑的问题也困扰了我许久。不如这样，我一会儿帮你问问宋弋阳，问问他为什么会想不开喜欢你这样要身材没身材、要颜值没颜值的类型！”

方糖忍不住用书砸了一下杨宁，心里的阴霾已经散尽，脸上尽是甜蜜的笑意。

“你是不是欠揍，信不信我打到你躺在床上起不来？”

“方总饶命！方总饶命！我还有课，先走一步！”方糖的威胁生效，杨宁吓得撒腿就跑。

裴雯正在上课，手机锲而不舍地响了起来。

正在讲台上讲课的教授听到手机响，十分不悦地推了推眼镜，厉声呵斥：“说过多少遍了，上课时将手机调静音，下次再让我听到谁的手机响，这门课这学期就别想过了。”

此言一出，教室里一片哀鸣。

裴雯急忙把手机调了静音。

电话是刘正打来的，裴雯并不想和刘正再有什么交集，直接就挂断了电话，可刚挂了没多久手机又锲而不舍地响了起来，她想也不想就再次直接挂断。

[4] 正面交锋

这次手机没有再响，而是进来了一条短信。裴雯根本不想看刘正发来的短信，正准备关机却无意间地点开了短信。

"宋弋阳来找过我了，问我昨晚上来 KTV 的人。"

刘正是告诉裴雯宋弋阳来找他的事。裴雯不傻，她第一反应就是宋弋阳估计会查打方糖的人。

糟了！如果宋弋阳查到这一切都是她一手安排的，那她在宋弋阳心中的形象岂不是全线崩溃？

裴雯不敢往下想，她顾不上许多，也没心情继续上课，背着包偷偷溜出了教室。

宋弋阳会不会已经查到了裴城那儿？裴雯只能拨通裴城的电话确认。

"喂，哥，宋弋阳有没有找你？"

"宋弋阳没找我啊，怎么了？"

裴雯松了口气，宋弋阳没查到裴城那里就好，刘正的短信吓得她心都快停跳了。

"宋弋阳是没有找到我这儿，但他已经见过于让了！"

"于让是谁？"

裴雯的心"咯噔"一下，一种不祥的预感油然而生。

"于让你见过啊，昨晚他不是配合你演戏了吗？你可真得好好地谢谢于让！"

裴雯暴怒了："谢他？他都把事情搞砸了，他什么时候见的宋弋阳？"

"没多久，也就两个小时以前吧。于让可是真够哥们，还在想办法帮助你呢！"

裴雯拿着手机的手都有些发抖，恨不得立即把手里的手机摔到地上。

"裴城，你的朋友和你一样，成事不足败事有余，以后我再找你帮忙我就是你孙子，我的事你们谁都别管！"

裴城急了："别啊，我的好妹妹，你别生气啊。你要是我孙子我们不就差辈了嘛，我是你哥，我不管你谁管你？不要任性嘛，乖！”

裴雯不想再和裴城啰唆，气呼呼地平息着暴怒的情绪。

“我再说最后一次，我的事情你和你的朋友都不要再插手！宋弋阳的事情我自己会想办法。”

“别啊，宋弋阳可是个难啃的骨头，不然这么多年你早就得手了，更何况他现在还有了女朋友，你要小三上位岂不是难上加难？”

裴城一句“小三上位”实实在在地惹怒了裴雯，她再也压抑不住自己的愤怒，对着手机怒吼：“你说谁是小三？你才是小三！”

路过的同学听到裴雯愤怒的声音，不由得放慢了脚步朝她这边看。

“这不是咱们学校的校花裴雯吗？她当谁的小三了？”

“会不会是宋弋阳？”

“快发校内网！”

胸中怀着滚烫八卦之心的同学交头接耳议论了一番之后便立即拿出手机上了校内网，把裴雯高喊自己不是小三的事件发了帖子。

自古以来美女的八卦特别引人关注，帖子刚上传不到十分钟，居然就已经被围观同学给顶成了热门帖子。

帖子里有同学说起裴雯倒追宋弋阳的事情，很快就有同学站出来反驳，联系裴雯说自己不是小三这件事，推断裴雯和宋弋阳其实早就交往了，而方糖才是小三。

不论何种推断都说得有理有据，很快校内网上的围观同学就分成了两派：一派是支持裴雯的，一派是支持方糖的。

宋弋阳刚回到学校进了教室，杨宁、苏哲和郁东便围了上来。

“弋阳，你手机给我！”

“弋阳，你可千万不要看手机！”

杨宁和苏哲几乎是同时开口，而郁东根本就不多说，直接在宋弋阳身上找起了手机。

宋弋阳从包里拿出手机，用不容置疑的口吻说："到底发生了什么事？为什么不能看手机？"

苏哲正准备找借口糊弄宋弋阳，可谁知一旁路过的同学已经说了："弋阳，艳福不浅嘛，你和裴雯到底是怎么回事？"

宋弋阳没有回答同学的问题，脸瞬间拉得老长，眉毛拧成了一团，急切地追问："到底发生了什么事？是不是校内网上有人发了什么东西？"

事已至此，郁东叹了口气，说道："不外乎就是说你和裴雯、方糖之间的事，还能说些什么，都是捕风捉影，根本一点可信度都没有！"

"对，就是捕风捉影！"

"弋阳，你在看帖子之前一定要保持冷静，千万不要冲动，我怕你冲动起来会伤人！"

宋弋阳不再理会七嘴八舌的舍友，直接就打开了校内网。

讨论裴雯的帖子就挂在首页，帖子边上还有三个热度标签，想忽视它都难。宋弋阳认真地看完了帖子，直接便拿出电脑。

一分钟之后，帖子被黑了。

五分钟之后，校内网被黑了。

杨宁无奈地摇了摇头，叹了口气："你说学校弄个校内网容易吗，这三天两头就被黑，我真是同情学校，他们在这校内网的投入也太大了。"

苏哲点头附和："唉，冲动是原罪，八卦是原罪！"

郁东坐到宋弋阳身边，小心翼翼地问："弋阳，你和我说句实话，你和裴雯到底是什么关系？"

郁东问出了杨宁想问的问题，他今天还信誓旦旦地告诉方糖宋弋阳和裴雯之间什么事都不可能发生，可看了校内网的分析帖子，他也才知道宋弋阳和裴雯居然穿了那么多次同款。

谁能保证他们不是情侣？杨宁自己也蒙了，他还想追裴雯呢，这次看来真的是没戏了！

宋弋阳合上电脑正准备回答郁东，喧闹的教室里突然安静了下来。

所有人的目光都集中在了教室后门，宋弋阳顺着众人的目光望去。

八卦绯闻的女主角出现了！

是裴雯，她穿着白色长裙、踩着细高跟出现在了所有人的视线里。

杨宁正准备上前和裴雯打招呼，可刚走两步教室的正门缓缓打开，所有人的目光又再次聚焦在了教室前门。

方糖出现了！

方糖第一眼便看到了裴雯，裴雯也是第一时间看到了方糖，几乎是瞬间，教室里的电流仿佛达到了十万伏特，就连苏哲和郁东都吓得后退了几步。

“她们会不会打起来？”苏哲小声地问郁东。

郁东反问：“要是打起来了，我们帮谁？”

杨宁这一次打算站在裴雯这边，快步走向方糖，试着安抚方糖的情绪：“方总，冷静！冷静下来！”

气氛颇为紧张，方糖和裴雯两个人之间更是剑拔弩张，方糖右手的伤还没好，她费力地挽起左胳膊的袖子。

“就算是一只手我也不怕你！”方糖在心中暗暗对裴雯立下战书。

裴雯却在心里暗暗对自己说：“拼一把吧，如果方糖和宋弋阳因为这件事吵架翻脸，说不定我和宋弋阳之间就有了转机！”

方糖和裴雯一起朝着宋弋阳走了过去，这对于方糖和裴雯来说，是一场没有硝烟的战役，二人心中皆是忐忑不安。

所有人的目光又投到了宋弋阳的身上，等着看他如何对待现任女友和前任女友，众人最好奇的是校内网上说的到底是否属实，究竟谁才是前女友谁才是现任女友？

方糖推开了杨宁，根本就没有理会他的劝说。冷静？让她怎么冷静下来？

不过虽然方糖想知道校内网上说的是不是真的，可她并没有主动追问宋弋阳，而是微笑地走到宋弋阳身旁，极其自然地挽上了他的胳膊。

宋弋阳没有理会裴雯，只是低着头轻轻吻了下方糖的额头。

紧接着，他低沉却不容置疑的声音在方糖耳边响起：

“明天我会向学校申请，希望校内网以后发帖最好是实名制，这样的话，你就再也不会受委屈了。”

宋弋阳并没有对校内网的事情多做解释，可就是这么简单的一个动作和几句话，方糖和裴雯之间高下立见，究竟是谁在造势，谁在造谣已经显而易见了。

裴雯不自然地撩了撩头发，脸上的笑容都有了一丝僵硬：“弋阳，我妈让我转告你一声，明天的家族聚会你必须要来。”

裴雯这又是什么路子？

“什么家族聚会？”

不待宋弋阳说话，方糖便已经焦急地询问了起来。

裴雯一副欲说还休的模样，捂着嘴做出惊讶的样子：“弋阳，我是不是说错话了？”

四周围观的同学闻言，立即开始吹口哨起哄，可宋弋阳只是阴沉着脸朝着人群看了过去，随后口哨声便戛然而止。

所有人都看得出来，宋弋阳这次是真的被触到了逆鳞。

“和我有关系吗？你们的家族聚会为什么邀请我参加？如果我没记错的话，我们可一点都不熟！请转告伯母，我已经约了女朋友看电影。”

宋弋阳说出和裴雯一点都不熟这几个字的时候，裴雯已经气到浑身发抖了，可为了她的信用卡，她只能硬着头皮继续争取。

“弋阳，我知道我曾经是做错了事情，可这么多年过去了，我的心里自始至终都只有一个你。为什么你就是不能原谅我呢？”

裴雯这话说得就有点暧昧了，大庭广众之下告白啊，众人听了纷纷想入非非，其中也包括方糖。

“你们之间到底有什么故事？”

第七章

复习资料和我，你要谁

[1] 校花的告白

方糖使劲拧了下宋弋阳的腰。

宋弋阳虽然痛却一点反应都没有，他只是低头浅笑，而后直视着裴雯，称赞道：“听杨宁说你一直想考中国戏剧学院，没考上真的是可惜了。你编故事的能力还不错，可以考虑申请转校，相信你的导师一定很乐意为你写推荐信。”

剧情又一次反转，众人看了看裴雯又看了看宋弋阳，不知接下来裴雯又会爆出什么猛料。

裴雯长叹了口气，一脸无奈地说：“弋阳，你可以和我划清界限，但我早就发过誓，一定和你死磕到底。这辈子你别想摆脱我，不管你换多少个女朋友，最终和你在一起的只能是我！”

“这个厉害了！”

周围也不知哪个同学多嘴评论了一句。

他说出了大多数人的心声，能撞上校花告白现场，此刻心情真的是无比激动。

“换多少个女朋友？”

方糖咬着牙又重重地拧了下宋弋阳的腰，这次是用指甲掐着拧的，光是看着都觉得很痛，可宋弋阳却只是皱了皱眉。

“裴雯，我想问问你，你这么做是为了你的信用卡吗？如果你做不成我的女朋友你母亲就会停掉你的信用卡，对吧？”

宋弋阳的脸上依旧挂着温暖的笑意，可他的话裴雯听在耳中却似乎像是被一盆冷水迎头浇下。

这事宋弋阳怎么会知道的？是谁多嘴说的？她只告诉过哥哥裴城一个人，难道说，是裴城揭发她的？

此刻，裴雯觉得无比尴尬，但她还是硬着头皮辩驳：“我喜欢你和信用卡有什么关系？如果你原谅我，和我在一起，我发誓，我可以再也不用信用卡！”

不待宋弋阳回应，这次方糖率先挡在了宋弋阳身前，冷笑着回敬裴雯：“哎，我说，裴同学，你有完没完？我的胳膊是因为救你受伤的，我的头还是因为救你被啤酒瓶给砸了，你现在又缠着我男朋友不放，你是不是有妄想症？我建议你还是去看看医生吧，这人生病了就得吃药，出来吓人就是你的不对了！”

“不好意思，我前几天才做完体检，不仅身体健康心理也健康得很，没有得你说的什么妄想症，我只是和弋阳有一些私人恩怨需要解决。你救我两次我很感激，但感激归感激，我总不能把我的男朋友拱手让给你！”

裴雯说不过宋弋阳，可面对方糖，却是寸土不让。

对于裴雯的无理取闹，宋弋阳真的想一走了之，可看着方糖像打了鸡血的模样，他只能把濒临崩溃的方糖拉回自己身旁。

“方糖，这周末看完电影去我家一趟吧，我妈想要见你！”宋弋阳含笑对方糖说。

方糖差点被口水给呛住，一时间剧烈地咳嗽起来。

围观同学也有些看不明白了，这三个人究竟是什么关系呢？

总之，看起来很乱呀，说不清楚道不明白了。

“你们都已经进展到见双方父母了吗？”

不待宋弋阳和方糖回答，裴雯就已经捂着脸伤心地逃离了教室。

显而易见，这一场交锋方糖赢了。虽然方糖赢了，但裴雯和宋弋阳的关系在裴雯的刻意搅和之下，越发说不明白了。

至于方糖见家长的事情，自然是子虚乌有宋弋阳虚构的，害得方糖为了此事一连躲了宋弋阳好些天。

不过校内网毕竟被黑了，八卦的同学也没有了可以吐槽的地方，只能把战场转移到了微博。可微博是片深海，就宋弋阳和裴雯这点小事根本掀不起什么风浪来，很快便没了动静。

至于方糖接的于让的单子自然是在看了校内网爆料帖子舍友苏青的帮助下完成得颇为详尽，顺利交差。

虽说宋弋阳已经表明了立场，可因为有了裴雯这个不定时的炸弹存在，方糖总是觉得不安。

校内网是在三天后恢复的，可谁知刚恢复没多久就又被黑了，循环反复，就好像一个魔咒。

期中考试很快就要到了，那些八卦的同学都忙着准备考试，早就把裴雯和宋弋阳之间的事情抛到了脑后。

就在大家都忙着复习的时候，许多到处借笔记而无果的同学让方糖发现了新的商机。

下午没课，方糖和宋弋阳约好了一起去图书馆温习功课，方糖千叮咛万嘱咐让宋弋阳一定把复习笔记全部带来，宋弋阳虽然不知是何原因，但终究还是应了方糖的要求。

原本宋弋阳以为可以和方糖在图书馆一起度过一个安静而祥和的下午，第一次不接兼职两个人可以安安静静独处，可他没想到的是方糖一拿到他的复习笔记人就跑没影了。

宋弋阳学的是国际关系学院外交学与外事管理专业，方糖是环境学院生态学系，按道理说他的笔记方糖根本就用不到的，她这又是打算做什么？

不会是要把他的复习资料卖掉吧？

很不幸，宋弋阳猜对了，方糖把复习资料还给宋弋阳的时候，还贴心地给他买了杯咖啡。

“弋阳我和你商量个事呗，我已经把你的复习资料全部扫描成了图片，你能不能帮我设置个小程序，只能一个设备打开？这不是期中考试快到了嘛，我想试试看你的复习资料能不能卖出去……”

宋弋阳对卖复习资料这样的事情本来也没有太大的抵触，可为了捉弄方糖，他拒绝了方糖的要求。

“这是我的私人笔记作为商品出售不太合适。”

方糖闻言，立即双手合十摆出一副可怜兮兮的样子，像极了小泰迪。宋弋阳立即心软了下来，却强忍住笑意再一次拒绝了方糖：“不行，我是一个有原则的人。”

方糖快速走到宋弋阳身后，一边帮宋弋阳捏着肩膀，一边在他的耳边灌输自己的商业计划。

“弋阳，你看，你大一就拿到了计算机系学士学位，现在真正展示你能力的时候到了，你只需设置一个小小的程序，就可以把你的复习资料实现利益最大化。这其实是一种商业模式，这些天我们工作室的业绩已经下滑很多了，再这样下去我要喝西北风了，你就行行好吧。”

宋弋阳长叹了口气，一脸无可奈何地翻开笔记本。

“把你扫描的文件发我邮箱里吧，我来给文件加密。”

这么容易就妥协了？方糖还没祭出自己的必杀招，某人说好的原则呢？

方糖兴奋地拿出手机把扫描的复习资料文件打包发给了宋弋阳。

宋弋阳似乎对白衬衫有种近乎偏执的喜好，经常穿着白衬衫，方糖双手托腮目不转睛地看着他认真地敲击着电脑键盘，心跳居然不由自主地加快。

宋弋阳察觉到了方糖的目光，抬头朝着她微微一笑。

方糖不好意思地转过头，这一瞬间，她的心跳更快，恍惚中似乎听到了花开的声音。

约莫五分钟后，宋弋阳合上了电脑。

“已经设置好了，只能在一个设备上打开，不过麻烦的是你每次发给一个人都需要设置一次密码，如果要在第二个设备上打开就会开启自动销毁程序。”

“谢谢！”

方糖从邮件里下载了附件，只向宋弋阳扔了句谢谢便跑得不见了人影。

对此，宋弋阳只能表示极度无奈，原本打算平静度过一下午的计划被方糖彻底打乱。

一直到下午六点，到了两人约好的吃饭时间，方糖才急匆匆地赶了回来。

苏哲和杨宁都已经知道了方糖在卖宋弋阳复习资料的事情，他们是不怎么看好的。

“怎么样啊？方总，复习资料卖得怎么样？”

郁东一脸莫名地看着苏哲，追问：“什么复习资料？”

杨宁把一盒米饭递给郁东：“方总在咱们系卖弋阳的复习资料。”

方糖兴奋地打了个响指，向四个男生汇报自己的战果：“我真的没想到啊，宋弋阳在你们系名气这么大，他的复习资料简直是疯抢，我光是改密码都已经改到手软。”

宋弋阳只是微笑地看着方糖，把一盒米饭打开放到她手边，体贴地帮她掰开筷子。

“今天已经卖得差不多了，幸好弋阳设置了程序，否则不可能有这么大收获，今天这顿饭我请！”

方糖说着赶紧夹了几块排骨放在自己的饭盒里，她可是知道苏哲、杨宁和郁东的战斗力，这三个人一见到吃的几乎就像没了命似的，一上饭桌就是风卷残云。

“看来方总收获不少啊！”

杨宁笑着调侃方糖，方糖立即拍了拍自己的胸脯表明立场：“杨总你把我看成什么人了，我是那种小气的人吗？这次都是弋阳的功劳，你们还是好好谢谢弋阳吧。”

苏哲用胳膊肘推了下宋弋阳，笑道：“我们之间谁跟谁啊，还用得着谢吗？不过话说回来，弋阳你和方糖已经交往这么久了，前段时间还总是上热搜，这已经是全校皆知的事了，你打算什么时候设宴请我们吃饭？你看嫂子这么聪明能干，你可真的是捡到宝了！”

[2] 你几天没洗头？

宋弋阳给方糖夹了些菜，又分别给杨宁、苏哲、郁东三人夹了菜。

“我的复习资料和请你们吃饭选哪个？”

“复习资料！”

杨宁、苏哲、郁东三人异口同声地高声回答，三人说完皆是相视一笑。

宋弋阳从包里取出复习资料放到了一旁的课桌上。

“谁先吃完归谁！”

话刚落音，杨宁、苏哲、郁东三人便开启了狼吞虎咽模式，方糖忍不住捂嘴偷笑。

很快，三人就已经放下了筷子，同时把手伸到了复习资料上，紧接着三人便扭打成一团，开始争抢复习资料的优先使用权。

期中考试很快便结束了，学校里紧张的气氛一下子便缓和了下来，原本沉寂的社团也活跃了起来。

此次在美国举行的编程比赛的结果出来了，学校并没有拿到名次，冯教授一回学校便来请宋弋阳，想让他每周给计算机系的同学讲一次课，分享学习经验。

原本没有代表学校参赛宋弋阳心里已经很内疚了，因此他想也不想便答应了冯教授的要求。

裴雯是计算机系的，宋弋阳上课的时候自然是见到了裴雯。计算机系的同学在宋弋阳一进教室门便开始吹口哨起哄，他们起哄自然是因为裴雯，裴雯喜欢宋弋阳已经是公开的事情，计算机系几乎没有人不知道的。

要说这计算机系好不容易出了个校花还被别的系给拐走了，原本计算机系的 IT 男是不服气的，可偏偏这个人是大一就拿到了计算机系学士学位，曾经代表学校参加美国编程比赛获得了金奖的宋弋阳。对于这样的实力他们自然是无话可说，更何况他们还都曾经是宋弋阳的同学，所以从另一个角度来说，宋弋阳是自己人。

不过，宋弋阳对裴雯这个校花并不是特别感冒，对于这一点计算机系的同学就更兴奋了，少了这么个劲敌他们高兴都来不及。

宋弋阳去计算机系讲课分享的事情方糖是知道的，原本她是打算翘课去听的，可正准备溜出教室的时候被老师抓个正着，无奈之下她只能乖乖地留在教室里听课。

以前每次上课方糖都会觉得时间过得特别快，可今天上课她却觉得时间就好像是卡住了一样，几乎是每隔五分钟她就看一次时间，终于把两个小时给熬完了。

中午下了课便是午餐时间，方糖照旧接了几个打饭送饭的单子，和往常一样把男生的发给了宋弋阳。

平时方糖都是和宋弋阳在餐厅里见面的，这次等了好久才看到宋弋阳的身影，她正兴奋地向宋弋阳挥着手，却看到了与宋弋阳并肩同行的女生。

这个女生方糖熟悉到不能再熟悉了，正是她的情敌裴雯。

宋弋阳怎么会和裴雯一起出现在餐厅？

方糖当下便觉得一股怒气直冲脑门，也不理会宋弋阳，自顾自地去排队打饭。

宋弋阳环顾四周搜寻着方糖的身影，方糖刚好站在柱子后面，他并没有看到方糖，他以为方糖没有来餐厅，便拿出手机看了眼方糖发给他的单子，开始在对应的窗口排队。

裴雯想也不想地便站到了宋弋阳身后，开始和宋弋阳套近乎。

“弋阳，你想吃什么？据说这边的糖醋排骨很好吃，你要不要尝尝？”

宋弋阳头也不回地回了句：“谢谢，不用。”

裴雯还想继续和宋弋阳套近乎，可宋弋阳却从书包里取出耳机戴上自顾自地听着音乐。

方糖躲在排队的人群中，却一直偷偷关注着宋弋阳和裴雯那边的情况。在看到裴雯的胳膊不经意间碰到了宋弋阳胳膊的时候，方糖紧紧地攥着拳头，在心里狠狠地批判裴雯。

方糖原本很想要冲上前，却按捺住了，在心里暗暗开始分析："不对，宋弋阳为什么要答应去计算机系讲课？他平时挺怕麻烦的，这次怎么这么爽快就答应了冯教授？这裴雯就是计算机系的，难道他是为了见裴雯？"

有些事越想就越钻牛角尖，方糖的心情顿时跌落到了谷底，或许宋弋阳和裴雯之间真的是有故事，并不像他说的那样简单。

此刻方糖的心里就像打翻了老醋坛，已经酸到快要冲破天际。

方糖是刻意躲着宋弋阳的，宋弋阳并没有看到方糖，可裴雯却无意中看到了方糖。

宋弋阳那边排队的人比较少，他很快便打包好了午餐出了餐厅，去往男生宿舍送餐去了。

裴雯待宋弋阳走后，刻意和舍友一起拿着打好的午餐从方糖身边走过。

这次下单的午餐有点多，方糖把餐盒放在桌子上准备整理一番，就在这时，裴雯不着痕迹地推了下舍友，舍友手中餐盘里刚打好的饭和汤不受控制地全部洒在了方糖的身上。

宋弋阳刚出餐厅没多久便遇到了杨宁，宋弋阳怕方糖在餐厅等他，就把送餐的任务交给了杨宁，自己又返回了餐厅。

哪知刚刚进了餐厅，宋弋阳便看到方糖被洒了一身饭菜的情景，他顾不上许多，急匆匆地跑了过去。

他二话不说便挡在了方糖身前，用纸巾细心地帮方糖擦拭着身上被弄脏的地方。

这口气方糖怎么能咽得下去，她当下便推开了挡在自己身前的宋弋阳，指着裴雯怒斥道：“你是故意的吧？”

裴雯打算来个死不认账，急忙拿出纸巾帮方糖擦拭，一边擦一边替自己的舍友开脱：“雨桐不是故意的，她刚才肯定是脚滑了下，我替她向你道歉。”

“到底是脚滑了还是故意的你自己心里清楚，不要在我这儿装什么圣母白莲花，你是什么人我心知肚明！”

方糖也顾不上身上被弄脏的衣服，撸起袖子就准备把事情闹大，宋弋阳拿起餐桌上打包好的午餐，拉着在暴怒边缘的方糖便要离开。

“你别拦着我！她一定是故意的，故意把饭菜弄在我身上，别人都欺负上门了，你别拦着我！”方糖想要甩开宋弋阳，可她只有一只手，又怎么能够从宋弋阳手里挣脱。

宋弋阳看了裴雯一眼，眼神里尽是不屑，他顾不上安慰方糖，硬是把她拽出了事发现场。

刚出餐厅，方糖便奋力甩开了宋弋阳。

“宋弋阳，你到底什么意思？你和裴雯到底是什么关系？这些天我一直试图说服自己你们只是普通朋友，可你处处向着她，处处维护着她，当我不存在吗？她这么欺负我，把饭菜倒我一身，你居然一言不发拉着我离开，怎么？她真的是你的前女友吗？校花前女友向你求复合，你是不是心动了？”

这是方糖第一次冲宋弋阳发火，宋弋阳先是愣了几秒，而后才无奈地叹了口气，说道：“我从来就没有要护着她，她根本就是在无理取闹，你又何必要理会？你才是我的女朋友，她对我来说什么都不是，只是个无关紧要的路人罢了，何必为了她生气？”

方糖原本憋了一肚子的火，可当她听到宋弋阳说裴雯只是个无关紧要的路人时忍不住破涕而笑。

“无关紧要的路人，你真是够可以的，我再问你最后一遍，她真的是你的前女友吗？”

宋弋阳低头轻吻了下方糖的头发：“我的眼光有那么差吗？”

“这是在夸我吗？别停下，继续啊！”

方糖正等着宋弋阳继续夸赞，可宋弋阳却皱着眉问了句令方糖几乎要昏厥的话。

“你今天是不是没洗头？能不能洗洗头？不方便的话我帮你洗，怎么能就这样出门？”

晕，刚才不是还在夸她吗？这画风也转得太快了吧，怎么一转眼就开始吐槽她没洗头？

方糖气呼呼地鼓起腮帮子，快步朝着女生宿舍方向走去，打算不和宋弋阳说一句话。

宋弋阳拎着打包好的午餐追了上去：“你到底几天没洗头了？”

到底几天没洗头？

这个话题让方糖几乎崩溃，她一个女生被男朋友质疑卫生问题，让她颜面何存？

原本裴雯追宋弋阳是为了自己的信用卡，可事情进展到了这种地步已经不是简单的信用卡问题了，她裴雯从小到大都是被男生围着转，宋弋阳虽说是个例外，但她以前也从来没有放在心上，可宋弋阳一而再再而三地让她丢尽颜面，这个场子她一定要想办法找回来。

上次就是因为校内网的帖子才把事情闹大的，这一次裴雯打算再次借助校内网的影响力把事情炒热。

这次裴雯打算自己亲自发帖，不过这次她不打算黑方糖，而是黑宋弋阳，编造宋弋阳的一些黑料，给他一些颜色看看。

很快，讲述宋弋阳花心劈腿，以及考试作弊等诸多黑料的帖子在校内网上引起了热议。

鉴于宋弋阳从入校开始一直都是以高高在云端的形象出现，如今被爆出这诸多黑料，同学们信的有不信的也有，一时之间众说纷纭，对于宋弋阳人品话题的讨论居高不下，宋弋阳不论走到哪里都被人指指点点。

宋弋阳和方糖在等公交车的时候，听到身旁两个女生正在窃窃私语。

[3] 宋弋阳的黑料

“听说宋弋阳特别花心，和裴雯在一起的时候又和方糖交往。真不知道就方糖那个要什么没什么的三无产品是怎么勾引到宋弋阳的，想想就来气！”

“这可真是渣男渣女天生一对，他们在一起还真的是为民除害！”

方糖听不得这些诋毁宋弋阳的话，当下便冲到两个女生身前，怒气冲冲地斥责：“这些谣言你们也相信？一点判断能力都没有，宋弋阳如果人品真的这么差的话名声早就臭了，更何况网上那些爆料都是无中生有一点依据都没有，请你们向宋弋阳道歉！”

这两个女生也挺尴尬的，在背地里议论没想到却碰到了正主，她们只能在方糖的要求下向宋弋阳道歉。

“对不起！”

“对不起！”

这时，一辆公交车停了下来，她们急忙快步逃上了车。

“请你们在校内网上向宋弋阳道歉，告诉大家这一切都是谣言，帮宋弋阳澄清这件事！”

方糖追到公交车旁朝着那两个女生高声喊着。

宋弋阳没有阻止冲动的方糖，他一向认为清者自清，对于网上的不实谣言不做理会，可方糖回护他的举动，让他不由得心中暖暖的。

方糖无力地看着公交车开远，嘴里咕哝着：“唉！要有人能和上次一样把校内网黑掉就好了！”

宋弋阳只是微笑，什么也没有说。

这次，方糖和宋弋阳接的是餐厅排位的单子，在排队的时候，宋弋阳牢牢地牵住方糖的手，低头轻吻了下她光洁的额头。

“方糖，如果可以的话，我想一直陪在你身边。”

突如其来的甜言蜜语让方糖有些晕头转向，她转而投入宋弋阳的怀抱，心里细细品味着宋弋阳说过的话，每个细胞都快乐得无法自抑。

“时间能够就这样停住就好了！”方糖心中这样期望着。

对于宋弋阳被黑这件事情，303 宿舍的舍友表示绝对不能姑息，一定要查出爆料者是谁。

虽然他们的愿望很美好，但对于查 IP 这个事情，三个人均表示无能为力。

最后还是杨宁豁出去用两个鸡腿求计算机系的朋友小舟帮他们，才把 IP 给查出来。

IP 查出来，确认了爆料者的身份之后，不论是杨宁还是苏哲、郁东，三个人皆是震惊到无以复加。

这件事居然是裴雯做的！

居然是裴雯做的！

杨宁不能接受这个事实。

在他眼中，裴雯虽然骄纵了一些、嚣张了一些、跋扈了一些，但她终究还是个好姑娘，可这在网上爆别人黑料实在不是君子所为，更何况这些黑料全都是编造的，没有一个是事实。

苏哲和郁东不约而同地拍了拍杨宁的肩膀以示安慰。

“杨宁，兄弟我真的不知道该说什么才好了，裴雯究竟是个什么样的人你也看到了，之前你还向她告白过，现在该清醒了吧！”

苏哲的话刚落音，郁东便接茬劝道：“她虽然颜好身材好，可她真的不适合你，她要是真的做了你的女朋友，你得多闹心啊？”

杨宁笑了笑，笑容里尽是苦涩。他使劲用手搓了几下脸，混沌的头脑终于清醒了一些。

“苏哲、郁东，答应我一件事，不要把这件事告诉宋弋阳，我不想让他知道这帖子是裴雯发的。”

一旁的小舟叹了口气，摇头说：“兄弟，你这又是何必？这不是自欺欺人嘛，宋弋阳可是咱们学校计算机大牛，哪有他查不出来的东西，我估计他早就知道这帖子是裴雯发的了。”

苏哲看着杨宁，心中有一种说不清道不明的滋味，感情这个事情还真的是奇怪，执着的人苦苦追寻着不属于自己的东西，往往越是得不到就越是想要，这种偏执，到底该如何才能解脱？

这个问题苏哲无法回答，他没有问杨宁，他觉得杨宁已经陷入其中，杨宁也是回答不出来的，无奈，他只能答应杨宁。

“放心，我不会告诉宋弋阳！”

郁东看了苏哲一眼，别过头说：“我也不会告诉他，你放心吧。”

杨宁这才松了口气，转过身对小舟说：“小舟，还得再麻烦你一下，把这个帖子黑了吧，这种不实的人身攻击帖子还是黑了好。”

小舟耸了耸肩：“我无所谓的。你想好了，我要是黑了这帖子它就不可能再恢复了。”

杨宁点头：“黑了吧，谢谢你！”

杨宁是有裴雯电话号码的，他想了想还是决定和裴雯谈一谈。斟酌了许久，他给裴雯发了条短信。

“你在校内网发帖子黑宋弋阳的事情我已经知道了，帖子已经被黑了，希望你以后不要再做这种事情，下一次我不敢保证会不会帮你！”

裴雯正在试衣镜前试衣服，研究她穿哪件衣服见宋弋阳好看，收到杨宁的短信，她很意外。

“你是怎么知道的？”

“IP 并不难查，想知道是你发的帖子也很容易，已经找人黑了帖子，我只想劝你一句，不要再做这种伤害别人的事情，在我心里，你一直是个好姑娘！”

杨宁回复得很快，当裴雯看到“好姑娘”这三个字的时候，半晌她都说不出一句话，就连手中的衣服滑落在地上也没有察觉。

许久，裴雯回了杨宁的信息。

“拜托你帮我保密！”

杨宁原本以为裴雯会承认自己的错误，会向宋弋阳道歉，她却只说让他帮忙保密。

这一瞬间，他真的很失望，这么多年，他第一次后悔自己喜欢裴雯。

这天，宋弋阳陪着方糖去医院复查了胳膊，胳膊的骨折已经愈合了，石膏也拆了。

方糖抱着宋弋阳在医院里跳个不停，她终于告别了左手洗头左手吃饭的日子，兴奋得流下了泪水。

“今天是你康复的日子，我请你吃饭，你想吃什么？”

看着方糖开心的样子，宋弋阳也替她感到高兴。

方糖兴冲冲地举起双手：“当然是火锅！何以解忧唯有火锅！”

宋弋阳强忍住笑意，一本正经地问方糖：“你是不是很爱吃火锅？”

方糖点头如捣蒜，宋弋阳接着问：“如果让你在我和火锅中间选一个，你选我还是选火锅？”

“好难选啊，我真的特别爱吃火锅，从小到大都喜欢吃火锅，对于我来说这世上没有什么事情是火锅解决不了的，如果一顿不行就两顿！让我在你和火锅中间选，不行，真的好难选！”

方糖一副左右为难的样子，宋弋阳忍不住揉了揉她的头发。

“我在你的心里难道都比不上火锅吗？”

方糖跑开几步，笑着打趣：“骗你的，你智商这么高怎么连这个都想不明白，当然是选你啊，因为你会请我吃火锅！”

宋弋阳快步走上前，把猝不及防的方糖揽入怀中。

“方糖，希望你以后吃火锅的时候我能陪在你身边，不仅仅是吃火锅，我希望能够陪你做所有你想要做的事情。”

猝不及防的拥抱，猝不及防的告白，方糖整个人一直是眩晕的状态，每走一步路都感觉自己好像是踩在棉花上，幸福感充斥着她的心房。

“你以后不要这么拼命赚钱，要劳逸结合，我会帮你找薪水高一些的兼职工作，不要这么拼了！”

宋弋阳还有后半句话没有说出来，他其实很害怕方糖因为工作再次受伤。

说到拼命赚钱工作的事情，方糖冷静了下来，她鼓起勇气向宋弋阳吐露了心声：“弋阳，其实有件事情我想做很久了！”

“想做什么事情？只要不是违法乱纪的事情，我都会帮你！”

她还没说想做什么，他便已经向她打了包票，不过她听他说到什么违法乱纪的事情，气得抬腿踢他。

宋弋阳一个侧身闪了过去，方糖没站稳，险些摔倒，吓得宋弋阳又赶忙将她给扶了起来。

方糖气呼呼地噘起嘴，吐槽：“什么嘛，什么违法乱纪，我又怎么会做违法乱纪的事情？其实我拼命赚钱除了赚生活费减轻老爸的负担之外，还想学小提琴！”

小提琴？

宋弋阳这次没有调侃方糖，安静地听方糖说。

“我听老爸说，我妈生下我不久，他们就离婚了，我一直都没见过妈妈，不过我见过她的照片。她年轻的时候特别美，我和她长得很像，老爸说妈妈的小提琴拉得非常好，她曾经差点进了全国最有名的乐团。从那个时候起，我就暗暗发誓，以后一定要学小提琴，这样的话，等有一天见到妈妈的时候就能拉小提琴给她听。”

方糖说到动情处眼眶都有些红了，她原本以为在这个时候宋弋阳会鼓励她学小提琴的，可他却说了句令她有些吐血的话。

“你和你妈妈长得像？她年轻的时候很美？你确定吗？我觉得你对长得美一定是有什么误解！”

被宋弋阳这么一打岔，方糖原本就快要夺眶而出的眼泪直接从眼角滑落，她不着痕迹地擦掉眼泪，抓着宋弋阳就是一通胖揍。

“什么对长得美有误解？你什么意思？你是说我长得难看了？”

[4] 你长得不算难看

“你长得不算难看！”宋弋阳一本正经地辩解。

方糖又打又掐：“什么叫不算难看？那你的意思还是说我长得难看？”

“难看里长得还算好看的！”

“你说什么，你找死吗……”

“你去学小提琴吧，我看好你！”

宋弋阳突然转移话题，不再和方糖继续掐关于难看好看的问题。

方糖有些愕然，一时半会儿没有反应过来。

“小提琴培养气质，你的气质是需要好好培养培养！”

方糖刚想说谢谢，却又被宋弋阳的话给怼了回去，于是拽着他的两只耳朵以示威胁。

“那你是说我没气质？你敢说我没气质？信不信我把你照片 P 成猪八戒让你颜面尽失？”

火锅店里二人打打闹闹，原本有些沉重的气氛也变得轻松了许多。

吃完火锅，宋弋阳和方糖二人散步回学校。

宋弋阳这一路上都在想究竟该如何不着痕迹地帮方糖实现学小提琴的梦想，他找同学教的话，方糖一定不会同意，如果是他出学费的话方糖更加不会同意。

因为他了解方糖，方糖之所以这么努力是因为所有的事情她都想要靠自己，并不想借助别人的力量，哪怕是他这个男朋友也是一样。

直到经过一个福利彩票投注站的时候，宋弋阳终于想到了办法。

“方糖，你有没有买过福利彩票？”

方糖看了眼彩票投注站，摇了摇头：“这种靠运气的东西我从来不参与，就我的手气，绝对每张开出来都是谢谢参与。”

宋弋阳从口袋中掏出两张十块纸钞。

“这样，我们每个人买五张彩票，明天这个时候来兑奖，中奖的人帮没中的人实现愿望，怎么样？”

方糖对宋弋阳的提议嗤之以鼻：“还是算了吧，我没什么兴趣，我手气一向不佳。”

“你的运气不好可我的运气好啊，试试看，如果我中奖了，我就帮你实现一个愿望，你现在默默在心里许愿，说不定心诚则灵我就真的中了！”

宋弋阳把纸钞塞到方糖手中，推着她走进了投注站。

虽然方糖对买彩票真的没有太大兴趣，可还是在宋弋阳的坚持下买了五张彩票。

方糖买的是刮刮乐，当时就能知道结果，可宋弋阳买的是双色球，必须要等到第二天才能知道结果。

裴雯刚上完课裴城的电话就来了，像是算好了时间。

“怎么样？美女，你得手了没？于让已经尽力帮你了，宋弋阳有没有拜倒在你的石榴裙下？”

“哥，你不要给我打电话了，对不起，我现在已经自身难保了，你那边我更是爱莫能助，你还是快点找别的出路吧！”

裴雯知道裴城是什么意思，如果她的信用卡恢复了，裴城就能正大光明地求救助了，她已经在宋弋阳身上栽了好几个跟头，这其中的苦楚自然是不能再让裴城看了笑话去，于是立刻挂了电话。

说实话，原本裴雯是想要靠裴城接济勉强凑合一段时间的，可谁能想到她那个不成器的哥哥比她还败家，信用卡的窟窿怎么都填不满，这下好了，他们谁都帮不了谁，只能大眼瞪小眼一起等死。

裴雯把妈妈的手机号码翻了出来，按下了通话键，打算做最后一搏，试图乞求原谅。

“妈，是我，我非常真诚地向您汇报战况，这次我真的是竭尽全力，可宋弋阳就是看不上我，我真的撞南墙的心都有了，对不起，都怪我不好！”

“事情没办成别给我打电话！”

裴雯还打算再演一场哭戏，可谁知电话居然直接被挂断了。准备好的戏演不下去了，这下可就尴尬了。

“这还是不是我亲妈？我好歹也是你怀胎十月生下来的，怎么就这么狠心？”裴雯心想，或许只能周末回去刺探下军情了。

她刚想要收起手机，手机突然响了起来，是个陌生的号码，她犹豫了片刻才接了电话。

“喂，我是裴雯！”

“你好，我是蒋图的朋友，我们乐队的小提琴手受伤了，不能参加下个月的演出，是他把你介绍给我的，不知道你有没有兴趣帮我们？”说话的是个男生。

她自己的事情都搞得一团乱，哪里还有心情帮别人的忙，裴雯想也不想就回绝了：“对不起，我最近课业很忙，没时间参加排练，你还是再问问别人吧。”

裴雯不待对方回复便挂断了电话，她的小提琴是拉得不错，但已经好久没练过了，早就生疏了。

方糖回到宿舍，兴奋地推开门，高声喊道：“爱妃们，我的胳膊好了！”

她以为她一进门舍友们会冲出来为她庆祝，可谁知道宿舍里却冷清得很，一个人都没有。

“奇怪，这个时候她们应该是在宿舍的啊，都去哪儿了？”方糖喃喃自语着，心里不免有些失望。

她是非常想和舍友们一起庆祝康复这件事，就在她刚把包放到床上躺到床上准备休息的时候，耳边突然传来熟悉的声音。

“方糖！”

三个女生蹑手蹑脚地出现在方糖床边，异口同声地喊着方糖的名字，方糖当时就吓得从床上坐了起来。

“你们干吗？神出鬼没的，我心脏都快被你们吓得停跳了！”

“恭喜恭喜，你的手终于好了！”

“什么都别说了，去撮一顿吧！”

三个女生上前一起抱住方糖，拉着她往外走。

“麻小走起！”

苏青兴奋地举起手，说到麻小口水都快流出来。

封思彤接着苏青的话说道：“光是麻小怎么够？炸鸡、饮料，我们也浪漫一点嘛！”

计珊看了封思彤一眼，问道：“为什么不是啤酒？《来自星星的你》里面不是吃炸鸡、喝啤酒的吗？”

封思彤挽着方糖的胳膊，笑着说：“咱们家水手不是刚康复嘛，这啤酒就免了，还是饮料吧！”

方糖不由自主地摸了摸扁扁的钱包，心生怯意：“麻小还是算了吧，我们还是去吃酸菜鱼吧，我知道有一家酸菜鱼做得很好吃，我上次去就连汤都喝了个干净。”

苏青一脸失望之色：“啊？水手你不请我们吃麻小啊？”

方糖的笑容有些勉强，不知该用什么借口反驳，忽然想到之前自己在KTV被人用啤酒瓶打爆了头，灵机一动。

她指着自己头上已经结痂的伤口说：“我之前头不是受伤了嘛，医生说让我三个月不要吃海鲜，再等等，有机会我们再去吃麻小好不好？今天我们先去吃酸菜鱼！”

舍友们虽然对吃不着麻小有些失望，但都是心知肚明，知道方糖辛苦赚生活费不容易，原本她们是打算请方糖的，可在一起相处时间久了，她们都了解方糖的为人，如果是她们请客给方糖庆祝的话，方糖一定不会去的。

四人浩浩荡荡去了学校附近的餐馆，苏青、封思彤、计珊三个人虽然放豪言说要大吃一顿，可点的菜都是最便宜的，方糖看了菜单就知道舍友们都在替她省钱。

“别光挑便宜的点啊，点这个杭椒牛柳，很好吃的。”方糖拿着菜单正准备加菜，菜单却被苏青眼疾手快夺了过去。

“今天虽然是你请客，但点菜的事情我们说了算！”

封思彤拿着手机打开拍照功能，走到方糖身边。

“我们几个拍张照吧！”

苏青和计珊立即异口同声地响应：“好啊，好啊！”

四人互相挽着胳膊开心地拍了几张照片，封思彤拍完照片便随手把照片发在了朋友圈。

303宿舍，苏哲正在百无聊赖地翻着微信朋友圈，刚刷新了下便看到了封思彤发的内容。

“不得了了，方总她们宿舍的人在外面聚餐呢！”苏哲是个心里藏不住事的人，当下就把事情反馈给了303的诸位舍友。

宋弋阳正在写论文，听到苏哲的话，默默地拿起手机打开微信看了眼朋友圈。

聚餐的事只有封思彤发了朋友圈，其他的人都没发。宋弋阳放大照片看到桌子上放着印着湘满楼字样的餐具。

“方总的石膏拆了，她的胳膊是已经好了吗？”

杨宁也看到了封思彤发的微信朋友圈，好奇地问宋弋阳，毕竟之前方糖受伤的事情与他有关。

宋弋阳合上电脑，拿起床上的外套缓缓穿上。

“嗯，她的伤已经好了，你们要不要去吃夜宵？我看学校里那些情侣确认了关系之后好像都会请舍友吃饭。”

郁东用力拍了下宋弋阳的肩膀，非常欣慰地看着宋弋阳：“弋阳，你真是太上道了，其实这个问题我们很早就想再次问你了，只是平时一下课就见不到你和方总的人，正好你今天主动要求，那我们就不客气了！”

苏哲笑眯眯地搓着手："别的不说，我要吃麻小，一会儿你们都别和我争，我要吃一盆！"

杨宁以迅雷不及掩耳之势穿好了外套。

"去哪儿？"

宋弋阳思考了片刻，说道："就去湘满楼吧，听说那边的麻小不错。"

同学

你好甜

第八章

嫉妒令人面目全非

[1] 好事成双

一听到“麻小”两个字苏哲就失去了理智：“就去那儿，就去湘满楼。”

湘满楼离学校不远，303 宿舍一行人到了湘满楼便看到了方糖她们。

“那边那人好像是方总，不如一起吧。”

苏哲说着便小跑着过去和方糖她们打招呼。

“嗨！美女！”

“你好！”

女生们看到苏哲，心情都有些激动，要是苏哲出现的话，那么宋弋阳……

顺着苏哲身后看去，果不其然，除了宋弋阳，还有杨宁和郁东。

“你们宿舍也是出来聚餐的吗？”

苏青给苏哲拉了把椅子示意苏哲坐下。

苏哲和方糖宿舍的人都认识，也不客气，直接就坐了下来。

“这是必须的啊，弋阳和方总的关系都已经天下皆知了，还没请我们吃饭，这不，我们决定把他押出来好好敲他一笔。”

封思彤闻言，立即附和：“那敢情好啊，那我们就一起吧，这顿饭就宋弋阳请了，我们可是娘家人！”

娘家人？方糖有些囧，她转头看了宋弋阳一眼，见他正微笑地看着自己，顿时又觉得害羞得不行。

都怪封思彤，好好地说什么娘家人。她又不是和宋弋阳结婚，搞得她好尴尬。

“你们想吃什么随便点，今天这顿饭，我请！”宋弋阳随手拉了个椅子在方糖身边坐下。

苏青豪迈地一拍桌子，转头对餐馆老板喊道：“老板，这里点菜！”

封思彤朝着苏青和计珊挑了挑眉，心中暗自得意。其实她们早就已经说好了，把聚餐的事情发到朋友圈，封思彤还私下里和苏哲通了气，苏哲可是打了包票会把宋弋阳带来。

恐怕这其中唯一的例外就是，宋弋阳不是苏哲带来的，是宋弋阳自己主动要求来的，可结果是一致的，谁又会在意这些细节呢？

餐馆老板亲自拿着菜单过来点菜。

苏哲和苏青异口同声地说：“麻小！”

“要多少麻小？”

苏青看了眼苏哲，朗声道：“五斤！”

苏哲摇了摇头：“五斤怎么够？十斤！”

苏青欣赏地看了看苏哲，立即把他当成了自己人：“先来十斤，不够了再加！”

“麻辣香锅、香辣烤鱼、剁椒鱼头、水煮鱼、水煮牛肉，先点这些，不够再加！”郁东不待杨宁和苏哲点菜，率先把自己想吃的菜都点了个遍。

苏青和封思彤一听全是大菜，顿时食欲大开。

方糖拽了拽宋弋阳的胳膊，低声问道：“钱带够了吗？”

宋弋阳微微点头，一脸笑意地看着方糖：“怎么？我从现在开始就要把钱包交给你管了吗？”

方糖闻言，把手伸到桌下正准备掐宋弋阳以示警告，却被宋弋阳的手一把抓住。

“以后请客的事情我来，哪有让女生请客的道理，我可不想跪搓衣板！”宋弋阳声音压得很低，说得煞有介事，好像她让他跪过搓衣板似的。

方糖能感受得到宋弋阳手掌传递的温度，心里暖暖的。

这是怕她花钱赶来救场，还是真的是个巧合？她不想再追问，就算是恰巧碰上了又怎样，这世界上哪来的那么多巧合，她宁愿相信宋弋阳是特意赶过来救场。

“其实你不必特意赶过来的，苏青她们点的菜一点都不贵，加起来也不到一百块。”方糖压低声音把实情告诉给了宋弋阳。

宋弋阳却揽住她的肩膀，以教训的口吻说：“方糖，今天是我们请客，你怎么能让客人点便宜的？不必替我省钱，我的论文在国际比赛上获奖了，拿了不少奖金。”

此言一出满座皆惊，苏哲的下巴都快惊掉了。

“不是吧，弋阳，这是什么时候的事情？”

“什么论文比赛？怎么从来没听你说起过？”

杨宁不禁在心中感叹，他和宋弋阳的差距真的是越来越大了，不论他怎么努力都赶不上宋弋阳。

方糖一脸好奇地看着宋弋阳。

宋弋阳宠溺地揉了揉方糖的头发，笑着说：“是计算机编程方面的，之前在美国举行的计算机编程比赛我没有去参加，这次他们又在全世界范围内举办了论文比赛，冯教授把我的论文拿去参赛了，得了一等奖，我也是刚刚得到的消息。”

“真是厉害！”

“恭喜恭喜！”

众人一起鼓掌为宋弋阳庆祝。

宋弋阳喝了杯水，接着说：“还有件事，虽然还不成熟，我本来想等事情成熟了再告诉你们的，可今天是方糖康复的日子，这个好消息我想和她一起分享。”

“还有？”

方糖疑惑不已，宋弋阳平日里下了课就和她一起做兼职，哪里有时间做别的事。

“我设计了一款程序，还是方糖给我的灵感，是一个可以在网上接单工作即时结账的兼职工作平台，有一家软件公司有兴趣，已经在和我谈收购了！”

“在网上接单即时结账？”

方糖单听宋弋阳简单一说都已经有了浓厚的兴趣，她现在接单还是很麻烦的，要经常去派单拉客户，还会有人赖账不给，如果有一个网上交易的平台能够帮她完成这项工作，那可就简单多了。

“弋阳，咱们宿舍，不，咱们学校我最佩服的人就是你，你是我的偶像！以茶代酒，敬你一杯！”郁东倒了一杯茶，像敬酒一样一饮而尽。

苏哲起哄道：“弋阳，不是我说你，你说你念计算机系念得好好的，为什么要转到国际关系学院？既生瑜何生亮啊！”

杨宁直接就给了苏哲一拳："说得你好像能和弋阳并肩似的，你和人家相比可差得不止十万八千里，他在我心里早就是学神级别的人物。"

苏哲正准备反驳，麻小上来了，他不等其他菜上桌便夹了一只小龙虾。

"我不和你们争，反正论吃你们可谁都比不过我！"

"今天我就偏要和你比比！"

苏青看苏哲已经开吃，当仁不让地也夹了一只小龙虾。

众人看着苏青和苏哲熟练地剥着小龙虾，只能对其表示钦佩。

菜陆陆续续上齐了，方糖想要抽出手去夹菜，却被宋弋阳给拉了回来。

方糖不明白宋弋阳想做什么，可当着这么多人的面又不好意思问，更不好意思拆穿宋弋阳在桌子底下偷偷牵她手的事情。

宋弋阳把桌上的菜挨个都夹到了方糖碗里，很快，方糖碗里的菜便已经摞得像座小山，他把筷子递给方糖，示意她用左手吃饭。

方糖又试了试，想要把自己的右手抽出来，可宋弋阳根本就不松手，她的力气没有宋弋阳大，只能作罢，认命地用左手拿起筷子。

封思彤见方糖用左手拿筷子，好奇地问："水手，你的右手不是已经好了吗，怎么还用左手吃饭？"

"她习惯了用左手。"方糖还没来得及说话，宋弋阳便已经替方糖做了回答。

"我去下洗手间！"方糖费尽力气才把手从宋弋阳手里抽出来。

她想洗把脸冷静冷静，当着这么多人的面和宋弋阳打情骂俏，她还是觉得甜蜜指数太高，有些受不住。

可谁知她刚起身就被宋弋阳抓住了胳膊。

"知道洗手间在哪儿吗？"

"知道，我又不是三岁的孩子！"方糖尴尬地把宋弋阳的手掰下来，看都不敢看宋弋阳。

“小心点，别滑倒了。”

宋弋阳的话刚说完方糖就已经急匆匆地跑掉了。

苏哲从小龙虾中间抬起头，忍不住打趣：“弋阳，我怎么看你都像坠入爱河无法自拔的少年，你老实说，你是不是想一天二十四小时都黏着方总？”

“何止二十四小时！”

宋弋阳这次没有转移话题，而是很直接地回答了苏哲，同时也算是堵住了方糖舍友的嘴。

因为他已经猜到方糖离开后，她的舍友一定有一大堆问题等着审问，他还不如来个主动出击自主爆料。

封思彤朝着宋弋阳竖起大拇指：“不错，你这个人很上道嘛，我看好你，对我们家方糖好一些！”

计珊接着封思彤的话茬说道：“前段时间你和裴雯的事情传得沸沸扬扬，虽然方糖没有和我们多说，但能看得出来她还是很在意的，希望你能够真心对方糖，你要是敢拈花惹草我们三个第一个不放过你！”

郁东抢在宋弋阳之前开口说道：“这一点你放心，弋阳的人品我们303宿舍所有人以性命担保，校内网上的那些都是不实的传闻，弋阳绝对是五好青年！”

杨宁怕郁东失言说起裴雯发帖黑宋弋阳的事情，赶忙转了转桌子上的菜：“大喜的日子说什么不开心的事，来来来，吃菜，这个麻辣香锅和水煮牛肉看起来很好吃！”

计珊这才意识到她不应该在这个场合说起裴雯，为了掩饰尴尬，只能埋头吃菜。

裴雯和舍友们吃完饭正往学校方向走，一行人正在说新款衣服和包包，裴雯平时对这个话题是很感兴趣的，可今天却不知怎么的无论如何她都提不起兴趣来，她一边走一边朝着路边的店内张望。

正巧透过玻璃窗看到方糖，她停下脚步，顺着方糖走的方向看去。

是方糖宿舍和宋弋阳宿舍的人，他们是在这里聚餐吗？为了庆祝宋弋阳和方糖交往？

[2] 我妈想见你一面

裴雯目不转睛地看着方糖，发现她右手的石膏拆了，心中不由得又开始猜测。

是来这里庆祝方糖康复吗？

方糖和宋弋阳正一起起身以茶代酒向所有人致谢，裴雯听不到他们在说些什么，只看到宋弋阳一脸宠溺地看着方糖。

这种眼神她从未见过，在她印象中，宋弋阳一直是拒人于千里之外的，可他和方糖在一起就好像变成另外一个人似的。

这样的宋弋阳好耀眼，耀眼得让她移不开双眼，她根本就控制不住自己的双脚，不由自主地推开门进了餐馆。

裴雯刚走进餐馆，方糖便看到了她，脸上的笑容凝固了。

宋弋阳也看到了裴雯，他拉着方糖落座，对众人说："接着吃饭，不用理她！"

裴雯听到了宋弋阳说的话，却没有退却，而是来到了餐桌前。她本来想找把椅子坐下，可谁知苏青和封思彤直接就挡在了她身前。

"你来干吗？这里不欢迎你！"

"没人邀请你，请你离开！"

裴雯尽可能地向众人展示着自己的友好，微笑着辩解："我只是路过这里，看到方糖的胳膊康复了，她是为了救我受伤的，于情于理我都应该对她说声谢谢！”

计珊冷哼一声，嘲笑道：“特意来向方糖道谢？我可看不出来你有一点点谢意，你最应该说的是对不起吧，明知道方糖和宋弋阳在交往还来搞事，依我看，你的人品也就这样！”

“我真的只是来向方糖道谢，没别的意思，既然你们不欢迎我，那我走了，你们慢慢吃！”

裴雯脸上的笑容有些挂不住，她看了宋弋阳一眼，见宋弋阳只是慢条斯理地喝着茶，对她根本就是一副视而不见的样子，只能咬着牙转身离开。

她不想走，却不得不走，这里没有一个人欢迎她。

裴雯转身离开，计珊直接就把茶杯里的水泼到了地上，茶水有些烫，溅了裴雯一脚，可她却连头也没有回。

“好好一顿饭，没心情吃了，这是我第一次看着麻小吃不下去。”苏青回到座位，看着餐桌上的麻小，居然提不起一丝吃的兴趣。

气氛忽然间变得很尴尬，宋弋阳拿起茶壶给方糖倒了杯茶，笑着问道：“之前我妈说想见你一面，这周日有没有兴趣来我家吃饭？”

原本低迷的气氛因为宋弋阳这句话又燃了起来，众人齐刷刷地看着宋弋阳和方糖。

“老实交代，你们到底进展到什么地步了？”

“这都要见家长了，是不是就要领结婚证了？”

“弋阳大一时就已经拿到学位证，现在结婚也没有什么稀奇的。”

众人七嘴八舌地议论着，方糖尴尬地低下头。

“我不去，周日我有工作！”

宋弋阳叹了口气：“那我只能让她来学校了！”

方糖咬紧牙关：“为什么要让你妈妈来学校？”

“她上次看到你之后就很好奇，这可是他儿子交的第一个女朋友。别怕，只是见一面，她又不会吃了你。”他说完又给方糖夹了块水煮牛肉。

“天啊，水手，怎么回事？你什么时候见过家长了？”

“就是，怎么都没听你说起过这件事？”

“不行，这种事你居然敢瞒着我们？老实交代，坦白从宽，抗拒从严！”

见舍友们不依不饶地追着自己不放，方糖只能向宋弋阳求救。

宋弋阳给方糖的舍友们一一倒了茶。

“你们给方糖一些空间，等她想说了一定会说的。”

苏青拿起筷子，长叹了口气，说道：“算了，这次就饶了你们吧！既然你说方糖是你交的第一个女朋友，我就信你说的了，有些事我相信你一定能处理好。”

宋弋阳微微颔首，正想着要不要再发个誓什么的，就见方糖已经戴上手套开始了她的麻小消灭大业，于是捂着嘴偷笑。

宵夜在很愉快的氛围下结束，众人本来想去 KTV 的，可奈何学校宿舍要查房，他们只能改道回了学校。

众人识相地先走，把时间留给了方糖和宋弋阳。

这应该是宋弋阳和方糖第一次牵着手在校园里漫步。

他们都没有说话，用心体会着这难得的温馨时刻。

在一起的时间总是过得特别快，很快便到了女生宿舍楼下，方糖正准备和宋弋阳告别，却被他抓住胳膊揽入了怀中。

“我和裴雯一点关系都没有，以后你再见了她不要理会她，她说的话不要相信，就当她不存在！”宋弋阳的声音在方糖耳畔响起。

她闻到宋弋阳身上淡淡的树木一样清新的味道，觉得异常安心。

她双手环住宋弋阳的腰，微微点头：“好，我记住了！”

“等这个网上兼职软件正式上线，你就可以轻松许多了。前些天我让朋友帮你打听家教的工作，相信很快就有消息了，家教的工作赚得多一些，收入也稳定，以后像那种兼职跑腿的工作你就尽量少接吧，把时间留下来学小提琴，这是你的梦想！”宋弋阳絮絮叨叨地说着，帮方糖做着规划。

方糖很难得没有反驳，只是轻轻点头。

不得不说，有人帮她安排好一切的感觉真的还蛮不错的，宋弋阳的怀抱很暖，她一点也不舍得松开。

如果时间就这样静止就好了，她就能一直这样抱着宋弋阳，直到地老天荒。

“裴雯，我不是好奇啊，我就是想知道，你和国际关系学院那个宋弋阳到底有没有交往过？”

裴雯宿舍的人其实都看到裴雯在湘满楼餐馆里的窘迫境况，可三个人在裴雯面前晃悠了一个多小时都不敢提起这件事，最后还是钱思萌硬着头皮问了出来。

裴雯敷着面膜，脸上的表情看不出喜怒：“这重要吗？”

三人想说这当然重要，如果裴雯没有和宋弋阳交往过的话，那她就是在造谣，虽说这没有影响社会安定，但编造谎言大张旗鼓地追男生，也实在是太匪夷所思了吧。

裴雯对着镜子整理了下面膜，倚在床边：“我知道你们心里在想什么，我也知道别人是怎么看我的，这些我都不在乎。当你真正想得到一样东西的时候，就只能看得到那个目标，其余的事情又怎么会放在心上，说句不好听的，毕业后大家各奔东西又有几个人还会记得这些事？”

裴雯的舍友们无话可说。

宿舍的氛围变得颇为尴尬，过了几分钟，周雨桐放下手机，尖叫着跳了起来。

“不得了了，宋弋阳的论文在美国的论文比赛中获得了一等奖，据说他还开发了一个软件被小米公司看中了！”

裴雯飞快地把脸上的面膜扔进了垃圾桶里：“什么时候的事情？消息可靠吗？”

“我男朋友就是计算机系的，你说这消息可靠不可靠？之前我还听说，宋弋阳可能会考计算机系的研究生，你说咱们都是大二，怎么差距就这么大呢？”

宋弋阳被舍友称赞，裴雯心中异常得意：“这是自然，他从小就和别人不一样，不管走到哪儿都是人群中最出众的那一个！”

这一夜，裴雯有些失眠了，原本她是打算演一场戏给家里人看的，可不知从何时开始，已经悄然成真。

她心里其实对方糖也有愧疚，可想要和宋弋阳在一起的欲望已不知在何时冲淡了她的歉意，把她变成了一个别人眼中不可理喻的怪物。

爱情真可怕，但爱不能成为伤害别人的理由，这一场战役，她从一开始就注定了失败。她其实也早有预感，却一直自欺欺人不愿意相信罢了。

早上刚起床，方糖的手机就响了，是宋弋阳打来的。

“快来昨天买彩票的地方！”

不待方糖追问，宋弋阳就已经挂断了电话。

一大早，这是搞什么？难道是中奖了吗？

不可能，这中奖的概率怎么可能有这么高？从概率学来说，根本就不可能，可弋阳干吗要让她去彩票投注站？难道是继续再接再厉支持福利事业？

方糖到彩票投注站的时候还是一脸疑惑，不知道宋弋阳到底想做什么。

“方糖，我中奖了！”

宋弋阳看到方糖，快步上前，把一张彩票递给方糖。

“真的假的？”

方糖接过彩票仔细核对着开奖信息和彩票号码。

“红球05、07、13、18、21、30！蓝球07！”方糖擦了擦眼又核对了一遍，这才惊呼道，“你真的中了！红球中了五个，蓝球也中了！”

宋弋阳看着开奖信息，闲适的微笑让方糖觉得无比温暖。

“三等奖，每注三千，我中了三注！”

“三注！九千？快小一万？”

方糖拍了拍胸口，老天爷实在是太不公平了，彩票是两个人一起买的，怎么就宋弋阳中奖，而她的全都是“谢谢参与”？

“没那么多，交完税可能六七千吧，我刚已经拿到钱了，你不是想学小提琴吗？这些钱可能刚好够你的学费！”

宋弋阳说得云淡风轻，好像是在说六七块钱一样，可她怎么好意思收宋弋阳的钱，于是想也不想地直接拒绝了。

[3] 风险投资

“不行，这是你中奖的钱，我怎么可能用你的钱？梦想这东西就是要亲力亲为，否则等到实现的那天就一点意义都没有了！”

宋弋阳从钱包里取出一张银行卡塞到方糖手中：“你听说过风投吗？我现在投资你的梦想，这笔钱就算做你的第一笔启动资金，我可是要看最终结果的，如果最终结果不满意，我还是要收回的。”

宋弋阳打算用风投的概念说服方糖，可方糖根本就不吃这套，把银行卡又塞回到他手中。

“哪有这样做风险投资的？难道你做风投时不做评估吗？我这个项目根本就不会盈利的，你的投资注定血本无归，这些钱你还是留着吧，继续开发你的软件，把软件做好，毕业了成立自己的公司，成为CEO，迎娶白富美走上人生巅峰！”

宋弋阳重重地弹了下方糖的脑门，语带怒气：“什么迎娶白富美走上人生巅峰？我难道一直不在巅峰吗？迎娶白富美？算了，白富美对我来说一点用都没有，我有你就够了！”

一句“我有你就够了”，让方糖彻底放下了心防，可她不想用宋弋阳钱的决心并没有动摇。

宋弋阳见方糖依旧不为所动，只能换一个思路继续说服她：“现在很多咖啡厅和西餐厅都会招募小提琴手，据说时薪两百起吧，赶得上你接一天跑腿的单了。”

方糖果然心动：“真的吗？时薪真的有这么高吗？”

宋弋阳点头：“是的，你要是拉得好的话，甚至有可能更高，答应我，接受我的第一笔启动资金，不要再把时间浪费在做这些琐碎的事情上，全力以赴实现梦想才是你真正要做的事情！难道你怕自己没基础赶不上那些人？”

激将法果然有用，方糖用手捶了下胸口，一脸无所谓：“难道我方糖会怕？其实我是有些基础的，也不是完全不会。”

宋弋阳把银行卡放到方糖背包里，继续鼓励：“我相信你，等着看你的演奏会！”

“演奏会？还早着呢！”

方糖有些害羞，飞快地跑出了投注站，宋弋阳急忙追了出去。

彩票投注站的老板看到方糖和宋弋阳这对小情侣离开，重重地叹了口气，对一旁的中年男子说道：“现在的年轻人，为了讨女朋友欢心居然自己出钱买中奖的彩票，你说咱们年轻的时候怎么没有这手段，我要是有他这两下子早把当年的校花追到手了！”

中年男子点头附和：“是啊，现在的年轻人不简单啊！”

方糖早就看好了一家小提琴培训机构，带着宋弋阳直接去了那边。

这家培训机构教小提琴的老师叫蒋图。

蒋图笑起来眉眼弯弯，是一个很温暖的人，很有亲切感。

他测试了下方糖的基本功，把方糖分在了初级班。

“你有很多手法都是错的，以前是自学的吧？”

方糖点头。

“你先在初级班把基本功练扎实了，然后再进中级班。别着急，基本功越扎实以后练起来越得心应手。”

蒋图说什么就是什么，方糖接着点头。

宋弋阳对于乐器并不擅长，只是在方糖身边留心观察着四周。

“好，那就先这样，你先去把学费交下，下午两点刚好有课，今天下午就能开始上课！”

在老师面前，方糖一向是个听话的乖学生，拎着包去前台缴学费。

蒋图给宋弋阳递了把椅子：“这位同学，你坐下来等吧。”

宋弋阳落座，蒋图接着问：“我怎么看着你挺眼熟的，好像在哪儿见过？”

宋弋阳微笑：“我是 A 大的学生，经常路过这里。”

蒋图耸了耸肩：“总觉得是很早之前就见过你。”

“老师，六千五百块，我已经交了一年的学费！”

宋弋阳给方糖的卡里刚好有六千五百块，方糖便用这卡里的钱交了一年的学费。

蒋图不再纠结在哪里见过宋弋阳的事情，把课表交给方糖。

“这是课表，你要是想早点练好一定要按时来，学乐器最重要的就是耐心和恒心，没有耐心练不好，没恒心很容易半途而废！”

方糖重重地点头，向蒋图表达自己的决心：“老师你放心，我一定会认真学的！”

“好了，去挑一把琴吧，现在有活动可以送你一把，不过这把琴你作为练习还凑合，以后要是表演的话就需要买好一点的。”

蒋图带着方糖和宋弋阳去挑小提琴，方糖不太懂乐器，偷偷拽了拽宋弋阳的衣袖，宋弋阳会意，问了蒋图半天选琴的注意事项，帮方糖挑了把称手的小提琴。

时间过得很快，快十点钟了，方糖和宋弋阳不能在培训机构里多留，又匆忙赶回了学校。

宋弋阳和方糖走后，蒋图一边整理资料一边自言自语：“那男生肯定是在哪里见过的，真的看上去很眼熟，可怎么又一点印象都没有？”

裴雯今天没课，想回家和妈妈谈谈，看看能不能恢复她的信用卡，虽然她有预感可能性不大，但还是想尽力试试。

裴雯回到家，家里却没人，给妈妈打电话又打不通，问了管家才知道今天早上父母临时改变行程去了英国。

她回到自己房间，在床上躺了一会儿，无意中看到靠在墙角的琴箱，这才想起来之前蒋图推荐她做小提琴手的事情。

好久没见蒋图了，也不知道他最近过得怎么样，听说好像开了个乐器店，做起了培训。

她原本是要去意大利佛罗伦萨音乐学院进修的，可谁知发生了那件事，现在根本拉不了琴。

对于蒋图，裴雯是心怀愧疚的，自从上了大学就没再见过他，后来听说他特地把乐器店开到了A大附近。

其实裴雯是有些害怕见蒋图的，她的事情蒋图知道得太多，如果说蒋图要黑她放她的黑料，她绝对相信不出一个小时她就会身败名裂。

或许是该见上一面了。

裴雯让管家打包了一些家里做的菜，打算去乐器店看望蒋图，她还记得，蒋图喜欢吃她家里做的老醋花生和酸黄瓜。

裴雯到乐器店的时候，蒋图正在上课。

她从窗户外面打量着蒋图教的这些学生，却看到了一个再熟悉不过的身影——方糖！

方糖在蒋图这里学小提琴？

裴雯简直不敢相信自己的眼睛——方糖为什么要学小提琴？是为了培养气质吗？现在才开始学会不会太晚了些？

蒋图透过玻璃窗看到了裴雯，他等裴雯来找他已经等很久了。

“好了，我们先休息十分钟，十分钟之后再继续上课！”蒋图让所有人课间休息，然后迫不及待地飞奔出教室，来到裴雯的面前。

“你来了！”

“我来了！”

简单的对话，蒋图满心欢喜，裴雯却心不在焉，她怕方糖看到自己，匆忙进了一旁空着的教室。

蒋图没想许多，只是跟在裴雯身后。

裴雯站在玻璃窗前，看着学生三三两两地从方才的小提琴教室出来，直到看到方糖也出去了，她才松了口气。

蒋图正在想自己该说些什么，裴雯却已推开门出了教室。

他不知道裴雯究竟想做什么，只能继续跟随。

裴雯回到小提琴教室，直接走到方糖方才坐的位置。

方糖的包放在桌子的抽屉里，是个有些发黄的帆布包，这个包方糖用了很久都没舍得换。

裴雯看了蒋图一眼，做了个噤声的手势，看四周无人，她快速地把书桌上几个同学的手机和平板电脑全部塞到了方糖的包里。

蒋图走上前抓住裴雯的胳膊，试图阻止："这是我的乐器店，你在这里做这种事情，不太好吧？"

裴雯把方糖的帆布包放回到书桌抽屉里，甩开蒋图，径直往教室外走去。

"五分钟，我们谈谈！"

蒋图看了眼方糖的帆布包，最终选择了沉默，跟在裴雯身后出了教室。

二人又回到了方才的空教室。

裴雯把带来的餐盒递给蒋图，开门见山道："我这次来是给你送一些菜，以前你特别喜欢吃我们家的老醋花生和酸黄瓜，我特意让厨师做了一些，不知道你的口味有没有变？"

蒋图接过餐盒，一想到裴雯还记得他喜欢吃的东西，心中不由得一动："你还记得我喜欢吃老醋花生和酸黄瓜？"

裴雯点头："当然记得，你知道我们家的老醋花生和酸黄瓜为什么这么好吃吗？"

蒋图有些沮丧："我知道，花生和黄瓜都是从法国空运过来的。"

"我不是刻意提醒你我们是两个世界的人，其实这么多年过去了，我一直没忘记你，你是我最好的朋友！"裴雯拍了拍蒋图的肩膀，这次见蒋图，她几乎可以肯定，蒋图还是喜欢她的，而且和以往相比，有增无减。

蒋图转过身背对着裴雯，这么多年来，他在裴雯面前一直是无比卑微，他原本以为自己的坚持能够感动裴雯，可现在看来根本就没可能。

“蒋图，你还记得宋弋阳吗？”

[4] 栽赃嫁祸

裴雯不想欺骗蒋图，在蒋图面前她是真实的，对的也好，做错事也好，她在蒋图面前不用做任何掩饰，这也是方才她能当着蒋图的面把别人的东西放到方糖包里的原因。

“宋弋阳？”蒋图觉得这个名字很耳熟。

裴雯轻笑：“我忘记了，你没见过他本人，只见过他的照片。我十八岁成人礼的那次，他是唯一一个我邀请了而没有来的人。我和他是在晚宴上认识的，我们还拍了照片，就是你在我家里见过的那张。”

“原来是他，怪不得我总觉得眼熟，他中午来过这里，和方糖一起，他们好像是情侣。”

后面的不用裴雯再说，蒋图已经明白了一切。

“你知道我为什么要学小提琴吗？”裴雯忽然问了这么个问题。

蒋图没有回答，只是转过身目不转睛地看着裴雯，等着她继续往下说。

“因为每次我参加宋弋阳家里办的晚宴，他妈妈都会让我表演乐器，我想让他注意到我，学了小提琴，学了钢琴，学了大提琴，甚至学了街舞。”裴雯说着自己都觉得好笑，她拉过来一把椅子，坐下。

“起初只是为了引起他的注意，想和他交个朋友，可谁知我从小学追到大学他对我都是爱搭不理的，我以前没有喜欢上他，可自从我妈和我说想要我和宋弋阳订婚好促成两家合作的时候，我对他的感觉就不同了。”

蒋图不想继续听，转身想离开，可裴雯一把抓住了他的胳膊，接着向他诉说：“我现在才知道，我可能很早就已经喜欢上他了，比任何人都要早，比方糖还要早。我不明白，为什么他宁愿选方糖也不选我？”

蒋图把裴雯的手从自己的胳膊上拿开，强忍着心痛说道：“我知道你这次来是什么意思了，方糖既然来我这儿学小提琴，我会帮你！”

裴雯松了口气：“还是你最了解我，知道我想要什么，蒋图，有空我请你吃饭！”

蒋图拿着餐盒出了教室，他只觉得这教室的空气压抑到让他无法呼吸。

“我的手机怎么不见了？”

“我的手机和平板电脑都不见了！我昨天刚买的啊！”

黄头发女生慌乱地翻着自己的包，遍寻无果，心急如焚地向周围的女生求救：“谁有电话？借我用下！”

一个短头发戴眼镜的女生从口袋里掏出手机递给黄头发女生。

“谢谢！太感谢了！”

黄头发女生接过手机，立即拨通了自己的号码。

方糖坐在一旁看着黄头发女生，也替她心急。

手机铃声突兀地从方糖的包里传出，黄头发女生二话不说从方糖座位的抽屉里拿出方糖的帆布包。

手机铃声依旧响着，黄头发女生此刻已经是暴怒。

“我的手机怎么在你的包里？”她把方糖包里的手机和平板电脑一股脑儿全部拿了出来，其余发现自己东西丢了的人也全都围了过来。

包里共有三部手机、一台平板电脑，方糖百口莫辩，慌乱地向所有人解释：“不是我偷的，我刚才和你们一起去洗手间了啊，我还是最后一个从洗手间出来的，怎么会有时间偷你们东西？”

黄头发女生把自己的手机和平板电脑收了起来，指着方糖怒骂道：“都已经人赃俱获了，装什么装？就你这样的人还来学小提琴？你是专门来偷东西的吧！”

其他人也随声附和：“简直是太无耻了！瞧你那穷酸样儿，一看手脚就不干净！”

还有一个女生说得更狠：“直接报警吧，把她送到警察局，以偷窃罪起诉她，看她这样子应该是学生，什么学校敢收这样的学生？不如我们去她学校告发她？”

“真的不是我偷的，不是我做的，你们为什么不相信我？如果是我偷的我怎么会把手机开机？你们也不想想，我如果偷你们的手机把手机关机就好了，开着手机不是摆明了告诉你们是我偷的吗？”

方糖极力解释着，却被女生们拉扯着，要把她扭送去警察局。

“好了，好了，都冷静点！”

蒋图一进教室就看到方糖被女生们拉着胳膊、衣服和头发的狼狈样子，急忙上前阻止。

众人见蒋图来了，这才松开了方糖。

黄头发女生指着方糖向蒋图控诉：“蒋老师，这个人趁着课间休息的时候偷我们的手机和平板电脑！”

裴雯一直站在教室外面，她已经拍到了自己想要的东西，心满意足地收起了手机：“没白来一趟！”

蒋图看了眼窗外，正好看到裴雯离开的背影。他长吁了口气，说道：“不是她偷的，是我装的，刚才你们都离开了教室，手机和平板电脑都没收起来，我怕丢了，便随手把手机和平板电脑都放到了方糖的包里，正想来告诉你们。”

众人闻言，这才松了口气。

方糖悬着的心总算是放了下来，她是头一次碰到这种情况，方才真的是把她吓得方寸大乱。

黄头发女生也没有向方糖道歉的意思，反而是故意用胳膊撞了下方糖才回到自己的座位。

其余两个丢手机的女生也不好意思向方糖道歉，灰溜溜地回到了自己的座位。

“好了，继续上课！”蒋图拿起小提琴，开始讲解基础指法。

无缘无故发生这样的事，方糖心里觉得委屈，她分明什么都没有做，却变成了小偷，这种感觉实在是太糟糕了，就连蒋图讲的课也有些听不进去。

裴雯一出乐器店便想将方糖偷东西的事情发到校内网上，这次她不会像上次一样自己动手，而是去了学校附近的网吧。

她虽然从未去过网吧，却知道许多男同学会因为学校里的网速太慢特意来网吧打游戏。

她不想让别人认出来，还特意去路边的店里买了带帽子的卫衣、墨镜和口罩，费心地乔装了一番。

在网吧里想找个 A 大的同学很容易，她只用一张红钞便解决了问题。

很快，校内网便有了一个指责方糖偷东西的帖子，而且还有方糖被女生围攻的照片。

有图有真相。

这已经是方糖第 N 次上热搜了，之前校内网就有人爆过方糖的黑料，现在又加上偷东西这项看似有确凿证据的指控，方糖在同学们心中的形象顿时一落千丈，直接跌到了谷底。

苏青看到指责方糖偷窃的帖子顿时就炸了，吵嚷着要去质问发帖的人问个明白。封思彤和计珊拉住了冲动的苏青，她们也心急，却一点办法都没有。

“苏青，你冷静点，你上哪儿去找这个发帖的人？你能查出对方的 IP 吗？能确认对方的身份吗？你这样冒失打算从哪儿找？”

只能眼看着方糖被人陷害，苏青忍不住捶了下书桌，愤恨地怒吼：“这已经不是第一次了。我们和方糖情同姐妹，难道就这样眼睁睁地看着方糖被人陷害？而我们三个就像傻子一样什么都做不了？”

封思彤和计珊又何尝不是这么想，看着方糖再一次被人黑，她们心里也不好受。

“先问问方糖是怎么回事？”封思彤一边用手压着苏青的肩膀，一边给方糖打着电话。

“方糖，你看校内网了吗？”

“我刚上完课，还在乐器店，怎么？校内网怎么了？”方糖刚下课，还没来得及看手机。

封思彤捂着听筒，转头问苏青和计珊：“要不要告诉她？”

“这事瞒不住的，问方糖到底是怎么回事！或许她知道是谁！”

“有道理，直接说吧，瞒着方糖，她反而被动了。”

苏青和计珊都赞同把事情告诉方糖。

封思彤微微点头，打开免提继续和方糖通话。

“方糖，你先别激动，先听我说，现在校内网上有个帖子，指责你偷东西，还放了照片，到底是怎么回事？”

“什么？放上校内网了？”

方糖也很惊讶，乐器店发生的事居然被人拍了照片传到了网上，到底是谁想要黑她，这么执着？

“到底是怎么回事？方糖，我相信这件事不是你做的，是谁陷害你？”

面对焦急的苏青的追问，方糖却不顾上回答，直接挂断了电话，因为她看到和她一起上课的女生已经收拾好东西准备离开。

方糖飞快地挡住了教室大门，拦住了女生们的去路：“对不起，各位同学，我有件事需要和你们确认！”

众女生被方糖拦住去路，脸色都不太好看。

黄头发女生率先站了出来：“我们的手机和平板电脑到底是不是你偷的你心知肚明。蒋老师肯站出来替你背锅，这件事原本我不打算再追究，你现在不让我们走，摆明了是想打架？”

这黄头发女生说话的态度像极了小太妹。

“这件事不是我做的，我拦住你们是想要问你，你们当中谁在校内网发了帖子指责我是小偷偷东西？在网上散布这种谣言侵犯了我的个人隐私！”

同学

你好甜

第九章

对你的喜欢不会消失

[1] 我没这么大肚量

一众女生对方糖的说法嗤之以鼻，其中一个女生双手环胸，极为不屑地说：“你在上课我们也在上课，什么校内网？什么发帖？怎么？这么快就有人揭穿你做的事情了？气急败坏，恼羞成怒？”

“真是要谢谢那个发帖爆料的人了！真不知道什么大学会收你这样的小偷？”

“离这里最近的学校就是A大了，难不成你是A大的？不可能吧，A大可是数一数二的名校，怎么会有你这样的败类？”

黄头发女生听到身旁的女生帮着自己数落方糖，冷笑着说：“你们快别怨学校了，A大的老师也有看走眼的时候！我估计这事一被人爆料，恐怕你就要被开除了吧！就算不开除也应该是记大过，不错，我还真要谢谢那个发帖的人！”

“我说过了，我不是小偷，你们的东西不是我偷的！这件事很明显就是栽赃嫁祸，除了你们之外，没理由别人会知道，那个帖子到底是谁发的？”

方糖仔细打量着眼前的每一个人，她今天必须要问清楚，否则这个小偷的恶名极有可能会一直跟着她。兴许她在学校再也接不到兼职，这个事情很严重，直接影响到她的生计问题。

“手机不是方糖偷的，我方才不是说了嘛，是我怕丢了，顺手收起来放到她包里的，这件事是我的错，和她没关系。”蒋图不忍心见到方糖被人围攻，站出来试图帮方糖撇清关系。

众人见蒋图还是一口咬定事情和方糖无关，都没了话说。

蒋图把方糖拉到自己身后：“她只是想知道帖子是谁发的。毕竟这种不实的指控说严重了已经侵犯到她的名誉。其实想要找到发帖的人，很简单，只要能锁定 IP 就能查出发帖人，如果真让方糖找出来，她决定起诉的话，只能法院见了！”

方糖没想到蒋图会这样帮她，心中对蒋图充满了感激之意。

听到蒋图说起起诉，什么侵犯名誉权的，女生们总算是有些害怕了，半天都没讲话。

“好，如果你们没发的话，那方糖，我建议你还是去查一查 IP 吧。你有没有计算机系的朋友？可以让他帮忙查下！”

蒋图说着把方糖拉开，让开了教室大门，女生们接连离开了教室。

很快，人走完了，方糖重重地叹了口气：“不是她们做的，究竟是谁？”

蒋图正准备劝方糖几句，方糖却已经拨通了电话。

“喂，弋阳，校内网上有人黑我，说我偷东西，我没做，我不是小偷，你一定要相信我！”

方糖现在能想到的第一件事就是打电话给宋弋阳，一方面是不希望宋弋阳误会，另一方面她相信宋弋阳一定会帮她查出发帖人。

“别着急，你现在应该刚上完课吧，先回学校，这件事我来处理。”宋弋阳说完便挂断了电话，打开了电脑。

IP 很好查，宋弋阳很快便锁定了 IP 地址，可他确认了这个 IP 之后却发现是个网吧。

“谢谢你帮我！我先回学校了，明天见！”方糖不忘向蒋图道谢。

蒋图礼貌地对方糖微微点头：“别放在心上，这件事本来就和你没关系。”

“谢谢！”

方糖再次向蒋图道谢，然后飞快地离开了乐器店，她必须第一时间和宋弋阳碰面，找出是谁陷害她。

方糖离开后，蒋图给裴雯发了一条短信：“方糖让宋弋阳查发帖的 IP 地址，你小心点！”

裴雯很快回复了短信：“放心，他查不到的，IP 地址是网吧，网吧每天进进出出那么多人，那家网吧的监控今天刚好坏了，宋弋阳再厉害也不知道是我做的。”

蒋图见裴雯一点都不担心，就没再多说。

宋弋阳通过查找确定了帖子是从网吧哪台机子上发出去的，只需要去网吧确认在下午三点是谁在用那台机子就行了。

可是，这件事情说起来容易做起来却很难，当宋弋阳到网吧向网吧老板询问下午三点是谁在用编号 3458 电脑的时候，网吧老板却是一问三不知。

宋弋阳又提出查看下午三点的监控，可网吧老板却说监控坏了，没办法看，无奈之下，他只能挨个问网吧里上网的人。

这无疑是大海捞针的方法，先前帮裴雯发帖的男生早就不在了，宋弋阳根本什么都查不到，只能无功而返。

宋弋阳到女生宿舍楼下的时候见到了坐在台阶上等候的方糖，方糖一看到他便急匆匆迎了上去。

“怎么样？查出来是谁没有？”

宋弋阳虽然不想让方糖失望，但也只能十分惋惜地告诉她实话：“IP 查是查出来了，是个网吧，发帖的机器编号也已经找到了，但网吧监控刚好坏了，根本查不出来发帖人是谁。对不起，方糖。”

“连你也查不出来？”方糖此刻的确是有些绝望了。

连宋弋阳都束手无策了，那只能说明一件事情——那个想陷害她的人，是有备而来的。

“别着急，帖子我已经黑了，这件事暂时不会有更多的人知道，网吧查不到，我们再想别的办法，你先把事情的来龙去脉告诉我！”

宋弋阳比方糖要冷静许多。

方糖深吸了口气，说道：“下午上课时好像有人来找蒋老师，他让我们课间休息十分钟，我中途和所有人一起去了趟洗手间，回来之后就有人说自己的手机和平板电脑丢了，那个女生用别人的手机给自己的手机打了电话，结果发现所有丢的手机和平板电脑都在我的包里！”

“整件事根本就是栽赃嫁祸，肯定是有人故意把别人的手机和平板电脑放在你的包里，接下来又发生了什么事？”宋弋阳十分理性地分析着，他从方糖手中接过小提琴琴箱，拉着她坐在路边的长椅上。

“接下来那些女生便指责我是小偷。这时候蒋老师出现，他说是怕那些手机和平板电脑丢了所以才放进我包里的。”方糖说了一半停了下来，原本混乱的思路一下子清晰了起来，“这件事一定和蒋老师有关，他说怕东西丢这件事本来就很可疑，乐器店是他的，店里也有监控，更何况他为什么要把别人的东西放到我包里？我方才光想着找发帖人了，反而忽略了重要的线索！”

宋弋阳微笑地揉了揉方糖的头发，语气温柔：“现在想清楚也不算晚，想知道是谁做的很简单，只需要看监控便知道。”

“那还等什么，我们赶快去乐器店！”方糖说着便拉着宋弋阳准备立即去乐器店一探究竟。

宋弋阳却把方糖拉了回来：“不用去了！”

“为什么？不查了吗？你刚才还说只要看监控就能知道是谁陷害我！”方糖不知道宋弋阳为什么突然又说不去了，心就像被什么东西揪着一样，他这是嫌她事多不想再管她了吗？

宋弋阳看方糖的样子就知道她想歪了，他从包里拿出笔记本电脑，手指快速地在键盘上敲击。

“蒋图既然已经决定包庇那个陷害你的人，未必肯让我们看监控，我们就这样过去肯定是没什么收获，与其白跑一趟，不如黑进乐器店的监控自己查看真相。”

“有道理！还是你聪明！”

误会了宋弋阳，方糖有些歉疚，但听到他的办法，还是忍不住为他点赞，她的男朋友太厉害了。

黑进一家乐器店的监控系统，对宋弋阳来说实在是再简单不过。

不到五分钟，宋弋阳就成功了。

在方糖的确认下，两人找了课间休息十分钟前后一段时间的乐器店的监控。

方糖目不转睛地盯着电脑屏幕。

监控显示 14 点 24 分时，裴雯出现在了教室门外，紧接着蒋图就让学生们休息。

裴雯很快消失在了监控范围内，没过多久她又出现在教室里，是她把那些学员的手机和平板电脑放到了方糖的帆布包里。而蒋图就站在裴雯身后看着这一切，并没有阻止裴雯。

事情已经很清楚了，是裴雯栽赃陷害方糖。

看到这里，方糖再也看不下去了。

宋弋阳并没有关掉监控，他通过监控看到了那些女生指责方糖、围攻方糖的画面。

宋弋阳的脸色越来越难看，方糖从未见到宋弋阳如此，内心十分不安，她小心翼翼地拉了拉宋弋阳的衣袖，低声说："弋阳，算了吧，裴雯那个人有些疯狂，还是不要招惹她吧，万一她再做出什么事情报复我们，怎么办？"

方糖不是个瞻前顾后的人，没和宋弋阳在一起之前，她是天不怕地不怕的，可和宋弋阳在一起之后，她真的很害怕因为某些事情和宋弋阳产生误会。学校里很多情侣都是因为互相猜忌分手，她不想和宋弋阳分手，比起被裴雯诋毁，被别人误会，她最怕的是失去宋弋阳。

宋弋阳脸色阴沉："你肯算了，我还没这么大肚量！"

[2] 开始简单结束很难

"弋阳，就这样算了吧！帖子你也删了，想必这件事不会闹大的！"

方糖想让宋弋阳冷静下来放弃替她出头的想法，可宋弋阳却三两下收拾好东西，拉着方糖往女生宿舍楼的方向走去。

宋弋阳给裴雯宿舍送过东西，知道裴雯住哪栋宿舍楼，二人到裴雯宿舍楼下，他随便拉了个女同学让她帮忙喊裴雯出来，根本连电话都懒得给裴雯打。

这位女同学认识宋弋阳和方糖，虽然她不知道宋弋阳为何会和方糖一起出现在女生宿舍楼下找裴雯，可她还是照着宋弋阳的吩咐做了，通知了裴雯。

裴雯虽然也想到宋弋阳会找来责问她，只是没料到这么快就找上门来。这一次，她已经做好了不认账的准备，因为她自信地认为宋弋阳不会找到任何证据证明这件事和她有关。

“宋弋阳，你和方糖一起来找我，有何指教？”

裴雯一出宿舍楼便看到了宋弋阳和方糖，她高昂着头、踩着细长的高跟鞋款款而来。

宋弋阳不想和裴雯废话，打开电脑给裴雯回放了一遍乐器店里她把别人的手机和平板电脑放到方糖包里的监控视频。

该死！居然忘了蒋图店里有监控这回事！裴雯愤恨地想着，咬紧牙关默不作声。

宋弋阳冷笑：“要求你道歉，不过分吧？”

瞬间，裴雯便湿了眼眶：“对不起，弋阳，我错了，你就原谅我这次吧，我再也不会做伤害方糖的事情了！”

宋弋阳看了眼方糖，转头斥责裴雯：“你该道歉的人是我吗？你在网上爆我的黑料不要紧，只是你为什么要把方糖牵扯进来？”

裴雯听宋弋阳提起之前的事情，异常慌乱：“你怎么知道是我做的？是谁告诉你的？是不是杨宁？你别相信他，你千万不要相信他，不是我做的，这一切都和我没关系！”

方糖一时间愣在了原地，原来之前校内网上宋弋阳的黑料也是裴雯爆的，她突然很想知道，裴雯到底为什么要这么做？她不是说很喜欢宋弋阳吗？怎么会在网上爆宋弋阳的黑料，黑宋弋阳？

“杨宁？”宋弋阳倒吸了口气，原来这件事杨宁也知道，他面无表情地说，“你觉得我查校内网的发帖 IP 需要几分钟？”

裴雯彻底绝望：“那你为什么不揭穿我？”

“我没有黑掉帖子，是打算给你最后一次机会，希望你毫无道理的愤怒到此为止，停止对方糖的刻意中伤。可我没想到的是，你居然没有收手的意思，这是我最后一次警告你，下一次如果再发生这样的事情，我会以侵害名誉权控告你，到时候只能法庭上见了！”说完便拉着方糖离开。

他要说的已经说完了，也没有兴趣听裴雯的辩解，更加没有兴趣听裴雯的忏悔，裴雯想要做什么他根本就不关心，她这种人，根本就是无药可救！既然已经无药可救了，那根本就没有任何必要再和她继续纠缠下去！

“如果再发生这种事，记得报警，让警察来解决！”宋弋阳紧紧地握住方糖的手，一刻都不舍得松开，他还有一句话没能说出口，就是“我不想看到你受任何伤害”。

“你说你没有黑那个诋毁你的帖子，可明明那个帖子就被黑了啊，到底是怎么回事？”之前那个黑宋弋阳的帖子，方糖以为是宋弋阳黑掉的，就没有多问。

“应该是杨宁做的，别想那么多了，需不需要我把裴雯栽赃陷害你的视频放上校内网？”宋弋阳把选择权留给方糖。

方糖原本是不打算放过裴雯的，可左思右想都觉得自己不应该这样做。

“如果我们把视频放到网上，那裴雯说不定会被学校开除。她已经道歉了，还是不要赶尽杀绝吧。毕竟她只是喜欢你喜欢到失去了理智，还是挺值得同情的。”话刚说完，方糖就被宋弋阳揽入怀中。

这一刻他的心为之一颤，眼里只能看得到方糖一人。

她的眉眼，她的微笑，她的发梢……

他只想就这么抱着她，再不要放开。

宋弋阳颇为大胆的举动引得过路的同学纷纷侧目，方糖不好意思地推开了他。

“别人都在看着呢，你收敛点！”

宋弋阳抬头，扬起下巴：“你是我女朋友，我又没做别的事情，还是，你想让我做些什么？”

这话说得有些意味深长，方糖不自觉想歪了：“你想得美，你还想做什么？我告诉你，我是正直的青年，你别想用你的思想腐蚀我！”

宋弋阳又重新牵住方糖的手：“你说，我为什么会这么喜欢你？你到底是哪点吸引我？”

方糖想了半天都想不出应该如何回答，只能又把问题抛回给宋弋阳：“如果有一天你不喜欢我了呢？”

宋弋阳轻笑：“怎么可能？不会有这一天的！”

“如果有这么一天呢？”

方糖原本是个直来直去的人，可自从和宋弋阳在一起之后学会了迂回战术转移话题。这一次，她成功地把问题抛给了宋弋阳，满心欢喜地等着他的答案。

宋弋阳又怎么会让她失望。

“对一个人的喜欢怎么可能轻易消失？对我来说，开始简单结束很难，一旦开始，无法终结！”

这告白酥得方糖浑身发软，她摇晃了几下，后退了几步险些崴了脚。

“今天好像天气不错！”

方糖笨拙地转移话题，拿起地上的琴箱，逃走了！

宋弋阳刚回到宿舍，舍友们就一股脑儿围了上来，七嘴八舌地讨论着校内网的帖子是怎么回事。

“依我看，这肯定是造谣，以方总的人品，根本就不可能做出那种事！”郁东十分理性地分析着。

苏哲就没有这么理性了，把手指掰得咔咔响，面露凶恶：“别让我知道是谁做的，要是让我知道是谁做的，非得好好教训他一顿！”

杨宁叹了口气，用一种无可救药的眼神鄙视苏哲：“你以为你是社会青年吗？现在是法制社会，冷静一点，低调一点，先听弋阳怎么说！”

宋弋阳把背包放到书桌上，压低声音：“帖子我已经黑了，这件事情也调查清楚了！”

苏哲赞赏地朝着宋弋阳竖起大拇指：“还是你厉害。弋阳，咱们学校我谁都不服，就服你！”

郁东和杨宁一起凑上前。

“这件事到底是怎么回事？”

“究竟是谁发帖子黑方总？”

宋弋阳先是轻笑，而后很快收敛笑容，连语气也加重了一些：“方糖报了学小提琴的培训班，恰巧那里的老师蒋图是裴雯的朋友，裴雯来看蒋图，无意中看到了方糖，这才趁着课间休息的时候把别人的手机和平板电脑都放到了方糖的包里，而后又拍了照片发到了校内网。”

“裴雯诬陷方总？”杨宁惊愕万分，“这件事你怎么知道得这么清楚？”

宋弋阳从背包里取出笔记本电脑，打开已经储存好的视频。

“这是乐器店的监控视频，而且这件事已经和裴雯确认过了，她也已经承认了，这件事她想抵赖都抵赖不了！”

“可就算是她栽赃陷害方总，但帖子不一定是她发的啊！”杨宁心里还在挣扎，试图努力说服自己继续相信裴雯，可视频里的内容却好像是在狠狠地打他的脸。

“这裴雯也太敢了吧，真是知人知面不知心啊！”苏哲重重地叹了口气，对裴雯的无药可救感到惋惜。

郁东也跟着叹气：“我就想知道咱们学校选校花只看脸吗？这要是传到别的学校去，我们A大的脸可就丢尽了！”

“杨宁，你是不是有件事一直瞒着我？”

宋弋阳忽然把话题转到了杨宁身上，他不想把事情说出来，而是想听杨宁自己说出来。

杨宁的脸瞬间垮了下来，他心知之前那件事应该是瞒不过去了，只能硬着头皮坦白从宽。

“之前校内网上有人黑你，爆了许多你的黑料，我让人查了IP，发现是裴雯做的。我警告过裴雯，她当时答应我不再做的，当时我想着再给裴雯一次机会，就让苏哲和郁东替我瞒着这件事。”

宋弋阳眼神扫过苏哲和郁东，最后落到了杨宁身上。

“其实我早就知道这件事是裴雯做的。”

“你既然早就查出来是裴雯做的，那为什么不黑掉帖子？”

苏哲是直肠子，脑回路也是直的，根本就不知道迂回，对于宋弋阳的做法自然是极其不理解。

[3] 表白事件

宋弋阳淡淡地说：“原本我以为她在校内网上放了我的黑料就不会再为难方糖，可没想到我还是高估了她！”

郁东幽幽地感叹：“唉，嫉妒令人丧失理智，嫉妒令人面目全非！”

杨宁犹豫了半晌，追问道：“这件事怎么解决的？”

宋弋阳神情淡漠："按照方糖的意思，这件事就这么算了，也算是给裴雯的最后一次机会。下次如果再发生这样的事情，直接报警，让警察来解决！"

苏哲微怒："方总还是太善良，照我说，就应该在校内网上发帖，把裴雯做过的坏事一桩桩、一件件全都曝光，让所有人都知道裴雯究竟是怎样一个人！"

杨宁不赞同苏哲的建议，虽然他已经准备忘掉裴雯，但还是忍不住替裴雯说话："苏哲，还是听方总的吧，再给她一次机会，如果她真的这么不知悔改的话，就只能报警让警察来解决了。"

宋弋阳对杨宁微微颔首："杨宁，我其实一直都知道你喜欢裴雯，本来感情是你自己的事情我不应该干涉，但事情既然已经发展到这个地步，作为兄弟，我想劝你一句，她真的不适合你。"

郁东拍了拍杨宁的肩膀，接着劝慰："弋阳说得对，她有什么值得你喜欢的？除了脸和身材，有哪点能拿得出手？"

"原本我们都是同学，不应该把事情做得这么绝，但木已成舟，实难挽回！"

舍友们的态度已经很明确了，多的话也无须再说，毕竟杨宁喜欢裴雯不是一两年了，也不是马上说忘就能忘的。

苏哲的胳膊搭到杨宁的肩膀上："行了，就那么个作的女生，你还舍不得？天涯何处无芳草，为何要偏偏困在一棵树上不肯下来？来吧，加入我们单身狗的队伍，大声喊出我们的口号！我单身，我骄傲！"

"得了，什么单身狗的队伍，最近有个妹子向我表白了，说不定我立刻就能摆脱单身了呢！"郁东说完，抱着笔记本电脑回到了上铺。

303 宿舍所有人的目光一起转向郁东。

"老实交代？哪个妹子向你表白？"

"哪个妹子这么不开眼能看上你？快说，哪个系的，叫什么名字？长得漂亮不漂亮？”

苏哲和杨宁的问题一个接一个地抛来，郁东打开游戏，挠了挠头，十分羞涩地说出了实情：“其实是，游戏里的妹子。”

“你说的表白是在游戏里？”这下连宋弋阳都好奇了。

苏哲走到床前，一把抓住了郁东的脚，怒吼道：“你下来，老实交代，是不是在游戏里骗妹子了？妹子要是看到你这张脸，估计连晚上睡觉都会做噩梦，别说什么表白了，她一定会后悔到前天的饭都吐出来！”

郁东拼命地蹬脚，想要摆脱苏哲的控制：“我可没有骗妹子，我只不过是每天晚上带着她做任务而已，谁知道她居然就提出要和我结婚，我也不想的啊！”

宋弋阳忍不住偷笑，不再理会他们的打闹，回到了自己的书桌前，继续测试软件。

“什么？你居然向游戏里的男生告白了？”苏青一脸诧异地望着封思彤，摸了摸她的额头，又摸了摸自己的额头。

“你没发烧啊，怎么这么糊涂？游戏里连面都没见过，怎么就和不认识的男生告白？看你平时挺机灵的，怎么忽然间这么糊涂？”

封思彤合上电脑反驳道：“就是觉得挺合得来的，而且他对我真的很好，我看他的地理位置也是在C市，和我们在一个城市，兴许还是同一所学校呢。难道你不觉得这样很浪漫吗？”

方糖一回到宿舍便听到苏青在吐槽封思彤，想也不想就加入了战斗：“你快把电脑打开，让我们看看这男的是谁？不行，你这是网恋，我们必须要替你把关，万一他是个大骗子呢？要骗你的钱呢？骗你的人呢？我们可不能看着你泥足深陷！”

“浪漫个毛线，你了解那个男生吗？见过他吗？网恋根本就不靠谱的！”苏青根本就不吃封思彤这一套，可她刚说完封思彤，看到回到宿舍的方糖，又把矛头转到了方糖身上。

“今天说你偷东西的帖子被人黑了，老实交代，到底是怎么回事？”

方糖吐了吐舌头，还以为自己能蒙混过关，无奈之下只能告诉舍友实情：“没事，帖子宋弋阳已经删了，而且也找到了发帖的人，证实一切都是个误会。我这儿无关紧要，还是先让思彤坦白从宽，说一说她和游戏里那个男生的细节！”

计珊好奇地凑了上前：“快说，我拿包瓜子等着呢。”

封思彤也不是扭捏的人，她脸颊微红，向舍友们坦白从宽：“我在玩的这个游戏叫《仙剑传奇》，是杨洋代言的，原本我也只是晚上无聊打发时间玩的。那个男生的游戏名叫春雨悠然，是和我一个帮的，有一次偶然间做任务加了他的好友，之后他就一直带我做任务，带我打一条，打守财，打吉星，带我打门派。有几次我被别的帮误杀，他为了我把那个帮都给屠了，于是我就有点心动。正好这游戏里有个侠侣 PK 大赛，我看奖金挺丰厚的，就想参赛，可参赛我需要一个侠侣啊，所以我才向他告白。”

“说了半天，你是为了参加侠侣 PK 大赛，而不是你对那个男生是真的动了心？”苏青还是觉得十分不可思议，毕竟隔着电脑对一个从没见过面的人心生好感，不论从哪个角度来说都有些玄幻。

“你还是小心些吧，游戏还是少玩，好好念书吧，英语还要考六级呢！”方糖虽然不忍心，可还是给封思彤泼了盆冷水。

封思彤深吸口气，合上电脑，说道：“还是算了吧，听你们的，游戏里的感情太不真实，我还是回归现实吧。”

计珊对封思彤的快刀斩乱麻很是钦佩，她坐到封思彤身边，说道：“说到做到，我看着你删游戏！”

封思彤看了看关心她的舍友，咬紧牙关，把《仙剑传奇》卸载了。

“好了，不玩了！”

时间总是过得飞快，很快便到了年底，又到了发奖学金的日子。

每到这个时候，方糖的心情都极度忐忑，她真的是很需要奖学金，这关系到她来年的学费，更关系到老爸每天工作几小时。

A 大教务处，奖学金发放的名单刚刚出来，教务处主任刚把名单送到校长室，等校长签字。

平时校长都只会大概看一眼就签字，毕竟能得到奖学金的同学都是经过教务处严格审核的，不会出错。

可偏偏就在这个时候，校长的邮箱提示收到一封邮件，这封邮件的标题居然是“申请撤销方糖的奖学金资格”。

校长对方糖这个名字没有什么印象，他看了下奖学金发放名单，看到教务处主任递交上来的这份名单里有方糖，这才好奇地点开了邮件。

邮件里是方糖之前被诬陷偷东西的照片，最后只写了一行字——环境学院生态学系学生方糖，偷盗手机和平板电脑被当场抓获!

“以后确认奖学金发放名单的时候，增加一项品行考核，品行考核不过关的同学取消奖学金资格！”校长的脸色颇为难看，当下便把奖学金名单上方糖的名字给画掉了。

“明白。教务处一定会加强审核系里报上来的名单，要求系主任在上报的时候增加品行考核这一项！”

教务处主任不明白校长为何要画掉一位同学的名字，但既然校长已经做出决定，他也不好说什么，只能照做。

咖啡送了上来，裴雯看着刚发送出去的邮件，嘴角浮起一抹冷笑。

“方糖？听说奖学金对你很重要？”

她点开之前在蒋图的乐器店里拍的那些照片，把图片放大，看着方糖窘迫的样子，剧烈起伏的心情这才缓和了一些。

“上天是公平的，不会把所有好的东西都给你！这一次，想必宋弋阳也没有办法查到是我做的，真想看看你拿不到奖学金时痛哭流涕的样子！”

喝了口咖啡，她感觉心情似乎越来越好。

“方糖，你之前答应过我见我妈的，可都过去这么久了，你到底什么时候兑现自己的诺言？你不是要做一个言而无信的人吧？”宋弋阳无可奈何地拦住准备溜走的方糖。这已经是方糖第 N 次跳车了，说心里话，他对于方糖这种临阵逃脱的态度极其不欣赏。

“好吧，我答应你，这次如果我能拿到奖学金就和你去见你妈妈，就算是同时见你父母两个人都行！”

方糖虽然说得很勉强，心里却是甜滋滋的，宋弋阳这么着急带她见父母，无非是想要告诉她，他对这段感情是认真的。

[4] 奖学金名单

可是，一说到见父母，方糖真的是犯怵，万一宋弋阳的父母不同意他俩，让他俩分手呢？

她并不想看到宋弋阳夹在她和父母之间，更不想逼着他做任何他不想做的决定。

“这可是你说的，这次说过的话你必须要履行，如果再不兑现我可就真的要动用家法了！”宋弋阳说着，捧起她的脸。

方糖不知道宋弋阳想做什么，愣了愣，问：“什么家法？没听说过有什么家法？”

宋弋阳俯下身子，轻吻了下方糖温润的双唇。

电光石火一瞬间，方糖觉得自己的脑袋死机了，半晌才问：“这就是你说的家法？”

宋弋阳扬起头，一脸坏笑：“不止，这只是家法的开胃菜！”

“啊？家法的开胃菜？”方糖忍不住想歪了，为保清白，她开始生硬地转移话题，“弋阳，我跟你说件事啊，关于封思彤的。之前封思彤玩一个叫《仙剑传奇》的网游，在游戏里跟一个叫春雨悠然的男生告白了，你说她是不是昏了头，居然喜欢一个从没见过面的男生！”

宋弋阳一脸严肃地看着方糖：“《仙剑传奇》？春雨悠然？你确定？”

方糖不明白宋弋阳为何突然会这么问，她仔细想了想，确定自己并没有说错。

“没错啊，就是《仙剑传奇》，那个男生叫春雨悠然，这名字一听就不是什么好人！”

宋弋阳握住方糖的手，一字一句地说：“方糖，你冷静点听我说，这个春雨悠然其实你认识！”

这下轮到方糖诧异了，她瞪大双眼捂着胸口，惊疑道：“我认识？谁？难道是你吗？”

宋弋阳轻叹了口气：“是郁东，他就是春雨悠然！”

方糖倒吸一口凉气：“不可能，怎么可能是郁东？”

方糖想起前不久郁东向她吐槽的事情。

那天她在餐厅见到郁东，见郁东一个人郁郁寡欢地在吃饭，便去和他搭伙吃饭。

一见到她，郁东便打开了话匣子，大吐苦水：“方总，你说我容易嘛我，刚有个妹子和我告白，还以为能从此告别单身狗的队伍，甩苏哲和杨宁十条街，可谁知那妹子居然不理我了，她居然不理我了！方总，我该怎么办？”

她当时是怎么劝郁东的？

“一定是那个妹子眼瞎了，没看到你玉树临风、英俊潇洒，她不理你是她的损失，这样的人你还是忘了吧，根本就不值得！”

天哪！那女生怎么可能是封思彤！现在，方糖想都不敢再想。

封思彤电脑里的游戏还是她和苏青、计珊一起逼着封思彤删的，她们这算是棒打鸳鸯了吗？

这个世界太荒谬了！

郁东的网恋对象居然是封思彤！封思彤的网恋对象居然是郁东！

方糖和宋弋阳同时把这个消息告诉了舍友。

不单单是方糖和宋弋阳蒙圈，303 男生宿舍的其他成员，以及 401 女生宿舍的其他成员同时表示——这件事情太荒谬了！

封思彤和郁东几乎是同时抱着各自的舍友痛哭流涕，这一刻，他们的世界观一起崩塌了！

苏哲实在是看不下去郁东这么悲怆的样子，他在两个宿舍的微信群上是这么劝郁东的：“爱情诚可贵，自由价更高，苦海无边，现在回头还来得及！”

方糖听到了宋弋阳微信上外放的语音，对于苏哲的劝慰表示愤怒。

“苏哲这是什么意思？对我们家思彤有意见吗？思彤怎么了？思彤可是难得的好姑娘，怎么苏哲和郁东表现得好像大难临头？”

宋弋阳对舍友的过度反应换了另一种方式解读：“郁东或许只是觉得太遗憾了，没有早些和封思彤见面，而苏哲只是看热闹不嫌事大，他说的话你不用理会！”

方糖表示赞同，可很快就把战火引到了宋弋阳身上：“俗话说近朱者赤，近墨者黑。你天天和他们在一起，一定有被他们影响，老实说，你对这件事情怎么看？”

“如果我是郁东，你是封思彤？如果我们在游戏里恋爱我会怎么做？你是问这个问题吗？”

方糖点头，满心欢喜地期待着宋弋阳的答案。

宋弋阳有些想笑，他不明白方糖为何会用郁东和封思彤的事情来做比较，却还是用认真严肃的态度回答了这个问题。

“我不是他，比起网络上虚幻的感情，我更相信自己的眼睛，相信自己的心。”

方糖觉得自己问不下去了，明明是想为难宋弋阳，可最后话题怎么就在她这里终结了。

“我们还是去看看奖学金名单吧，我的成绩已经达标了，应该是没问题的，不过还是去看看吧！”方糖说完便朝着公示栏的方向狂奔而去，根本就不等宋弋阳。

宋弋阳无奈地摇了摇头，快步跟在了她身后。

教务处的老师拿着做好的海报贴到公示栏，顷刻间，路过的同学便将公示栏围得水泄不通，方糖挤了半天也没有挤进去。

一旁的同学被挤得伸出胳膊往前拥，而他的胳膊正对着方糖的脸，担心方糖的脸被打到，宋弋阳二话不说走上前挡在了方糖身前。宋弋阳的后背重重地挨了一记，却一声不吭。

方糖在宋弋阳的帮助下，终于突破重围来到了第一排。

为避免看漏，方糖是从第一排的名字开始看的，一个一个看过去，她看到了宋弋阳的名字，却没有看到自己的名字。

她又再次看了一遍，可还是没有。

“不对，怎么会没有我的名字？”

“方糖，我想起还有些事没处理，你先去上课！”宋弋阳说完便转身离开了。

方糖没有听到宋弋阳说什么，她只是呆呆地站在原地，看着公布栏上张贴的奖学金发放名单，眼泪瞬间从眼眶中涌出。

“一定是漏掉了，一定是教务处的人不小心漏掉了！”方糖喃喃自语着。

为了取到好成绩，她付出了多少根本就没有人知道，排队等位的时候她会带着课本看，坐车的时候她会带着资料看，她几乎是用尽了所有可以支配的课余时间在认真学习。

可是，为什么她的成绩已经达标了，奖学金名单上却没有她的名字？到底是哪里出了问题？

宋弋阳找借口离开，来到了教务处。

“主任！”

教务处主任认识宋弋阳，宋弋阳几乎每学年都会代表学校在国内和国际上获奖，可以说是所有老师心目中最优秀的学生。

“宋弋阳？今天怎么有空来我这里？快请坐！”教务处主任对宋弋阳的到来很是惊讶。

宋弋阳并未入座，而是缓缓走到教务处主任桌前，一字一句地询问：“主任，我想请问环境学院生态学系学生方糖的奖学金资格为何会被取消？是遗漏了还是别的原因？”

教务处主任对于方糖的奖学金被撤销一事也是颇为惋惜：“原本名单上是有方糖的，可不知为何校长在审核名单的时候把她的名字给画掉了。”

原来是校长。宋弋阳朝教务处主任微微颔首致谢，随后便快步离开了教务处。

周围的同学看到宋弋阳风风火火地从教务处出来，纷纷交头接耳、窃窃私语。

奖学金的名单已经公布，而成绩达标的方糖却没有获得奖学金，这已经不是什么秘密，但凡是和方糖一个系的都知道这件事，至于宋弋阳去教务处的目的也就昭然若揭。

宋弋阳既然已经得知方糖的名字是校长画去的，那么他自然是要去找校长问个清楚。

校长室离教务处不远，这是宋弋阳第三次进校长室，前两次都是去校长室领奖。

校长见到宋弋阳也感到很意外，不过他却表现得好像一点都不意外。

宋弋阳也不拐弯抹角，直截了当地询问："校长，请问环境学院生态学系学生方糖的成绩已经达标为何会被取消奖学金资格？"

校长和颜悦色地对宋弋阳微笑："我收到了一封举报邮件，那封邮件里说方糖偷东西，也有图片为证。学校总不至于把奖学金发给人品低劣的学生，这传出去会影响学校的声誉。"

原来是有人举报方糖，如果没猜错的话，应该是裴雯。宋弋阳打开手机里存的视频，播放给校长观看。

这视频是之前从乐器店监控里截下来的，他早就料到裴雯没有这么容易罢手，没想到她居然敢动方糖的奖学金。他原本想遵循方糖的意思不追究这件事，可既然裴雯不守信用，他也不介意从现在开始给裴雯一些颜色看看，让她明白什么叫作知难而退。

校长看了视频，脸上的笑容逐渐消失："原来这才是事情的真相。不过，真的很遗憾，奖学金的名单已经公布了，无法更改。"

同学

你好甜

第十章

我的未来，必须有她

[1] 失而复得

宋弋阳对于学校的这种处理态度颇为不满。

“校长，依照校规，偷窃他人财物认错态度良好可以既往不咎，但若拒不承认错误是否应该全校通报？我可以查到是谁给您发的举报邮件，如果查到这个人，学校是否可以按照校规进行处罚？”

“弋阳，我也知道是你对自己的朋友被撤销了奖学金资格很气愤，但就这样把气撒在另一个人身上实在不是明智之举，作为你的舅舅，我不赞同你这样的做法。”

校长室里没有第三个人，校长说出了他和宋弋阳之间的关系。

宋弋阳轻笑，拿出手机，把之前裴雯黑他和方糖的帖子的截图一一展示给校长看。

“舅舅，相信您之前没有看过校内网，这已经不是裴雯第一次黑我和方糖了，无论是我还是方糖都已经给过她不止一次机会了。可这一次，她触犯了我的底线，我衷心希望舅舅您能按照校规处理此事。”

“你怎么知道这些帖子是裴雯发的？你和裴雯也算是发小，从小就在一所学校，两家关系还这么好，如果裴雯被学校通报批评，裴家的面子该往哪儿放？你这不是让舅舅为难嘛！”

印象中，宋弋阳一直是个性情很温和的孩子，可今天不知是什么原因，居然咄咄逼人，主动提出用校规惩戒同学，着实让他感到惊讶。

“这些对我来说不重要，我只确定一点，A 大任何一个学生，只要是违反了校规，就必须要有所惩戒。如果舅舅觉得不合适的话，我会报警，以损害名誉权为由控告裴雯，相信裴家一定不希望看到裴雯出现在法院，现在正是裴家公司上市的关键时刻，如果因为这件事情影响到裴家，这恐怕就不好了！”宋弋阳是铁了心要为方糖讨回公道，给裴雯一个教训。这一次他没有一丝一毫的退让，他有的是方法把事情闹大。

校长定了定神，仔细回想着宋弋阳的话，这才想起来之前姐姐曾经和他提起过的事情。

“这个叫方糖的女生就是你妈妈口中她未来的儿媳妇？”

宋弋阳微微颔首：“她是我想要保护的人，我不想看到她伤心难过，更不想看到她被人欺负。”

“行了，舅舅明白了。你放心，如果这封举报邮件真的是裴雯发的，这件事我会按照校规处理，对她进行通报批评，至于奖学金发放这件事情，我真的是无能为力了。”

“那把我的奖学金发放给方糖吧！”宋弋阳斩钉截铁，没有一丝犹豫。

“为什么要把你的奖学金发放给她？”校长不明白为什么宋弋阳会做出这种不理智的决定，毕竟学校里从来就没有这种先例。

“我不缺钱，她缺钱，她需要奖学金交学费。舅舅，就当帮我一个忙，我欠您一份人情！”

闻言，校长开怀大笑："好！好！好！这个忙舅舅帮了！回头见你妈妈，我也有话说了。"

事情圆满解决，宋弋阳这颗悬着的心总算是放了下来。临走之前，他还不忘记叮嘱："舅舅，这件事天知地知你知我知，一定不要告诉别人，我不想让方糖知道这件事和我有关。"

"放心，这件事方糖一定不会知道！"校长完全明白宋弋阳为何要如此做，作为舅舅他决定替宋弋阳保密。

宋弋阳刚离去，校长便把邮箱地址以短信的形式发送给了教务处主任，末尾附言：查清此人身份。

宋弋阳虽然已经帮方糖解决了奖学金的事，却没有将此事告诉方糖。

方糖因为之前被诬陷是小偷这件事，导致每天接到的单子很少，赚的跑腿钱也不过是勉强够生活费而已，失去奖学金这件事对她来说简直就是当头棒喝，瞬间就把她的斗志消磨殆尽。

不过，也不算是一点好消息都没有——宋弋阳之前托人问的家教的事情终于有眉目了。

一个正上高一的女学生需要作文家教，地点在离学校不算远的小区。方糖虽然没教过别人写作文，但她高考的作文是满分，对方对于方糖还是比较满意的。

方糖方向感不好，宋弋阳怕她迷路，便带着她去了。

送方糖到达地点之后，宋弋阳打算转身离去，裴雯却突然出现了，拦住了他。

"宋弋阳，我听说你去找过教务处主任了，还去找过校长？"

他原本不想理会裴雯，可转念一想，之前就是因为他一直对裴雯不理不睬，才会导致她一直针对方糖。

“不要背着我搞小动作，你的所作所为我很清楚，我也知道，你追我是为了恢复信用卡，何必演戏？如果你想玩，多的是人愿意陪你，不好意思，我一点兴趣都没有！”宋弋阳拒绝的态度很明显。

裴雯听宋弋阳说到恢复信用卡的事，立即慌了神：“你是怎么知道信用卡的事？”

“之前你让你哥哥找人陪你演戏，那个人失手把方糖打伤之后，我便知道这件事了。如果你再这么纠缠下去，我们连同学都没得做！”宋弋阳语气决绝。

眼泪夺眶而出，裴雯指着方糖上去的高楼，语气颤抖：“你以为她一个大一的学生怎么就能找到家教的工作？如果不是我和这个女生认识，她会请方糖？我也知道我伤害了她，也在想尽办法弥补。”

“这个倒是我疏忽了。这份工作，我会让方糖放弃，她绝对不会接受你的施舍！”

宋弋阳毫不犹豫便替方糖做出了决定，他并不想让方糖知道这件事，说服方糖放弃这份家教工作，对他来说是一件很容易的事情。

“一开始接近你，我的确是为了恢复信用卡，我妈想让裴家和宋家联姻，她想让我们订婚，因为这样对裴家的生意有帮助，能够促成裴家和宋家的合作。但这么长时间下来，我也好好审视了下自己的感情，原来自己一直偷偷地喜欢着你，不知是从什么时候开始，或许是在第一次见到你认识你的时候，我敢肯定的是，我对你的感情一定比方糖要深，给我一次机会好吗？”裴雯越说声音越低，说到最后语气中已经是带着乞求了，可宋弋阳完全不为所动。

“我从小就是别人眼中最优秀的那一个，可实际上我是个很笨的人，我这个人比较认死理，一旦做出了决定就很难改变。方糖对我而言，非常重要，不论发生任何事，我对她的感情都不会变。”

宋弋阳的语气很平淡，但一字一句落在裴雯心中就好像有千斤之重。

“为什么是她？”裴雯的眼中尽是绝望，她知道，这场争夺宋弋阳的战役，她彻底输了。

“因为她是我人生规划的一部分，我的未来，必须有她！”

裴雯转身离开。

这一刻，她懂了，无论如何她都赢不了方糖。

方糖从楼梯口走出来，她一上去那个高一女生便追问她和裴雯是什么关系，不难猜出这份家教的工作和裴雯有关，她想也不想便拒绝了这份家教工作。

谁知刚下楼便看到宋弋阳和裴雯站在一起，她不想偷听的，但还是听到了宋弋阳和裴雯的对话。

方糖没想到的是，在宋弋阳的心中她居然如此重要。

她缓缓走向宋弋阳，忽然间，她想起之前宋弋阳和她提了无数次见家长的事情。

“见你妈妈的事情，你来安排时间吧！”说出这句话，方糖下了很大的决心，现在到她该往前走一步的时候了。

宋弋阳又惊又喜，也没有问方糖有没有听到他和裴雯的对话，只是一如既往地对她微笑。

“家教的事情我再帮你留意！”他柔声说。

方糖点头：“没事！”

宋弋阳轻轻把方糖揽入怀中，轻吻着她的额头。

这一刻，方糖觉得自己是全宇宙最幸运最幸福的人。

很快到了奖学金发放的日子，原本对奖学金不抱任何希望的方糖一早起来便收到了银行发来的短信。

是奖学金入账的通知短信。这种失而复得的惊喜让方糖激动得上蹿下跳。

"苏青、思彤、计珊，学校给我发奖学金了！"

舍友闻言，也替方糖高兴，一起上前围住方糖。

"太好了！实在是太好了！"

"老天爷终于是开眼了！"

"之前名单上肯定是把你给遗漏了！"

方糖连连点头，说话的声音都有一丝颤抖："一定是学校遗漏了，幸好发奖学金的时候没有遗漏！"

苏青挎着方糖的胳膊："方糖，这些天看你心情这么低落，我们也不知道该怎么劝你，这下好了，你的奖学金失而复得，这真的是天大的喜事！"

封思彤挎着方糖另一边胳膊，接着吐槽："可不是嘛，这些天你每天脸都拉得老长，我都不敢和你说话。这下好了，活泼开朗的大力水手方糖又回来了！"

[2] 原来如此

"我估计除了我们，宋弋阳要是知道这个消息，一定会想要放鞭炮庆祝！"计珊高兴地说。

苏青反驳："宋弋阳才不会这么土呢，放鞭炮？不如放烟花博我们水手一笑来得划算！"

封思彤跟着起哄："哇，放烟花庆祝？没想到宋弋阳居然是这么浪漫的一个人，好期待！"

舍友们七嘴八舌地说着，方糖有些不好意思："别胡说，什么放烟花庆祝，他怎么可能做出这样的事？"

舍友们面面相觑，没有继续放烟花这个话题。

“总之，你还是先把这个好消息告诉宋弋阳吧。我之前听说他为了你，把软件收购的事情一推再推。”说完这句话，封思彤意识到自己失言，急忙捂住嘴。

“推迟软件收购？这是怎么回事？”不待方糖发问，一向八卦的苏青已经替方糖问出了心中疑问。

封思彤扭捏了半天，含混其辞地说：“我也是听别人说的，消息不是很确切啊。”

计珊似乎明白了些什么，上前挽住封思彤的胳膊，钳制住她以防她临阵脱逃。

“到底是怎么回事？你听谁说的？宋弋阳软件要被收购的事情可没几个人知道，你到底是听谁说的？”

苏青和方糖意识到这其中必定有隐情，相视一眼，极为默契地一起挠起了封思彤的痒痒。

“老实交代，到底是听谁说的？”

“快说实话，坦白从宽，抗拒从严，看我的九阴白骨爪！”计珊也加入了挠痒痒的队伍中。

封思彤最怕的就是挠痒痒，很快便臣服在了舍友的魔爪之下连连求饶：“饶了我吧，我说，我说！”

三人这才放开了封思彤。

封思彤整了整衣服和乱糟糟的头发，平复了下急促的心跳，说出实情：“前些日子，我在学校餐厅看到郁东了！”

方糖、苏青、计珊三人瞪大双眼，期待着接下来的故事。

封思彤心一横，说道：“他说，游戏虽然是虚拟的，但对我的感情却是真的，希望我能做他女朋友！”

“你答应了吗？”苏青又惊又喜，今天能套出封思彤的话来可真的是意外收获。

“我答应了！”封思彤说完这句话可算是松了口气，这些天她一直瞒着舍友瞒得好苦。

计珊对封思彤竖起大拇指：“你可以啊，佩服佩服！”

苏青一脸悲戚：“我们说好一起做单身狗的，你居然就这么抛弃了我。封思彤，你要是不幸福我一定饶不了你！”

方糖揽着封思彤的肩膀，一脸坏笑地威胁：“你快老实说，你和郁东在一起多长时间了？郁东都偷偷告诉你了哪些事？宋弋阳的事情还有哪些是我不知道的？”

封思彤高举双手对方糖发誓：“水手，我对天发誓，除了宋弋阳推迟软件收购这件事之外，我绝对没有第二件事瞒你！”

“唉，水手，说句实在话，宋弋阳对你可真的是没话说，这些天你因为失去奖学金这件事不开心，他除了上课就是陪你，你们好得都快成连体婴了，你知道学校里多少女生因为你哭得眼睛红肿吗？她们每天看到你除了羡慕就是嫉妒啊，羡慕你找了这么好的男朋友，嫉妒你的男朋友居然是她们求之不得的宋弋阳！”

苏青刚吐槽完，计珊便接着吐槽：“是啊，你是不知道，就连我们在学校里也总是被人在背后指指点点，那些女生说起我们都是‘那不是方糖的舍友吗’。我们一直是很低调的，不想引人注意，可现在走到哪儿都成了方糖的小伙伴们，你说那些女生有多么羡慕你？”

方糖一时之间无言以对，只能找借口偷溜走：“我去把这个好消息告诉宋弋阳！”

苏青不耐烦地挥了挥手：“去吧。真是女大不中留！”

封思彤正准备趁着苏青和计珊不注意偷偷溜走，却被苏青眼疾手快地拽了回来。

“你想去哪儿？你以为女大不中留说的是方糖一个人吗？还有你！和我们说一说你和郁东交往的细节，越详细越好，否则你今天别想出宿舍大门！”

计珊掩嘴偷笑。

方糖原本是想要给宋弋阳打电话的，可想了想还是决定给宋弋阳一个惊喜，去他宿舍前便没有提前打电话。

303 宿舍里，郁东此时和封思彤有着相同的遭遇，就在他偷偷把手机屏幕和电脑屏幕壁纸都换成封思彤照片的时候，被苏哲抓了个正着。

于是，杨宁和苏哲就一起上前把郁东压倒，逼问郁东事情发展的经过。

郁东在遭遇了挠脚心这个酷刑之后，终于是松了口，交代了自己和封思彤交往的事实。

303 宿舍沸腾了！

“你实在是太迅速了！继宋弋阳之后你居然也失了身成了妹子的人，我们不是说好了一起单身到毕业吗？怎么你就偷偷找了女朋友，你背叛我们的友谊、背叛我们的承诺，你这个叛徒！”苏哲一边哭喊着一边用力挠着郁东的脚心。

被折磨得缩成一团的郁东赶忙求饶：“宋弋阳也有女朋友啊，你们怎么不对付他，只针对我一个人？”

宋弋阳原本是打算在一旁继续观望的，没想到却被郁东拖入了战火。

苏哲一脸悲壮地哭诉：“你和人家宋弋阳能一样吗？宋弋阳是咱们 A 大的校草，他怎么可能和我们一起单身到毕业，之前一起立誓的时候根本就没算上他好吗？倒是你，长得比我还砢碜，怎么就有妹子看上，真的是没天理啊！”

杨宁一想到裴雯，立即悲从中来：“我们三个人里面怎么就偏偏你先找到女朋友，太不公平了！”

郁东挣扎着摆脱苏哲和杨宁，麻利地逃进了被窝，用被子把双脚层层裹住，连连求饶：“两位大侠，我错了，放过我吧，我知道错了！”

苏哲再次把战火引到了宋弋阳的身上：“弋阳，你说，我们该怎么惩罚郁东这个叛徒？”

宋弋阳看了眼一脸乞求之色的郁东，幽幽地开口：“只有一个解决办法！”

苏哲一脸期待：“什么办法？”

宋弋阳微笑：“赶快找个女朋友，这样宿舍就剩下杨宁一个单身狗，双拳难敌四手，一劳永逸！”

杨宁回到了座位，忍不住敲了敲桌子以示抗议：“怎么回事？你们一个个想刺激我是不是？我今天就向你们透露一个重大的秘密！”

苏哲凑上前，兴趣浓厚：“什么秘密？”

就连在上铺的郁东都探出头来：“什么秘密？杨宁你居然还有秘密瞒着我们？”

杨宁清了清嗓子，高声宣布：“我刚得到内幕消息，方糖领到奖学金了！”

“怎么可能？你瞎说什么？奖学金名单里没有方总，她不知道是什么原因被学校取消了名额，你开什么国际玩笑！”郁东摆了摆手对杨宁的言论极度不信服。

苏哲饶有兴致地凑上前：“这倒是好事啊，是不是有什么内幕消息？”

杨宁看着宋弋阳，小心翼翼地试探着说：“我是听说的，听说在奖学金名单公布之后弋阳去过教务处，还去找过校长。”

宋弋阳缓缓抬起头，合上看了一半的书，直视杨宁。

杨宁被宋弋阳看得心里有些发毛，不太敢接着往下说，倒是苏哲这个看热闹不嫌事大的人继续怂恿杨宁爆料。

“杨宁你倒是说啊！男子汉大丈夫想说什么就直接说，别磨磨叽叽的！”

杨宁从苏哲这里获得了莫大的勇气，接着爆料：“据说弋阳想让校长恢复方糖的奖学金名额，校长没有答应，于是弋阳就让学校把他的奖学金发给方糖……弋阳，是不是这回事？”

宋弋阳嘴边的笑容逐渐凝固：“这件事你从哪儿听说的？”

杨宁见宋弋阳神情严肃，这才意识到这件事有多严重，立即收起了玩心：“我是在学校餐厅吃饭的时候听旁边的同学说的，我以为是玩笑话！”

苏哲一脸诧异之色，立即向宋弋阳求证：“难道这传闻是真的？”

宋弋阳并没有回答杨宁和苏哲的问题，只是拿起衣服和背包，慌慌张张地出了门。

“弋阳，你去哪儿？”苏哲追上前询问。

宋弋阳头也不回，直接出了宿舍。

“怎么回事？我们要不要跟出去看看？”苏哲有些担心宋弋阳。

杨宁却摇了摇头，说道：“还是算了吧，这件事情想必是真的，让他自己解决吧！”

郁东从被窝里露出半张脸：“弋阳真是可以，不声不响就为方总做了这么大的牺牲，真是中国好男友！”

苏哲越想越觉得这事不对劲：“不对啊，如果这事真的是宋弋阳做的，他没有告诉方总，肯定是想要瞒着方总，不想让方总有负担，可现在这件事怎么就传遍了 A 大呢？到底是谁刻意放出来的风？这不是让弋阳前功尽弃吗？”

杨宁的反射弧度也是长，听了苏哲的分析才明白这到底是怎么回事，郁东也是越听越心惊。

[3] 突逢变故

宋弋阳一出宿舍便直接拨通了校长的电话，他觉得这件事如果真的传扬出去，必定是从校长那里。

校长很快便接了电话。

“喂，弋阳，怎么想到给舅舅打电话？”

“舅舅，方糖奖学金的事情除了您之外，还有谁知道？”

校长似乎明白了原因：“这件事我只告诉了财务小樊，不过我已经叮嘱她不要外传！”

事已至此，宋弋阳再发脾气也是无济于事，他只是淡淡地说了句“我知道了”，便挂断了电话。

如此看来这件事极有可能是从 A 大的财务人员那里传出来的，这件事应该如何解释才能让方糖相信？

不管如何解释，宋弋阳觉得还是等见到方糖再说，兴许方糖并不知道这件事。

只能在心里怀着这样的期待了，宋弋阳焦急地飞奔下楼，紧张得额间皆是细密的汗珠。

方糖刚出女生宿舍楼便看到了裴雯。

裴雯朝着方糖挥手。

方糖犹豫半晌，走上前。

“我在这里等朋友，好巧！”裴雯微笑着向方糖示好。

方糖却不吃她这套，面无表情地回敬：“一点都不巧，我就住在这栋宿舍楼，现在是晨跑时间，你能遇到我的概率很高！”

“你要去晨跑吗？不如我们一起吧？”裴雯试图想和方糖拉近关系。

对于裴雯的人品方糖已经领教了，她一点机会都不想给裴雯：“抱歉，我还有事，你还是继续在这里等你的朋友吧。”

裴雯当然不是来等朋友的，她是刻意在宿舍楼下等方糖的，又怎么会这么轻易就让方糖离开。

“方糖，我也不兜圈子了，我是特意在这里等你。”

“等我？有什么事吗？对不起，我没有兴趣和你叙旧！”

方糖准备离开，裴雯却眼疾手快地抓住了她的胳膊。

“如果我要说的事情和宋弋阳有关呢？”

方糖从裴雯的眼中看不到一丝诚恳，她自然不会如此轻易就上裴雯的当，冷笑着甩开了裴雯：“宋弋阳的事情我会问他，就不劳烦你传话了！”

裴雯似乎早已预料到了这种状况，她生怕方糖就这样离开，急切地说：“你是不是已经收到了奖学金？你的奖学金应该是被学校取消了，你收到的应该是宋弋阳的奖学金，是他把自己的奖学金给了你！”

“怎么可能？你以为A大是宋弋阳家开的吗？他想把奖学金给我就能给我吗？你想要无事生非也不找好一点的借口，这个借口，一点可信度都没有！”方糖越想越觉得可笑，裴雯又来找碴儿，她根本就不会相信裴雯的话。毕竟奖学金这样的事还是很严肃的，宋弋阳又如何能够左右学校的决定？

“恐怕你还不知道，A大校长是宋弋阳的舅舅，他之所以放弃麻省理工进A大也是这个原因，他家族势力的影响力远比你想象的要大，至于更改奖学金的发放名单，对他来说也是很简单的事情！”

裴雯看着方糖哑口无言的样子，心中有一丝莫名的快感，不枉费她一大早等在宿舍楼下吹冷风。

“如果真的是如此，那也是我和宋弋阳之间的事情，与你无关！”方糖虽然嘴硬，心里却忐忑不安，如果事情真的是如裴雯所说，那么她的奖学金真的是宋弋阳的吗？

裴雯想要说的事情已经说完，她朝着方糖微微一笑便转身离开。

宋弋阳的奖学金发给方糖这件事，裴雯还真的是无意中去财务室交社团经费的时候听到的，但在学校四处散播这件事就是她刻意而为之了。

方糖一边朝男生宿舍奔跑，一边给宋弋阳打着电话，可宋弋阳的手机却一直都在通话中，她一连打了五次都没有打通。

“到底是怎么回事？”

方糖来到宋弋阳的宿舍楼下，焦急地等待着。

宋弋阳并不知道方糖去宿舍楼找他，他此刻已经在出租车上。

“师傅，麻烦快点，我赶时间！”

他原本是想要找方糖的，却突然接到了一个陌生号码打来的电话。

是医院打来的。

医生说他的妈妈谭欣正在医院抢救，让他马上来医院一趟。

他第一反应就是诈骗电话，根本就没理会，可刚挂了电话，没想到又响了起来。

这次是用他妈妈的手机打过来的，还是方才那位医生，他这才相信确有其事。

去往医院的路上，宋弋阳心乱如麻，他怎么也想不明白，妈妈一向积极乐观，身体各项指标每年体检都很正常，怎么会突然进了医院？

他不断地给爸爸打电话，可不论他怎么打电话都是关机状态，无奈之下他只能把电话打到公司，可谁知公司那边的电话也是无人接听。

“难道真的是出事了吗？”

他越想越心悸，平时妈妈都是一个人在家，除了管家之外就是钟点工，难道是因为家里的事情？

可是家里又会发生什么事？

他急匆匆赶到医院，和医生再三确认才知道妈妈住院是因为自杀！

“自杀？这怎么可能？”

管家几乎是和宋弋阳同时赶到医院，她来的时候带来了一封信。

宋弋阳猜测这信恐怕是遗书。

果不其然，的确是妈妈留下来的遗书。

宋弋阳看到遗书开头“亲爱的儿子”这几个字的时候，眼泪瞬间夺眶而出。

亲爱的儿子：

你看到这封信的时候，我可能已经不在人世了，请原谅我的自私，我自私地抛下了你，希望你不要怪我，因为我已经失去了一切，失去了丈夫，失去了这个家。你已经长大了，也有了自己喜欢的女孩，妈妈希望你能够珍惜她，好好爱她，千万不要像你爸爸那样，背叛家庭。这件事想必你很快也会知道，你爸爸他出轨了，他的情人带着孩子来找过我，我真的不能接受这个残酷的事实。

对不起，我选择了逃避，希望你能原谅妈妈。

宋弋阳看完遗书，已经泣不成声。他终于明白发生了什么事情，从小到大他们家都是别人眼中的模范家庭，夫妻恩爱，孩子聪明，很多人都说他们一家活出了别人几辈子想活成的样子。

可是，为什么会发生这样的事情？宋弋阳不明白，在他的印象里，父亲一直都把母亲照顾得很好，为什么父亲会出轨？为什么还会让那个见不得光的女人带着私生子找上门来？

急救室的门开了，宋弋阳和管家迅速走上前。

“医生，我妈妈怎么样？她有没有事？”宋弋阳的声音带着哭腔，他根本就控制不住自己的情绪，一想到有可能失去最爱他的人，巨大的悲痛便迎面而来，压得他喘不过气来。

医生摘下口罩，似是松了一口气：“幸亏送得及时，病人已经没有生命危险！”

宋弋阳一颗悬着的心总算是放了下来。

谭欣被推了出来，宋弋阳飞快地走上前。

麻醉药效还没过，谭欣依旧昏迷着，她戴着氧气面罩，虚弱无力地躺在病床上一动不动。

宋弋阳看到妈妈右手腕上包裹的厚纱布，一边推着病床，一边在心中默默安慰：“妈，你怎么这么傻，你怎么会一无所有，就算你失去了一切，你还有我，你还有我这个儿子，无论如何我都不会离你而去！”

宋弋阳的手机执着地响着，是方糖打来的，可他这时根本就没有心思理会，他的全部心思都放在了妈妈身上。

谭欣住在特护病房，宋弋阳并没有请护工，他打算二十四小时守在病床前，直到妈妈苏醒。

“少爷，你守在这里，我回家去给夫人拿几件衣服。”管家和宋弋阳安顿好了谭欣，这才小心翼翼地开口。

宋弋阳抬头看了眼管家，忽然想起方他到了医院之后管家才来，如果是这样的话，那妈妈自杀是谁打电话通知的医院？

“李婶，是医院通知你来的吗？”

李婶点头：“是啊，我刚买菜回来便接到了医院的电话，说是谭姐出事了人在医院。到了医院才知道谭姐是自杀，真是造孽啊！谭姐这么好的人怎么会自杀？”

“如果不是你打的 120，那我妈妈自杀是谁打电话通知的医院？”其实宋弋阳心中已经有了答案。

“李婶，你先回家吧，麻烦你帮我妈收拾几件衣服，煲些鸽子汤来吧，鸽子汤补伤口……”

“你放心，我这就回去！”

李婶替谭欣整了整被子这才放心离开。

宋弋阳再一次拨打父亲的电话，他想听父亲的解释，哪怕是谎话，他也想听父亲说。可事与愿违，父亲的电话依旧没有打通，仍然是关机状态。

这一次，宋弋阳彻底死心了，如果他没猜错，急救电话应该是父亲打的，至于父亲为什么没有出现在医院，他再也不想知道原因。

宋弋阳的电话铃声响起，他原本听到电话铃声心中又重新燃起希望，可看到是方糖打来的时候，他的心跳骤然加快。

[4] 不可饶恕

“喂，弋阳？谢天谢地你终于接了电话，你现在在哪儿？”方糖的语气很急促，一直联系不上宋弋阳让她十分慌乱。

“我有急事需要处理，这些天应该不会回学校。”

宋弋阳没有把母亲自杀住院的事情告诉方糖，他并不想让方糖跟着担心，更何况这是他自已的家事，方糖并不适合参与进来。

“有时间见一面吗？我有事情想要问你！”宋弋阳的声音颇为冷淡，与以往的态度大相径庭，方糖心中越发不安。

“我现在很忙，没有时间，等有时间再打给你！”

宋弋阳说完便挂断了电话，焦急地在房间中踱步，许久，他像是下了很大的决心，拨通了父亲公司公关部的电话。

“我是宋弋阳，你们现在立即和各大媒体联系，无论花多少钱，看看能不能把我母亲自杀这件事给压下来，如果压不下来，马上准备危机公关。”说完这番话，他迅速挂了电话，又拨通了公司市场部的电话。

“我是宋弋阳，你们时刻关注公司股价，如果公司股价有所波动，马上启动紧急预案！”

宋弋阳去过父亲的公司，市场部和公关部的人都认识他，对于宋弋阳的要求他们虽是疑惑不已，却都无条件服从。

“妈，我现在唯一能做的就是帮你保住你和爸白手起家创办的公司，你快醒醒，接下来的事情还得由你来处理！”宋弋阳轻轻握住母亲的手指，他不敢动母亲手腕上的伤口，怕弄疼了她。

从接到医院的电话到现在，宋弋阳觉得自己就好像是在做梦一样，他多么希望这一切都是一场梦，他忽然间从梦中惊醒，所有的一切都发生在他的梦中。

可母亲冰冷的手指不间断地在提醒着他，这不是梦，这是他不得不接受的现实。

从小到大，他掌控着一切，从来没有任何一件事失控，可现在，他终于感受到了这种失控的感觉，锥心之痛！

中午的课程刚结束，方糖背着包正准备出去接单子帮别人打饭，苏青和封思彤、计珊三人一脸严肃地围了上来，挡住了方糖的去路。

“方糖，你现在最好是看下新闻！”

“宋弋阳家出大事了！”

苏青和封思彤把手机递到了方糖面前。

是一条新闻。

“清扬集团董事会成员谭欣女士于今晨在家中自杀！”方糖缓缓读了遍新闻标题，看了看舍友，焦急地追问，“难道这谭欣是宋弋阳的妈妈？”

舍友们同时点头。

苏青收起手机，封思彤焦急地说：“郁东说宋弋阳一早出去就没再回过宿舍，课也没去上，这新闻里说宋弋阳的妈妈在第三人民医院，你最好是赶快去医院，宋弋阳遇到这种事，心里肯定很难过！”

“方糖你赶快去，宋弋阳没说，我们贸然去医院不合适，你就不一样了，他之前不是说要带你去见他妈妈，兴许他妈妈早就把你当儿媳妇了！”苏青给她打气。

方糖飞奔出教室。怪不得她今天总有种不祥的预感，原来竟然出了这么大的事情。

“阿姨你可千万不能有事！你要有事，宋弋阳可就真的垮了！”

方糖飞快地跑着，就连帽子被风吹掉都浑然不觉，这一刻，她只想早点到医院，出现在宋弋阳身边。

虽然宋弋阳已经让公关部和市场部补救，但新闻媒体又怎么会放过这种猛料，他们已经抢在清扬集团有所动作之前就把谭欣自杀的事情爆了出去。

在谭欣自杀新闻的影响下，清扬集团的股票急速下跌，仅仅半个小时，清扬集团就已经损失了三千万。

“马上召开记者发布会，向媒体澄清，我母亲只是在做菜的时候不小心割伤了手，并无大碍，不是有人恶意散播的自杀！”

别无他法，宋弋阳只能用这样的方法来阻止股票持续下跌，他的直觉告诉他，这次的事情一定是竞争对手刻意为之，否则清扬集团的股票不会在新闻一爆出来就像过山车一样狂跌不止。

整件事情只有两种可能，一种就像他猜想的是竞争对手蓄谋已久刻意为之，另一种可能就是公司内部有内奸。

宋弋阳的手机响了起来，是公司市场部打来的，他正准备接电话，却看到病房的门被推开。

父亲宋志明终于出现了！

宋弋阳此刻根本冷静不下来，一个箭步冲上前便抓住了父亲的衣领，怕吵到母亲，他尽可能地压低声音朝着父亲怒吼：“你为什么要这么做？为什么要这么对待她？这个家对你来说算什么？”

宋志明意识到宋弋阳可能已经知道了所有的事情，他缓缓掰开宋弋阳的手，眼泪从眼角滑落：“都是我的错，如果不是我，你妈妈不会选择用这么极端的方式结束生命，我回到家的时候就发现她躺在了血泊中。”

“那你为什么不来医院？是害怕看到她，还是不想见到她？”宋弋阳双目赤红，双拳紧握，指节都有些发白，他此刻真的想一拳挥上去，哪怕这个人是他的父亲。

宋志明看了眼躺在病床上的谭欣，又看了看监护仪上显示的心跳和血压，长长地吁了口气，沉默了半晌才说：“淑云也自杀了！”

“淑云？”宋弋阳忍不住冷笑，“她自杀？所以你去救她？去照顾她了？她怎么样？有没有生命危险？”

宋志明再度重重地叹了一口气，语气里尽是无可奈何之意：“她暂时没有生命危险。”

“她自杀？逼你和我妈离婚？逼你给你们的私生子家产？”

宋弋阳觉得那个女人找到家里无非就是为了钱，除了钱还有什么会让她兵行险着选择自杀来博前程？

“弋阳，很多事情你不知道，你别把她想得如此不堪，她不是那样的人！”

父亲到了这个时候还为自己的情人辩白，宋弋阳无力反驳，他看着父亲执迷不悟的样子，突然觉得母亲自杀实在是太不值得了。

“我从没想过你会出轨。在我心里，你一直是个好父亲，也是妈妈心中的好丈夫，直到今天我才发现，原来这一切都是你演出来的，演技真的很好。不过，这一次你犯的错，不可饶恕！”宋弋阳不想和父亲争执，这样的争执一点意义都没有。

宋志明伸出手想要抚摸宋弋阳的肩膀，宋弋阳却不动声色地后退了几步，宋志明扑了空，手无力地垂下。

“清扬集团我一点兴趣都没有，如果你想要把公司留给那个女人和我那个从未谋面的弟弟，我也没有意见。不过，清扬集团是你和妈妈白手起家创立的，你们一路走到现在不容易，我只希望你不要亏待她。”

宋志明没想到宋弋阳把一切看得如此通透，一时之间也不知道该说些什么才好，半晌才缓缓说：“公司的股票出了些问题，公关部和市场部的应急预案你做得不错，接下来就交给我来解决吧！”

宋志明想要上前看看谭欣，宋弋阳想也不想地挡住了。

“你走吧，我相信她现在最不想看到的人就是你！”

“弋阳，对不起！”宋志明喃喃自语，声音很低，像是在和宋弋阳说，又好像是在对自己说。

宋弋阳依然很坚决，对宋志明做了个请的手势，示意他离开：“我不会接受你的道歉。你走吧，不要再来医院，这里不欢迎你！”

宋志明无力替自己辩解，只能转身离开。

就在宋志明刚打开病房门的时候，正准备敲门的方糖手悬在了半空。

方糖并未见过宋志明，也不知道眼前这个中年男子是宋弋阳的父亲，她礼貌性地向其鞠了个躬。

“你是弋阳的同学？”

宋志明听谭欣说起过宋弋阳交女朋友的事情，他早就找人调查过了，知道了方糖的一切。

方糖微微颔首：“我是宋弋阳的同学，您是？”

宋志明苦笑：“我是他父亲，他现在心情不太好，你替我好好照顾他！”

方糖没想到会在这样的情况下见到宋弋阳的父亲，尴尬地挠了挠头，可就在她不知该如何是好的时候，宋志明却已经转身离去。

“看到新闻了？”宋弋阳缓步走到方糖身边，关上了病房的门。

“你没事吧？你妈妈怎么样？”方糖隐隐约约能看到宋弋阳脸上的泪痕，她不动声色地握住了宋弋阳的手。

“我妈没事，已经没有生命危险了，这件事本来不想让你知道的，免得你跟着担心，可没想到公关部没拦住媒体，新闻还是放了出去。”

宋弋阳的嘴角浮起一抹苦涩，他反握住方糖的手。

方糖仔细看了看宋弋阳母亲的体征监控，确认了真的像宋弋阳所说的那样平安无事这才松了口气。

“你现在一定要振作起来，好好照顾妈妈，学校那边我帮你请假。”

“方糖，以后我不会有任何事情瞒着你，无论发生任何事情，都会和你共同面对！”

第十一章 年少青衫薄

[1] 承诺

宋弋阳眼眶湿润，母亲自杀这件事对他的触动实在是太大，而父亲对待母亲的态度更是让他寒心不已，他在心中暗暗发誓，这样的悲剧绝对不会在他和方糖身上重演。

“还有我在，从现在起你妈妈就是我妈妈，我们一起来照顾她，让她早日康复！”方糖豪迈地拍着胸脯向宋弋阳保证。

原本心情有些抑郁的宋弋阳听到方糖的话，脸上总算是有了一抹笑意。

“怎么，还没毕业你就想嫁给我？难不成现在就想搞好婆媳关系？不错，这个想法有创意！”宋弋阳故作轻松地和方糖开起了玩笑。

方糖一记拳头捶在了宋弋阳胸口:“什么有创意？我几时说要嫁给你了？你现在还是学生，能不能收敛点？”

“哦！原来你不想和我结婚？好吧，等我妈醒了我就告诉她，她儿子被人给甩了，相信我妈知道之后心情一定很抑郁！”

宋弋阳完全就是在和方糖开玩笑，他不想让方糖担心，只是在用这个方法让气氛活跃一些。

“你别耍贫嘴了，我先去学校帮你请假，然后再帮阿姨炖些鸡汤，等阿姨醒了给阿姨补补身体！”

方糖被宋弋阳三言两语说得无地自容败下阵来，撂下这句话便匆匆逃走。

“李婶，鸽子汤你就别做了，只带些换洗的衣服来就行。”

方糖走后，宋弋阳立即拨通了家里的电话。方糖炖的鸡汤，他很期待！

学校宿舍是不让用明火和电器的，方糖根本就没办法炖汤，可已经在宋弋阳面前夸下海口要炖鸡汤给阿姨补身体，这个时候了让她临阵退缩吗？

这世上还没有什么事能难得倒她的！方糖左思右想，决定借用学校附近餐厅的厨房。

之前她总是去湘满楼取外卖，和老板早就混熟了，她买好了炖汤的材料便直奔湘满楼。

湘满楼的老板很好说话，在方糖交了场地使用费之后，把店里炖汤的砂锅借给了她。

方糖第一次炖汤，一点经验都没有，把厨房搞得一团乱，最后还是店里的大厨实在是看不下去了，帮方糖处理好食材炖上了汤。

鸡汤要炖两个小时，方糖怕中途出问题，打电话给自己和宋弋阳请完假之后，便寸步不离地守着砂锅。

别的不会，汤炖好了之后把油撇掉这件事她还是很拿手的，为了让鸡汤送到医院不至于凉，她还咬着牙买了个最贵的保温饭盒。

宋弋阳帮了她那么多，就一个保温饭盒而已，她还是买得起的。

方糖把鸡汤送到医院的时候，宋弋阳的母亲谭欣已经醒过来，宋弋阳依然寸步不离地守在床前。

“阿姨，我做了鸡汤给您，您快趁热喝了吧！”方糖羞涩地把保温饭盒递给宋弋阳，自己则是远远地站着。

她不太敢走得太近，怕自己这个直肠子说错话惹得宋母不高兴。

“弋阳，把床摇上来点，我尝尝方糖做的鸡汤！”谭欣脸色发白，双唇没有血色，整个人看起来很是虚弱，但她还是强撑着想要起身。

“我来吧，我来！”方糖见状，立即麻利地把病床缓缓摇了起来，还顺手支好了餐桌板。

宋弋阳微笑地看着方糖忙碌，他打开饭盒闻了闻，称赞道：“闻起来很香，就是不知道吃起来味道怎么样？不会是难以下咽吧！”

方糖闻言，作势要打宋弋阳。

谭欣见状，微笑着说：“你啊，人家姑娘辛辛苦苦煲了汤你连句谢谢都不说，我平时是怎么教你的？”

“妈，方才方糖自己说要把你当她妈妈看的，你说她都是我们家的人了，我还用得着和她说谢谢吗？”

宋弋阳见母亲数落自己，心中也是高兴的，方糖的到来兴许能让她开心一些。

“来，方糖，到阿姨这边来！”谭欣喝了几口鸡汤，额间紧皱的眉头这才松开了一些。

方糖看了看宋弋阳，见他微微点头，这才安心来到了病床前。

“阿姨，您好好照顾身体，我每天换着花样煲汤给您补身体！”

“有心了，原本是想要找个正式的场合和你见面，可没想到我们第一次见面会是在医院，让你见笑了！”谭欣的笑容里皆是苦涩。

在方糖来之前，宋弋阳已经劝了母亲很久，现在当着方糖的面他也不方便说更多。

方糖慌忙摆手，说道：“阿姨，在哪儿见面都没关系，我早该来见您的，您的儿子这么优秀，倒是我，没什么拿得出手的地方，和您儿子比差远了，是我不敢来见您！”

谭欣长叹了口气，说道：“他就是会念书而已，从小到大，他都不会照顾自己，脾气轴得很，我唯一放心不下的就是他了，现在看到你我也就放心了，阿姨相信你一定能照顾好他！”

“阿姨，其实我也很笨，您别看这鸡汤炖得好像很成功，其实是餐厅里厨师帮我做的，我做的根本就拿不出手！”

方糖一边说一边偷偷拽了拽宋弋阳的衣角，向他求助，可他却浑然不觉，急得她满头大汗。

“怎么做的不重要，你只要有这份心就行。”宋弋阳缓缓牵起了方糖的手，微笑着说，“妈，我和方糖商量好了，等她一毕业就结婚，最好能生一对双胞胎，你赶快把身体养好，到时候带孩子的任务可就交给你了！”

“结婚？生孩子？还是双胞胎？”方糖已经尴尬到无以复加，她好歹也是新时代的青年，一腔热血还没能挥洒在职场，怎么眼看着就要过上围着丈夫、孩子、婆婆转的家庭生活？

谭欣笑得合不拢嘴：“好，这可是你说的。你们答应了我一毕业就结婚给我生孙子的，一言既出驷马难追！不过，这会不会是你一厢情愿？”

宋弋阳揽住方糖的肩膀，俯下身微笑：“怎样？你对我的人生规划有意见吗？”

方糖是想拒绝的，可一看到宋弋阳母亲手腕上的伤，心又软了，犹豫了半晌终于狠下心点头应允。

谭欣一想到过几年就马上有孙子抱，顿时又像是充满了力气，没一会儿便在宋弋阳的帮助下喝完了鸡汤。

宋志明原本以为清扬集团的股票只是暂时下滑，可当他回到公司调取资金的时候，发现公司所有的资金都被银行冻结。

直到给银行致电被拒绝解冻资金，他才明白，原来这一切从始至终都是一个局，目的正是要做空清扬集团。

宋志明这才明白什么是绝望，辛辛苦苦打拼了一辈子的事业眼看着就要化为泡影，他却无能为力。

“董事长，快到月底了，财务部把工资表已经交上来，等着您签字！”秘书小心翼翼地提醒着宋志明。

宋志明却好像根本没有听到，只顾着给能想得到帮忙的人打着电话。

方糖和宋弋阳轮换着给谭欣讲段子试图逗谭欣开心，一直到谭欣睡着他们才出了病房。

“今天的事，谢谢你了！”宋弋阳一直牵着方糖的手，一点也没有松开的意思。

方糖试图想要抽出手来，可试了半天也没能成功，只能作罢。

“没事，这都是我应该做的！”

宋弋阳俯下身揉了揉方糖的头发，将她揽入了怀中，沉默了良久，他在她耳畔温柔地低声说道：“我刚才在病房里说结婚的事，是认真的。你也看到了，我父母的婚姻是失败的，同样的失败我绝对不允许出现在我身上，明年我会去法国，你愿意和我一起吗？”

方糖推开宋弋阳，低下头半晌没有说话。

就在宋弋阳以为方糖会拒绝他的时候，却见她扬起头，笑容明媚地说：“你要去法国巴黎政治学院本硕连读，我去法国巴黎能干吗？不如，我转读服装设计吧，争取明年考取巴黎的学校，和你一起去？”

“转读服装设计？你确定吗？”宋弋阳又惊又喜，他没想到方糖为了他居然愿意转系，再次将方糖拥入了怀中。

“不论发生什么事情，都不会让我们分开！”

简简单单的一句话，似乎给予了方糖无限的力量。她打趣道：“你先别顾着高兴，我就算是考上了可能都没钱付学费，从现在开始，我必须更努力才能和你并肩而行！”

宋弋阳轻吻着方糖的发梢，脑海中隐隐约约浮现出他和方糖牵着手走在法国巴黎校园里的情景。

这一天，如果能早日到来就好了！

宋弋阳连续十几天都没有去过学校，寸步不离地照顾着母亲，陪着母亲说话，开导她。

方糖天天带着煲好的汤来探望宋弋阳母亲，除了鸡汤之外，还炖过猪骨汤、鸽子汤之类滋补的汤，谭欣对方糖这个未来儿媳妇越来越满意。

谭欣出院这天，宋弋阳原本以为父亲会出现，可他和母亲等了一中午都没有等到父亲，就在宋弋阳准备带母亲出院的时候，手机忽然响了，是胡宗泽打来的。

[2] 转机

“喂，弋阳，清扬集团现在已经快破产了，这事你知道吗？”

宋弋阳不想在母亲面前说起公司的事情，找了个借口说是学校打来的，便迅速出了病房，留下方糖照顾母亲谭欣。

“破产？事情怎么会发展到这种地步？”宋弋阳大感意外，这种状况是他没有想到的。

“你们家肯定是被人下了套，银行账户全部被冻结了，现在就连工资都发不出来了。下个星期你们公司要给我爸的公司追加第二期尾款，我爸好像是和别人达成了什么交易，他打算把这笔款项的交付时间提前，如果你不抓紧时间想想解决办法，这笔尾款付不出来，恐怕清扬就只能宣布破产了！”

胡宗泽对此也是无能为力，他知道宋母自杀的事情，也知道宋弋阳这十几天一直在医院照顾，打这通电话就是不想让宋弋阳继续蒙在鼓里。

“你继续帮我打探，看看这幕后的操作者究竟是谁，至于资金的事情，你有什么好办法吗？”

宋弋阳一时之间也想不到什么好的解决办法，毕竟他还没有正式工作，也没有什么人脉，只能把希望寄托于消息灵通的胡宗泽。

“我听说国外有一家知名的风投公司黑莓，他们的亚洲区负责人 Fanny 目前在 A 市，只是这个负责人好像是刚上任没多久，很是神秘。如果你能找到这个人，说服她投资清扬，你们家肯定能渡过这次难关，至于向你们家下黑手的这个人，估计到时候也会自然而然地浮出水面！”胡宗泽把知道的一切都说了出来。

“谢谢你的消息，我一定会把这个人找出来！”

“听说这个黑莓公司亚洲区的负责人 Fanny 是个四十多岁的女人，你或许可以查一查航班记录什么的，不过也没有多大参考价值，这样，你这边找着，我也帮你打探，一有消息我立即通知你！”

胡宗泽虽是个花花公子，但交心的朋友并不多，交心又让他佩服的朋友就更少了，宋弋阳应该算是他为数不多朋友中的一个，所以他对宋弋阳的事情是不遗余力的。

挂断电话，胡宗泽轻叹了口气，看着坐在一旁喝咖啡的裴雯，好奇地问：“你为什么不直接告诉宋弋阳黑莓公司亚洲区负责人 Fanny 在 A 市？反而要让我来打这通电话？”

裴雯放下咖啡杯，反问道：“我知道你和宋弋阳关系很铁，你也一直很想帮他，我只是把这个消息告诉你，是你自己决定要告诉他的，和我有什么关系？”

胡宗泽朝着裴雯比了下大拇指，问道：“你这么做图什么？”

裴雯双手交叠，托腮看着胡宗泽：“我还能图什么？就像你看过的那些老套的戏码，女追男喽！”

“清扬集团股票下跌的事，不会和你有关吧？”胡宗泽警觉地打量着裴雯，他不论怎么看都觉得裴雯不像是表面上看到的这么简单。

裴雯对胡宗泽的推断嗤之以鼻：“你太高看我了，我只不过是个大二的学生，怎么能左右股市？宋家能有今天，恐怕是曾经得罪过什么人，这个人或许是想要给宋家一些教训吧。好了，不多说了，我得赶紧去查 Fanny 的下落，要是迟了，恐怕就帮不到宋弋阳了，相信你也不想看到清扬破产吧！”

裴雯拿起手包打算离开，推开门的时候还不忘探头向胡宗泽致谢：“宗泽哥，谢谢你的咖啡，希望下次有机会能喝到你亲手煮的！”

胡宗泽苦笑着应承了下来：“一定有机会！”

“爸，无论如何你也要帮我找到你说的那个黑莓公司的亚洲区负责人 Fanny，如果找不到她，清扬可能就真的完了，到时候我和宋弋阳就再也没有可能了！”出了门，裴雯便迫不及待地打了父亲的电话。

“雯雯，你放心，我已经让人在打听了，相信很快就有消息。你何必要这么麻烦，如果我这个时候向宋家提出联姻，相信宋家一定不会拒绝，再加上你名下那 20% 的股票，宋弋阳这次肯定乖乖地和你订婚！”

“爸，宋弋阳妈妈之前自杀，他心情肯定不好，如果我现在用清扬来逼他和我订婚，以他的性格又怎么会真心待我。感情的事没办法勉强，就算是勉强在一起也不会幸福，我要的是他心甘情愿和我在一起。爸，你最疼我，这一次你就听我的行不行？”

“好吧，就按照你说的做！”

见父亲答应了自己的要求，裴雯总算是松了口气，她这下只需要耐心等待消息，然后找个合适的机会出现在宋弋阳面前即可。

宋弋阳就算是喜欢方糖又怎样，难道他会忍心看着父母打拼了一辈子的事业化为泡影？

这一次，她有信心，这场游戏最后的赢家一定会是她！

胡宗泽只是觉得裴雯有古怪，却没有确凿的证据，只能托人暗中调查。

宋弋阳把母亲安顿好，暂时从学校搬了出来。方糖因为和宋弋阳的约定，更加努力地做着跑腿的工作，报考法国巴黎服装设计学校的事情也在有条不紊地进行着。

方糖不是不知道学校里的同学都是怎么评价她和宋弋阳的，很多人都说她和宋弋阳那就是一朵鲜花插在了牛粪上，宋弋阳是那朵鲜花，而她是牛粪。

想着宋弋阳说过的承诺，方糖便燃起了斗志。

这一次，轮到她追赶宋弋阳了，宋弋阳的未来有她，而她也不能拖后腿吧，最起码和宋弋阳站在一起的时候，也能昂首挺胸，而不是像现在这样继续埋头做别人口中的牛粪。

裴父动用了不少私人关系调查黑莓公司亚洲区负责人 Fanny，终于有了消息，当他把私人侦探调查的结果告诉裴雯的时候，裴雯震惊到半晌说不出话来。

“怎么可能？黑莓公司亚洲区负责人 Fanny 怎么可能是方糖母亲？”

这种感觉就好像刚刚拥有了巨额财富却被通知转到了别人名下，裴雯瞬间觉得无比挫败。她费尽心力让父亲做了这么一个局，到最后却发现胜利的天平从来就没有倒向她这边。

“这个 Fanny 和前夫离婚后去了美国，据说嫁给了一位富商。这位富商的生意一直在由 Fanny 打理，最近她才接受了黑莓公司亚洲区 CEO 这个职位。据说她是带着七千万美元回国的，她可以不经过总公司批准，独自决断这七千万美元的投资去向，这个女人可不简单！而且极有可能她这次回来就是为了接方糖去美国。”

裴雯越听越心惊，一时之间居然不知该如何是好，这步棋如果她走错，恐怕真的是要满盘皆输。

清扬集团快破产的事情再也压不住，各大媒体开始疯狂报道，宋弋阳原本打算尽可能地瞒着方糖，可新闻一出，想瞒也瞒不住。

方糖看到新闻做的第一件事便是给宋弋阳打电话，可宋弋阳的电话一直是无法接通的状态。

越是这样方糖就越是担心，她几乎打遍了所有她认识的宋弋阳的朋友，可得到的结果和她一样，他们也联系不上宋弋阳。

方糖根本不相信宋弋阳会这样毫无理由地消失，她觉得宋弋阳一定是不想让清扬集团的事情连累到她，想要一个人面对一个人独自解决。

“一定要找到宋弋阳！”

方糖暗暗下决心，不论用什么方法，她都一定要找到宋弋阳！

这些天来，宋弋阳屏蔽了所有来电，几乎一天二十四小时都守在电脑前查和 Fanny 有关的线索，他找遍了所有 Fanny 可能出现的地点，甚至搜寻了所有 Fanny 有可能坐过的航班，却都一无所获。

就在他一筹莫展之际，接到了一个陌生号码发来的信息：“我是裴雯，我有 Fanny 的确切消息，下午三点星光天地星巴克见！”

裴雯？她有 Fanny 的消息？怎么可能？宋弋阳尽管不相信裴雯，但现在他一点办法都没有，只能去见裴雯，看看她这次是真的有 Fanny 的消息，还是想玩什么把戏。

“思萌，你去方糖那里下单，让她下午三点把书送到星光天地星巴克。”

裴雯说着，把手里的书塞到了钱思萌手中。

钱思萌不明白裴雯又要玩什么把戏，可当裴雯从钱包里取出一张红色人民币放到她手里的时候，她二话不说拍了拍胸脯，向裴雯保证：“你放心，这点小事，没问题！”

“这件事你让别人做也可以，总之，一定不能让方糖起疑心，如果她没有接这个单子，那……”裴雯说着指了指钱思萌手中的人民币。

钱思萌慌忙把钱收起来：“你放心，我让我男朋友去下单，我这就去找他！避免方糖起疑心，我让我男朋友去星光天地星巴克等着！”

她说完便拿着书飞快地跑出了宿舍，去找男朋友去方糖那里下单。

裴雯则是慢慢地画着眉毛，试衣服，准备下午和宋弋阳的约会。

[3] 再见，宋弋阳

刚下课，方糖便接到了电话，是个男生打来的，说想要让她帮忙送本书去星光天地。

方糖见酬劳还可以，便接了这跑腿的单子。

她按照男生说的地址去取了书，之后便往星光天地赶去。

星光天地离 A 大不远，坐地铁也就五六站地，她在地铁里还给宋弋阳打着电话，可宋弋阳的电话依旧是无法接通的状态。

方糖在心里一遍又一遍地安慰自己，清扬出现了这么大的问题，宋弋阳一定是在帮家里的忙，不方便接电话。

这次去星光天地送完书，方糖准备去一趟清扬集团总部，看看宋弋阳是不是在清扬。

到星光天地的时候，方糖又觉得自己去找宋弋阳应该要找个比较合理的借口。

ATM 机很好找，方糖把之前学校打进她账户里的奖学金全部取了出来。她想来想去觉得还奖学金这个借口最合适，之前她一直想把奖学金还给宋弋阳，可总是忘记，干脆这次趁这个机会把奖学金还给他好了。

方糖一路询问星光天地的工作人员，总算是找到了星巴克所在的位置，她站在星巴克门外，正准备给下单的人打电话，却看到星巴克店里，宋弋阳和裴雯相对而坐。

"宋弋阳为什么会和裴雯坐在一起？他没空接我电话，却有空和裴雯约会？"方糖自言自语着，准备推门而入，却在这时，看到了宋弋阳握住裴雯的手，轻吻了下裴雯的手背。

"好了，你让我做的我也已经做了，Fanny 在哪儿？"

宋弋阳不明白为何裴雯会用让他亲吻她的条件来交换，他做不到在大庭广众之下亲吻她，只能选择退而求其次亲吻了她的手背。

"宋弋阳，我没记错的话，我说的应该不是亲吻手背吧，难道 Fanny 的去向在你的心目中还比不上一个吻？"

宋弋阳无可奈何地叹了口气，猛地把裴雯拉到自己身前，俯身吻了上去。

看到这一幕，方糖的心中似乎有千万根针同时扎下去。

说什么想要和她一起去巴黎，说什么想要一直和她在一起，还在他母亲面前说什么想要和她结婚，原来所有的一切都是谎言，都是在骗她！现在她才明白，宋弋阳在骗她！

为什么会这样？她在心里不断地问自己这个问题，却找不到答案，或许像宋弋阳这种有钱人家的公子哥，最后选择的依然是像裴雯那样的富家小姐，和她在一起恐怕也是一时兴起玩玩罢了。

亏她还为宋弋阳担心，担心他因为清扬会出事，可现在看来，一直以来都是她一厢情愿，都是她在自作多情而已！

“我把书带来了，就放在星巴克门口的椅子上，你自己来拿吧！”方糖给联络人发了这条短信便毅然转身离开，那一瞬间，她做出了决定——从现在开始，宋弋阳这个人，与她再无关系！

“再见！宋弋阳！”

她和宋弋阳之间的承诺，就像一张白纸，如今他们的故事也已经有了结局，这场戏也终于落幕，谁都没有错，宋弋阳没有错，裴雯也没有错，错的人只有她。

这一切错就错在，她不应该把自己放在不应该放的位置，不应该轻信宋弋阳的花言巧语和承诺，最后，只有她被伤得体无完肤。

“现在你该告诉我 Fanny 在哪儿了吧？！”

宋弋阳喝着咖啡，试图用咖啡掩盖裴雯身上的香水味，他最反感用香水的女生，尤其是身上香水味很浓的女生。

现在不用香水的女生很少，像方糖那样只有淡淡沐浴露和六神清香的女生，真的是凤毛麟角像熊猫一样稀有的存在。

“Fanny 现在人在医院。不过你想要知道她在哪家医院，就必须要答应我一个条件！”

“什么条件？”宋弋阳十分不悦，裴雯这很明显就是得寸进尺。

“和我交往，如果你答应和方糖分手，和我在一起，我自然会把 Fanny 的去向告诉你，甚至可以详细到哪个科室哪个病床号！”

宋弋阳喝着咖啡，眼里闪烁着一股无法遏制的怒意：“你怎么会知道得这么详细？”

裴雯晃了晃手机，眼神如碧波般澄澈，笑容明媚：“我这里有一张照片，只要你答应和我交往，我马上就把照片发给你，你只要看到这张照片，就一定能够找到黑莓公司亚洲区负责人 Fanny。”

宋弋阳不知该说裴雯蠢还是该感谢她，他拿出手机打开自己开发的小程序，输入裴雯的手机号码……

不出两分钟，他已经从裴雯的手机里找到了他想要的照片，照片是 Fanny 的住院档案，医院名称、科室和病房号都一清二楚。

既然已经拿到了照片，他再也不想和裴雯继续纠缠下去，一句话不说便转身离开。

“喂，宋弋阳，你去哪儿？你还没回答我，你到底想不想要 Fanny 的消息？”裴雯还没搞明白到底发生了什么事。

她不明白宋弋阳为何会突然离去，这和她设想的完全不一样。

直到宋弋阳走到门口的时候，冲着她晃了晃手机。

裴雯这才想起来，宋弋阳大一的时候就已经学完了计算机系四年的课程，拿到了计算机学士学位，而且还多次代表学校参加国际国内比赛获得大奖，从手机里找照片这样的事情，对于他来说真的是小事一桩。

裴雯恨不得抽自己嘴巴，如果不是她说出有照片，那么这会儿宋弋阳肯定已经答应和她交往了。

这一次真的是功败垂成！所有的一切努力都打了水漂！

“浑蛋！”裴雯气愤地大喊，把桌上所有的东西全部拂到了地上。

星巴克里的所有人朝着她看了过来，可她全然不在乎，起身把桌子椅子全部掀翻。

“喂，请问是方糖吗？”

手机铃声响起，方糖连看都没看便接了电话：“我是方糖，请问您是要下单吗？”

电话另一端的人沉默了片刻，而后才缓缓说道：“方糖，我是妈妈！”

“妈妈？”

方糖愣在了原地，手里的手机险些滑落到地上。她没听错吧，这电话里的人说是她的妈妈？

“方糖，我是妈妈！你现在在哪儿？我能见你一面吗？”

“这怎么可能呢，你怎么可能是我妈妈？我妈妈早就不要我了！”

这一定是诈骗电话，她根本就不相信一直寻找的妈妈会突然出现。

“我是妈妈，我回国了，现在在医院，刚动完一个小手术，你能来医院看我吗？”电话另一端的声音颇为小心翼翼，像是在乞求。

“好！”

这一切好不真实，好像在做梦。

难道是真的吗？不是诈骗电话？方糖仍然不敢相信现在和自己通电话的就是她心心念念寻找了许久的妈妈。

“我把地址通过短信发给你，你路上小心，我在医院等着你！”

电话挂断之后，方糖的手机很快便有一条短信进来。

“济仁医院，内科，1302 病房。”

方糖使劲掐了下自己的脸，想要确认自己是不是在做梦，脸上的痛楚十分明确地告诉她，这一切不是梦，是真实的。

方糖拿着手机又确认了好几遍短信，这才真的相信妈妈来找她了。

“妈妈来找我了！妈妈来找我了！”

方糖飞也似的往地铁站狂奔，现在她想要做的第一件事就是去学校取小提琴，她曾经发过誓，再见到妈妈的时候一定要在妈妈面前拉小提琴。

去学校取了小提琴，方糖又急忙往地铁站赶，她用尽全身的力气拼命奔跑着。一想到马上就能见到妈妈，她一点都不觉得累。这一次，她一定要留住妈妈，一定不让妈妈再离开。

“妈妈，等我，千万不要走，我马上就来！”

阳光和煦，清风微醺，虽说已经入冬天气很冷，方糖却一点都不觉得冷，从心底里散发出来的暖意让她浑身充满了力量。

“济仁医院！”

宋弋阳再次确认了一遍照片里的医院名称，在路边随手拦了辆出租车。

“师傅，去济仁医院！”

一想到马上就能见到黑莓公司亚洲区负责人 Fanny，就有机会解决清扬的财务困境，宋弋阳的心情都好了许多。

“感觉好久没见到方糖了！不知道她现在在做什么？”宋弋阳一想到方糖，紧绷的神经都瞬间放松了许多。

“之前把她的手机设置成拒接状态，也不知道她是不是在生我的气？”

宋弋阳了解方糖的脾气，他不是不想接她的电话，毕竟清扬现在情况很复杂，这中间牵扯到的实在是太多，而且之前他没日没夜地查 Fanny 的资料，几乎是二十四小时不眠不休，他并不想让方糖担心。

现在，他极有可能很快就能解决所有的问题，已经没有必要再把方糖的号码设置成拒接。

宋弋阳把方糖的手机号码从通讯录的黑名单里提出来，拨通了她的电话。

[4] 母女相认

地铁上，方糖的思绪早已飘到了小时候爸爸跟她说的那些关于妈妈的事情上，就连手机铃声响起都没有听见。

这是方糖第一次没有接听他的电话，宋弋阳觉得方糖一定是在怄气。

“算了，等见到了她再向她解释吧！”

宋弋阳还在路上堵着，方糖却已经下了地铁，济仁医院就在地铁边，很好找，方糖很快便找到了济仁医院内科住院部。

进电梯的时候，方糖心里忐忑极了，她提着小提琴琴箱的手心都已经密密地起了一层汗。

到了13楼，方糖一路顺着门牌号找过去，最后在病房尽头终于找到了1302病房。

“镇定！镇定！”方糖长长吁了口气，平复了下剧烈起伏的心跳，而后，推门而入。

病房里，一位中年女子正躺在病床上，看到方糖推门而入，她惊喜万分，想要挣扎着起身，可腹部的伤口突然痛了起来，她只能再度躺回病床上。

母女之间一定是有一种奇异的缘分，她们二人在看到对方第一眼时便已经确定对方就是自己要找的人。

“你别起来！”方糖放下琴箱飞快地来到病床前，扶着病床上的中年女人躺下。

中年女子试探着询问：“你是方糖？”

方糖微微颔首，反问道：“你是妈妈？”

中年女子的眼泪再也控制不住，像断了线的珍珠似的滑落，她紧紧握住方糖的手，想要和方糖说些什么，可几度哽咽到说不出话来。

方糖别过头擦了擦眼泪，脸上洋溢着幸福的笑意。

“妈妈，我终于找到你了！这么多年你都去哪儿了？我问过爸爸很多次，他什么都不和我说，我又不敢多问，怕问多了爸爸伤心。”方糖絮絮叨叨地说着，眼泪止不住地滑落。

中年女子帮方糖轻轻拭去眼角的眼泪和脸颊上未干的泪痕，哽咽地说：

“对不起，方糖，对不起！都是妈妈的错，都是我的错！”

“妈，你在电话里说你做了个小手术，你怎么了？”

方糖紧紧地握住妈妈的手，心里紧张得要命，生怕从妈妈口中听到不好的消息。

“没事，阑尾炎，小手术，只需要休养几天，很快就可以出院了！”中年女子听出了方糖的担忧，摸了摸方糖的头以示安慰。

方糖噘起嘴，用命令的口吻说：“姜敏女士，从今天开始，你再也不许丢下我！”

姜敏没想到方糖仍然记得她的名字，除了不住地点头，她已经激动到说不出一句话。

“妈，爸说你年轻的时候小提琴拉得很好，最喜欢演奏的曲子就是舒伯特的小夜曲，可惜我没有遗传你的天赋，我的小提琴拉得很烂。不过，我已经在认真学了，我拉一首小夜曲给你听！”方糖说着便迅速开启琴箱，拿出小提琴便开始演奏舒伯特的小夜曲。

舒伯特的小夜曲节奏很舒缓，方糖对这首曲子无比熟悉，她从开始自学小提琴的时候学的就是这首曲子。

听着熟悉的旋律在耳边响起，姜敏泣不成声，她心中对方糖充满了愧疚，方糖生下来没多久她便出国了，根本就没有照顾过方糖。她没想到的是，方糖居然一点都不怨恨她这个妈妈，还在学她最喜欢的小夜曲。

方糖演奏到一半的时候，病房门突然被人打开，方糖和姜敏同时朝着门口望去。

站在门口的人是宋弋阳。

宋弋阳看方糖的眼神和方糖一样惊讶。

“你怎么在这儿？”

宋弋阳看着方糖手中的小提琴，心里隐约有了答案。

“她是我妈妈，我为什么不能在这儿？”方糖擦了擦眼泪，把小提琴放回了琴箱。

宋弋阳上前几步，轻声询问：“请问您是黑莓公司亚洲区负责人Fanny吗？”

姜敏擦了擦眼泪，平复了下情绪，微微颔首：“我就是Fanny，你是？你和我女儿认识？”

宋弋阳看了看姜敏，又看了看方糖，由衷地替方糖感到高兴。

“恭喜你们母女团聚！”

方糖背对着宋弋阳，坐在了病床前，语气冰冷：“你来做什么？这里不欢迎你！”

“方糖，我们的事我事后再向你解释，今天我来找伯母是有要紧的事！”宋弋阳以为方糖是因为没接她电话的事情在和自己怄气，他根本就不知道在星巴克他被迫亲吻裴雯的事情全部被方糖看到，也不知道此时此刻在方糖的心里，他们的关系已经画上了句点。

“我好像并不认识你，你找我有什么要紧事？”

姜敏看到方糖气呼呼的样子，对宋弋阳也没有什么好感。

宋弋阳浑然不觉，他以为加上方糖母亲这层关系，清扬的事情应该是百分之百能解决了。

“伯母，清扬集团因为某种原因陷入了财务困境，现在已经被各大银行冻结了银行账户，而且银行也拒绝贷款给清扬，我这次来找您，就是恳求您能够帮助清扬，为清扬注资，只有您才有能力让清扬彻底摆脱财务困境！”

姜敏听说了清扬集团的事情，冷哼一声，反问道：“你和清扬集团是什么关系？你凭什么认为我会帮助清扬？”

方糖仍旧是背对着宋弋阳，她原以为宋弋阳是来找她的，可没想到宋弋阳居然是来找她的妈妈。

“伯母，清扬集团是我父母一手创立的，从创立之后每年都在一以200%的盈利在稳健发展，我现在已经能够确定此次清扬股票大跌、资金被银行套牢完全是有人在暗箱操作。我目前手里已经掌握了一部分证据，只要黑莓公司能够给清扬融资，清扬愿意出让20%的原始股份，一旦清扬摆脱困境转危为安，警察就会彻查暗箱操作的黑手，相信到时候在媒体的造势之下，清扬集团的股价一定会重回巅峰状态，到时候您的融资将会获得至5倍甚至5倍以上的收益！您是聪明人，我相信伯母一定会做出正确的选择！”

20%的股份已经是宋弋阳能拿得出来的最多的筹码，他在来的路上已经和父亲确认过，他相信Fanny是个聪明的生意人，一定会对清扬进行融资。

姜敏并没有回答宋弋阳的问题，而是握住方糖的手，柔声问道：“方糖，你认识他吗？”

方糖原本听到宋弋阳说起清扬集团的事情就已经有些心软了，可一想到宋弋阳亲吻裴雯的画面，就像被一盆冷水迎头浇下，她态度坚决地低声说道：“只是一个学校的校友罢了，我和他一点都不熟！”

“方糖，我知道你生我的气，我不是故意不接你电话，我是有苦衷的，你相信我！”

宋弋阳走到方糖身边，正想要把方糖的身子扳过来，不料方糖擦了擦脸上的泪痕，猛地转身，扬起头冷笑：“宋弋阳，你接不接我电话无所谓，我对你来说本来就是无关紧要，你的事与我无关，你们家的事更与我无关！”

宋弋阳实在是想不通方糖为什么会突然间像变了个人似的，他拉着方糖的胳膊便往门外走。

方糖一把甩开宋弋阳，委屈的泪水翻江倒海般涌了出来：“宋弋阳，从一开始你就在骗我，就在耍我！说什么想和我一起去巴黎念书，说什么未来的规划有我，统统都是谎话，你走！我再也不想看到你！”

“方糖，你别这样！”宋弋阳眼眶微红，试图去牵方糖的手，可方糖仍旧像之前一样，推开了宋弋阳。

“我不会再像以前那样傻，傻到相信你说的话，你去找裴雯吧，她才是适合你的人，我祝你们天长地久！”

“这和裴雯有什么关系？方糖，你是不是有什么误会？我和裴雯之间什么关系都没有！”

宋弋阳的手伸到了半空中却又缓缓缩了回去，他已经意识到了事情的严重性，明白这次方糖可能是真的生了气。

“你说你和裴雯之间什么关系都没有？你当我是三岁小孩吗？如果不是我亲眼所见，你还打算瞒我多久？”方糖越说声音越低，悲痛一阵又一阵地袭来，压得她喘不过气来。

“什么亲眼所见？你看到什么了？”

宋弋阳其实已经猜到了方糖极有可能去了星巴克，看到了他亲吻裴雯的事情，可是他却不敢确定。

“星光天地星巴克，我也去了，我不是去监视你的，我接了个单子，去送书，没想到看到了不该看的，宋弋阳，我宁愿是我瞎了眼！”

方糖并不想说出让她难堪的事情，可宋弋阳明摆着就是打算死不认账，她一点办法都没有。

“方糖，你听我说，裴雯知道我在四处找 Fanny 的下落，她用这个作为交换，对不起，都是我的错，我不应该答应她！”

宋弋阳已经意识到他越描越黑，方糖根本就不会相信他的解释。

“你走吧，我不会给清扬注资！”姜敏的声音适时响起，她看着方糖和宋弋阳争吵，已经大概明白到底是怎么回事。这个时候，她义无反顾地选择站在了方糖这一边。

“伯母，请您再考虑考虑！”

宋弋阳从未如此在一个人面前低声下气地乞求，就连泪眼婆娑的方糖也忍不住抬头看着宋弋阳。

[5] 原来如此

姜敏不想让方糖伤心，对宋弋阳下了逐客令：“对不起，我刚做完手术，需要休息，请你离开！”

宋弋阳虽然想继续向方糖解释，可见 Fanny 似乎已经被他惹怒，他只能选择离开。

宋弋阳刚出病房门，便立即拨通了裴雯的电话。

“宋弋阳，你终于想起给我打电话了！”裴雯已经预想到宋弋阳会主动和她联系，正在等着宋弋阳的电话。

“两件事：第一件，你从哪里知道 Fanny 在济仁医院？第二件，方糖去星光天地星巴克送书的事，是不是你安排的？”宋弋阳不想和裴雯东拉西扯拐弯抹角，直截了当地质问起了裴雯。

“宋弋阳，我没听错的话，你这是在命令我吗？你不是应该要求我吗？我们的角色怎么调换了？”电话另一端，裴雯说着居然笑了起来。

“裴雯，你知道你都做了些什么吗？知道你错得有多离谱吗？”宋弋阳对裴雯的所作所为无法原谅，同时也无法理解。

“宋弋阳，你觉得这一切都是我的错？是方糖和我说 Fanny 在济仁医院，否则你觉得我是从哪里知道的？她一早就知道她的妈妈回来了，知道她妈妈能够帮助清扬集团渡过难关，所以她让我来阻止你，阻止你去见 Fanny，帮你的人是我啊，你怎么对我这种态度？”

裴雯说到最后已经声嘶力竭，她不待宋弋阳说话，便紧接着说道：“从小到大你都没正眼看过我一眼，你现在清楚了吧，只有我才是真正对你好的人，方糖为什么要这么做？她为什么不把她妈妈就是 Fanny 这件事告诉你？难道你还不明白吗？只有我才是一心一意为你着想，我们才是天生一对，我们才是最适合在一起的……”

裴雯还在继续向宋弋阳表白，可宋弋阳却已经没有兴趣继续听下去。

“裴雯，请你以后再也不要给我打电话，再也不要出现在我面前！我不想再见到你！”

宋弋阳挂了电话，毫不犹豫地把手机狠狠地摔在了地上。

手机屏幕摔碎了，手机也被摔成了两半，宋弋阳连捡都不想捡，他真的非常后悔自己为什么会接受裴雯的要求，如果他在星巴克没有亲吻裴雯，方糖就不会误会！

都说男儿有泪不轻弹，此时此刻，宋弋阳却有些忍不住了，似乎他只要一低头眼泪就会夺眶而出。

比起清扬，他更无法接受失去方糖！如果时光能够倒流，再给他一次机会，他不会拒接方糖的电话，不会独自一人扛下所有的一切，他会选择和方糖共同面对。

这世间并没有后悔药，时光也不可能倒流，从小到大，事情好像第一次没有按照他所想象的那样发展，这是第一次失控。

或许，从他遇到方糖开始，他的人生就已经脱离了正轨，已经失控。

方糖是他第一个想要用心呵护的女生，是他第一个日思夜想的女生，她长得不算漂亮，也算不上可爱，但她却是这世上最独特的女生。

可是，他还是没能保护好她，让她离自己越来越远。

“难道，我和她真的就这样结束了吗？”

电梯门缓缓关上，电梯缓缓下降，就像宋弋阳此刻的心情一样，逐渐下沉，一直下沉。

方糖捡起病房外宋弋阳摔碎的手机，病房的隔音并不好，方糖听到了宋弋阳声嘶力竭的怒吼，她拿着破碎得无法复原的手机回到了病房。

“你可能是真的误会他了。这世间有很多事情眼睛看到的未必是真的，他是你选择的，或许你应该相信他，给他一个解释的机会！”

姜敏虽然对宋弋阳没什么好感，但还是站在客观的角度帮方糖分析，她其实也是不想让方糖继续伤心难过，因为她看得出来，方糖心里其实还蛮在乎刚才那个男生的。

“可是我亲眼看到了！”方糖倔强地坚持相信自己所看到的，她始终还是过不了自己心里这关。

姜敏轻握住方糖的手，微笑着说道：“如果他真的和那个女生有关系的话，方才也不会急着打电话和那个女生确认了，我当初就是因为只相信自己看到的，所以才一气之下出了国。这么多年来我一直都想回国来找你，可总是没有机会，其实我在国外的每一天都很后悔！”

“当初你为什么要抛下我？”

这个问题压在了方糖心里十几年，她从记事开始每天在想这个问题，每天都想要知道答案，本来方糖一直在犹豫问还是不问，如今妈妈主动说到这个话题，她自然顺水推舟。

“有些事是该告诉你真相了，其实你现在的爸爸不是你的亲生父亲，你亲生父亲是我的初恋，他是我的大学同学。大学毕业之后我们本来说好要结婚的，可我怀孕的时候发现他和别的女生开房间，当时我挺着大肚子去捉现场，和他大闹了一场，结果你就早产了。我当时心灰意冷，便把你交给了和我一起长大的朋友方楚平抚养，独身一人去了美国。”

姜敏顿了顿，轻叹了口气接着说：“我这次回来见到他了，才知道，当年那个女生喝醉了酒，他只是开房间给她休息而已，就在他准备离开的时候我出现了。我现在才想明白，或许之前是那个醉酒的女生刻意把消息散播给我的，如果我当年把事情搞清楚，就不会把你一个人留在国内，或许我们一家三口就不会分开！”

“原来，老方不是我亲爸！原来妈妈你是因为你的初恋才愤而出国的！这一切都是源于一场误会！原来有些事真的比电视剧还狗血！”

老方是方糖对方楚平的昵称，她震惊之余还是平静地接受了方楚平不是她亲生父亲这个事实，可一想到老方平时不要命工作的样子，她鼻头不禁一酸，眼泪又不争气地流了下来。

“对不起，方糖，这一切都是我的错，是我让你遭遇了这些，我不奢求你的原谅，只希望你能够给我机会，让我能够补偿你！”姜敏把方糖揽入怀中，泪水悄然滑落。

“我不怪你，我真的不怪你，现在能看到你、和你说话，已经是上天眷顾了，我不再是别人口中没妈疼的孩子了！”

方糖的声音很低，可一字一句就像尖刀一样划过姜敏的心里，她轻轻地拍着方糖的背，忍不住破涕为笑。

“谢谢你！谢谢你能原谅我！”

这样圆满的结果是姜敏没想到的，她不由得想起了自己这次回来的目的。

“方糖，你愿不愿意和我一起去美国？我会帮你联系美国那边的大学，你不用再为学费发愁，可以安心读书，做你自己想做的事情！”

“和你一起去美国？”

方糖抬起头，擦了擦脸上的泪痕，声音有些哽咽，她踌躇了片刻，又接着说道："妈，如果你答应给清扬融资的话，我答应你，和你一起去美国！"

"你真的和我年轻的时候一样傻，这么做真的值得吗？"

"或许值得，又或许不值得，我还没原谅宋弋阳，但我不能眼看着他父母白手起家创立的清扬就这么破产。如果我真的袖手旁观，恐怕这一辈子都会后悔！"

方糖虽然嘴上说不帮宋弋阳，拒绝了宋弋阳，但听了母亲年轻时候的那场误会，她的心最终还是硬不起来。

接下来的几天里，宋弋阳就像换了个人似的，他一直把自己关在房间里不出来，任谁劝也不开门。

谭欣实在是没别的办法，只能想办法找到了杨宁的电话，通知杨宁来家里探望宋弋阳。

苏哲和郁东知道了宋弋阳的状况，二话不说便请了假，与杨宁一同去了宋弋阳家中。

杨宁敲了半天的门房间里却一点动静都没有，苏哲无奈之下，只能用方糖来刺激宋弋阳。

"宋弋阳，我们认识两年了，你为了一个女生颓废成这样，值得吗？"

郁东见苏哲说的话没效果，接着说道："方糖已经好几天没去学校了，你难道就不想知道她发生了什么事吗？你难道一点都不关心吗？"

郁东的话刚落音，宋弋阳就已经打开了房门。

三人相视而笑，推门而入。

宋弋阳坐在电脑桌前，纤瘦的手指飞快地在键盘上敲击着，由于好几日没有出门，也没有打理自己，他的下巴冒出了许多新生的胡须，衣服也有一股味道。

苏哲拿起桌边一堆吃完的泡面碗，忍不住堵上了鼻子："弋阳，你这几天就靠方便面过活？”

“弋阳，你干吗躲在房间里不出来？动不动就搞失联，知不知道大家都很担心你？”

杨宁把垃圾桶拿了过来，和苏哲一起收拾起堆得像小山似的方便面碗。

宋弋阳写完最后一个代码，这才重重地叹了口气：“终于做完了！”

苏哲好奇地凑上前，不过电脑屏幕上全是他看不懂的代码，只看了两行他就有些头晕眼花。

“你这是在做什么？以我的聪明才智居然完全看不懂！”

[6] 礼物

“这就是我之前在写的那款兼职APP软件，我优化了渠道，这款APP只针对校园，发布的委托人必须经过多重身份认证，交易模式为需求方先行付款，接单方完成后经过需求方确认即可收到酬劳。这款APP我不会卖，打算把它送给方糖！”

宋弋阳把写好的程序复制备份，而后拷贝到了硬盘里。

“哇！弋阳，方糖知道了一定很感动！”

“你这么泡妹子真的是犯规啊，别人还在看电影吃饭阶段，你却已经为妹子研发出了个APP，简直是人神共愤！”

“有了你的前车之鉴，我何年何月才能摆脱单身？”

众人齐声惊呼，故意和宋弋阳开着玩笑。

“你帮我转交给方糖吧，使用说明我已经详细写在文件里了！”宋弋阳把硬盘转交到了郁东手中。

郁东压根就不敢接，急忙把手藏到了身后："别，这种事你干吗不亲自去？不论你们之间有什么误会，最好还是当面解释清楚比较好！"

"是啊，弋阳，方总也不是不好说话，有什么误会说开了就好了，情侣之间哪有不吵架的！"苏哲从宋弋阳手中接过硬盘，塞到了宋弋阳的背包里，又替宋弋阳背上背包。

宋弋阳沮丧地摇了摇头，卸下了背包，沉默了半晌，才缓缓说道："这中间有许多事你们不知道，方糖估计是再也不会原谅我了！"

"为什么？你连解释都不解释，怎么就知道方糖不会原谅你？"杨宁从未见过宋弋阳如此心灰意冷，心中暗暗着急。

"我能做的都做了，原来我以为这世上的所有事情，只要努力就没有我做不到的，可现在我才发现，有些事情你用心做了，未必会得到想要的结果。我们家或许很快就要从这栋房子搬出去了，或许我和方糖之间真的有一条深不见底的沟壑，或许当我真正一无所有地站在她面前的时候，她才能原谅我！"

宋弋阳把硬盘从背包里取出，定定地看了许久，再次把硬盘递到了郁东面前。

"你说的什么啊，我根本就没听懂，你知道什么叫因果关系吗？正所谓有因就有果，但凡是你努力了就一定有回报，你真心付出了，方糖一定能够感受得到，她一定会原谅你的，更何况你做的不是一般人能做到的事啊！"苏哲被宋弋阳说得一头雾水。

郁东仍然没有接硬盘，他忍不住追问："弋阳，你到底是做了什么事情让方糖误会？"

宋弋阳脸色阴沉，幽幽地开口："她看到我和裴雯接吻！"

众人皆是倒吸一口冷气，郁东一个踉跄没站稳，险些摔倒在地上。

苏哲替宋弋阳默哀："跪搓衣板求原谅吧！"

杨宁虽然已经决定忘掉裴雯，可听到宋弋阳和裴雯接吻，还是有些不淡定：“这是怎么回事？”

“她用风投公司负责人的消息威胁我！当时我只想着帮清扬渡过困境，便答应了她，可谁知她早已让人在方糖那里下单送书，让方糖亲眼看到了这一幕！”

宋弋阳单是说起这件事，就能想起那日在医院方糖眼中的绝望之色。

“弋阳，清扬集团拿到黑莓的风投了！清扬没事了！”谭欣刚接到宋志明的电话便欣喜地小跑过来告诉宋弋阳这个好消息。

“Yes！”

苏哲、杨宁和郁东三人惊喜万分，极为默契地欢呼了起来。

“黑莓注资了多少？”

宋弋阳快步上前，额间笼罩了多日的阴云终于散开，他想都不用想便猜到黑莓能注资一定是方糖的功劳。

谭欣也是欣喜若狂：“七千万美元，黑莓给清扬注资了七千万美元，不仅清扬的财务危机解决了，清扬的股票也一路飙升！”

杨宁等人还不知道方糖和黑莓公司的关系，宋弋阳却已经是笑得合不拢嘴，迫不及待地便飞奔了出去。

郁东拿着背包追了上去：“弋阳，你去哪儿？等会儿，把背包拿着！”

“你这是要去哪儿？”宋弋阳回来拿了背包，却被苏哲一把拽住了胳膊。

“去找方糖！”

这一刻，宋弋阳觉得眼前的一切都豁然开朗，困扰着他的所有难题全部迎刃而解。

“等你的好消息！”

“等着你胜利归来！”

“加油！看你的了！”

舍友们发自内心地替宋弋阳感到高兴，他们终于是松了口气。

宋弋阳发动车，满怀希望地拨打着方糖的号码，可谁知电话另一端却传来关机的通知。

“关机？”

宋弋阳疑惑不已，方糖为了方便接单通常是二十四小时开机的，怎么会是关机状态？

他怕方糖出事，还是决定先去学校看看。

宋弋阳直接把车开到了女生宿舍楼下，他又打了几遍方糖的手机，可方糖的手机还是关机状态，无奈之下，他只能拨打方糖宿舍的电话。

“方糖在吗？我找她有急事！”

“你是宋弋阳吗？很好，你终于出现了，方糖已经办理了休学手续，她办手续的那天在宿舍等了你很久。”宿舍电话很快有人接了，是封思彤接的。

“你能联系上她吗？”宋弋阳听到方糖休学这个消息，心中不由得有种不祥的预感。

封思彤对宋弋阳已经彻底改观，态度自然也好不到哪里去，她冷哼一声："现在谁都联系不上方糖，她那天在宿舍里等了你多久就哭了多久，你到底做了什么对不起她的事？让她这么伤心欲绝？”

“对不起，以后再和你们解释，如果你们能联系上方糖，请务必第一时间告诉我！”

宋弋阳无力向封思彤解释，他也不知道应该如何解释，因为他现在脑海里不断地回想着封思彤方才说过的那句话，方糖在宿舍里等了他多久就哭了多久……

“对不起！对不起！方糖，你一定要听我解释！”

宋弋阳不知道该去哪里，只能再去济仁医院，看看方糖的母亲有没有出院。

就在宋弋阳刚刚出校门的时候，收到一条短信，是封思彤发来的。

“宋弋阳，方糖爸爸现在在宿舍里帮方糖收拾东西！”

宋弋阳想也不想便又掉头回了学校。

封思彤原本是不打算把方糖爸爸来帮方糖收拾东西这件事告诉宋弋阳的，可左思右想还是决定帮宋弋阳一次，毕竟是宋弋阳让方糖如此难过，怎么能这么轻易地饶了他？

宋弋阳进不去女生宿舍，只能在宿舍楼下等候。过了十多分钟，宋弋阳看到一个中年男子拿着被褥和一些其他行李从宿舍楼里走了出来。

宋弋阳快步迎了上去：“伯父，请问您是不是方糖的父亲？”

这个中年男子正是方糖的父亲方楚平。

方楚平看着拦住他的学生，一脸疑惑：“你是？”

“我是方糖的朋友宋弋阳，有急事找她，她现在在哪儿？伯父能给我她的联系方式吗？”

方楚平想起方糖临行前刻意叮嘱过，如果有男生来找她询问她的下落，什么都别说。

“她不想见到你，你别再找她了，她不会见你的！”

宋弋阳从背包里取出硬盘，递到方楚平身前，苦笑着说：“伯父，麻烦您把这个硬盘交给方糖，这里面有我为她设计的 APP，能够帮她接校园里的兼职工作，有了这个 APP，她以后要是想做兼职就不用那么麻烦了！”

方楚平没有收硬盘，他现在已经明白宋弋阳和方糖的关系，想到方糖临走前哭到红肿的双眼，他的心软了下来。

“年轻人，不知道你对我女儿是不是真心的，不过我可以告诉你，她现在应该在机场了，你现在赶过去兴许还能见她最后一面！”

“谢谢伯父！”宋弋阳顾不上许多，狂奔到车前上了车，而后便飞也似的往机场方向赶去。

“怎么，方糖？你想好了吗，要不要和我一起去美国？”

方糖在安检站前徘徊不前，即便她什么都没说，可姜敏依然从她眼中看到了不舍。

“如果真的舍不得，就去找他吧！”

姜敏把行李推到方糖身前，替方糖做出了决定。

方糖犹豫地看着姜敏，似乎是在征求她的意见。

姜敏微微颔首：“去吧，别后悔！”

方糖拿着行李箱，在机场大厅狂奔，她心里始终还是放不下宋弋阳，想起宋弋阳曾经对她的承诺，想起他们一起去巴黎读书的约定，难道就这样轻易地放过他吗？

或许应该给宋弋阳一个解释的机会！

心里的疙瘩一旦解开，方糖便不顾一切地向前奔跑，或许两个人在一起，最重要的就是信任，而她，这一次选择信任宋弋阳！

完

方糖VS宋弋阳的小剧场

关于陪读的那些事

方糖拿到巴黎某服装设计学院通知书的时候，想给宋弋阳一个惊喜。

“宋弋阳，我现在问你两个问题，如果你能回答得上来，就告诉你一个好消息！”

宋弋阳微笑：“正好，我也有个好消息要告诉你！”

“好，那我先说！你听好了，第一个问题，你爱我吗？”

方糖一脸期待地望着宋弋阳。

宋弋阳做深思熟虑状，半晌，说道：“你爱不爱我？”

方糖微怒：“现在是我问你问题，你先回答我！”

宋弋阳说：“你先回答我的问题，我送你个礼物！”

方糖厚着脸皮：“爱啊，当然爱，不爱你的话我就去美国了！”

宋弋阳心满意足，轻吻了下方糖的额头，取出一张机票递给方糖。

方糖惊喜不已：“是去巴黎的机票？你怎么知道我考上服装设计学院的事情？”

宋弋阳嘴角微微上扬：“我在你邮箱里设置了小程序，如果有巴黎发来的邮件会延迟一天，我能比你先看到！”

方糖实在是不明白宋弋阳为何会做这种无聊的事：“冯教授要是知道你学计算机是为了做这种事，一定会气到吐血！”

宋弋阳不以为然：“我已经为你准备好了所有的行李，巴黎的学生公寓也已经联系好，你只要拿着这张机票，做好陪读分内的工作即可！”

“谁是陪读？我陪你还是你陪我？”

方糖不服气，她好歹也是考上了巴黎数一数二的服装设计学院，怎么就成了宋弋阳的陪读？

宋弋阳微笑：“我已经联系好了巴黎政治学院的导师，毕业之后便能拿到博士学位，相较于你的学士学位来说，谁是谁的陪读？”

“好吧，你赢了！我给你陪读！”

方糖无语地叹了口气，谁让她比不上宋弋阳呢，在读书这件事上她不得不服。

宋弋阳把方糖揽入怀中：“你负责陪读，我负责洗衣、做饭，哦，还有陪睡……”

方糖一把推开宋弋阳，一脸嫌弃：“你想什么呢？我们还是学生！”

宋弋阳不以为然：“我已经拿到学士学位了，严格意义上来说已经不是大学生，不算犯规。”

方糖不禁为巴黎的读书生活感到担忧……

谈恋爱的那些事

方糖拿到了巴黎服装设计学院的学士学位，而宋弋阳也拿到了博士学位，与宋弋阳一同去餐厅庆祝。

餐厅里有一对情侣，男生在向女生求婚，男生在蛋糕里藏了戒指，找来了小提琴手伴奏，十分浪漫。

作为围观群众，方糖十分羡慕："真羡慕那个女生，她的男朋友真浪漫！她一定很幸福。"

宋弋阳置若罔闻，继续面不改色地吃着牛排。

方糖见宋弋阳无动于衷，肝火上头："喂，宋博士，你打算和我谈恋爱到什么时候？"

宋弋阳放下刀叉，面露微笑："我什么时候和你谈恋爱了？"

方糖猛地一拍桌子，怒不可遏："宋弋阳，我现在才看清你，你现在想来个死不认账？我难道连你女朋友都不算？那对你来说我算什么？"

宋弋阳抿嘴偷笑。

方糖见状，更是恼怒："原来我对你来说什么都不是，既然这样我走好了，不妨碍你谈恋爱！"

她愤而离座，可刚走两步却被宋弋阳给拽了回来。

"你打算去哪儿？你走了我和谁过日子？"

方糖一脸莫名地看着宋弋阳，宋弋阳偷笑："我从来都不打算和你谈恋爱，只想和你一起过一辈子！"

突如其来的情话让方糖羞红了脸。

关于想吃什么的问题

“宋弋阳，你今天怎么这么挑剔，到底想吃什么？”

方糖打电话询问宋弋阳晚上想吃什么，可方糖一连提了十几个菜品的备选宋弋阳都不满意。

“我今天有样东西一定要吃到！”

宋弋阳欲言又止，方糖已经不耐烦：“快说，到底想吃什么，我的耐性有限，你再磨磨叽叽的，这晚饭我不做了，你自己吃外卖吧！”

“我今天晚上想吃的，是你！”

方糖惊愕万分，一句话都说不出来。

而后，门铃声响起，方糖放下手里的笔记本电脑去开门。

门外是宋弋阳，方糖刚要逃走，却被宋弋阳拦腰抱起。

“本来想等到明天注册结婚的，可我实在是等不及了！”

“我们还没结婚呢……”

方糖一声惊呼，没说完的话就这样被湮没在了宋弋阳温柔的吻中。

宋弋阳把方糖轻轻放上床，在她耳畔轻声说了三个字：“明天结！”

关于求婚的问题

结婚两年后，方糖忽然想起宋弋阳还没有向她求过婚，越想越觉得不开心，和宋弋阳闹起了脾气。

“宋弋阳，你也太敷衍我了吧！想当初你都没向我求婚我就傻乎乎地嫁给你了，不行，不行，你一定要隆重地向我求婚！”

正在工作的宋弋阳放下手中的工作，拉着方糖便进了卧室。

方糖不明所以：“你干吗？我正十分严肃地和你讨论求婚的问题，你拉我来卧室干吗？”

宋弋阳拦腰抱起方糖，把她轻轻放上床：“关于求婚这个严肃的问题，我个人认为十分重要，所以我决定必须要让我的女儿亲眼见证！”

“女儿？哪儿来的女儿？”

方糖不能理解宋弋阳的逻辑。

宋弋阳脱下衬衫，身子慢慢压了下去：“过了今晚就有了！”